DROMENVOLGER

BAILEY SPADE: BOEK 3

DIMA ZALES

♠ MOZAIKA PUBLICATIONS ♠

Copyright © 2024 Dima Zales en Anna Zaires
www.dimazales.com/book-series/nederlands/

Gepubliceerd door Mozaika Publications, een imprint van Mozaika LLC.
www.mozaikallc.com

Omslag door Orina Kafe
www.orinakafe.design

Vertaling: Missy Veerhuis

e-ISBN: 978-1-63142-918-7
Gedrukt ISBN: 978-1-63142-914-9

HOOFDSTUK EEN

IK STROMPEL UIT DE BADKAMER IN MAMS ziekenhuiskamer en kom bijna in botsing met dr. Xipil.

"Gaat het?" vraagt de kabouterarts.

Ik ben verre van oké, maar als ik hem vertel waarom, dan wil hij misschien dat ik met een psychiater ga praten. De verwondingen die ik tijdens het gevecht met Icelus heb opgelopen zijn genezen, maar mentaal en emotioneel gezien ben ik een wrak.

Bijvoorbeeld: ik overweeg serieus het bestaan van Phobetor, de god van de nachtmerries die Icelus aanbidden. Erger nog, ik vraag me af of die godheid mijn moeder mijn zus heeft laten vermoorden.

Het beetje bloed dat in mijn gezicht was teruggekeerd, snelt weer weg.

Ik had een zus. Een tweelingzus.

Het is net zo moeilijk om dat feit te verwerken als het is om te doorgronden dat mijn moeder haar heeft vermoord.

Haar naam was Asha, en ik heb haar zien sterven voordat ik zelfs het feit had geaccepteerd dat ze had bestaan.

Wat ik er niet voor over zou hebben om een kans te hebben gekregen om haar te ontmoeten, of om me haar op zijn minst te herinneren.

"Wil je gaan liggen?" vraagt dr. Xipil, nog bezorgder klinkend. "Je ziet eruit alsof je op het punt staat om flauw te vallen."

Ik glimlach geforceerd naar hem. "Het gaat prima. Ik ben gewoon teleurgesteld dat ik er niet in ben geslaagd om mama wakker te maken."

Dr. Xipil kijkt naar het bed waar mama ligt en zucht. "Je zult het opnieuw proberen. Je zult uiteindelijk wel slagen."

Niet klaar om een kwade godheid te bespreken die misschien in mams dromen op me wacht, knik ik gewoon.

Mam ziet er in haar comateuze toestand sereen uit. Rustig, zelfs. Maar dat moet een leugen zijn. Haar dromen gaan over het doden van een dochter — omdat dat is wat ze in de wakkere wereld had gedaan.

Ik ken mijn eigen moeder niet echt. Ik vraag me af of je iemand echt kunt kennen of vertrouwen.

De dokter schraapt zijn keel. "Je hebt trouwe vrienden."

Puck. Ik moet hier uitkomen, of de goede dokter zal erop staan dat ik terug ga naar mijn ziekenhuisbed.

Ik ga naar de deur en vraag zo nonchalant als ik kan, "Waarom zeg je dat?"

"Ze waren allemaal veel sneller dan jij hersteld, maar ze wilden niet van je zijde wijken totdat je echtgenoot ze wegjoeg." Hij doet de deur voor me open.

"Mijn echtgenoot?" Ik ben te geschokt om verder te lopen.

Dr. Xipil gebaart naar mijn kamer aan de overkant van de gang. "Vriend?"

"Oh, je bedoelt Valerian." Ik stap de gang in. "Hij is niet mijn echtgenoot, en ook niet mijn vriend."

Nog niet, maar op hoop van zegen.

De ooghoeken van dr. Xipil krijgen rimpeltjes. "Weet je zeker dat hij dat weet? Want hij gedroeg zich zeker als je wederhelft toen je bewusteloos was. Het verplegend personeel en ik moesten op onze tenen lopen."

Echt? Aww. "Klinkt alsof ik even bij hem moet gaan kijken."

"Goed idee. Als hij wakker wordt en je er niet bent, dan zal hij in paniek raken."

"Oh, kom op, dat klinkt niet als hem."

"Jij hebt niet gezien wat ik zag," zegt de dokter. "Als je nog iets nodig hebt, laat het me morgenmiddag dan weten. Mijn dienst is nu officieel voorbij."

Ik bedank hem en hij haast zich weg terwijl ik naar mijn kamer ga.

Ik steek mijn hoofd naar binnen en zie Valerian op een stoel zitten, zijn donkere, dikke haar zit rommelig rondom zijn prachtig symmetrische gezicht. Zijn intense oceaanblauwe ogen zijn gesloten, zijn kusbare lippen enigszins gescheiden.

Zachtjes ga ik op mijn tenen naar binnen. Hij is volgens mijn nieuwe REM-detectievermogen en het feit dat zijn ogen achter zijn oogleden bewegen in REM-slaap.

Hmm. Misschien hoef ik hem niet wakker te maken. Het feit dat hij droomt, is een kans. Ik kan bijvoorbeeld in zijn slaap met hem praten... of in die zwarte ramen snuffelen die hij heeft.

Yep. Ja, ik ga ervoor.

Ik weersta de verleiding om naar hem toe te lopen en zijn gebeeldhouwde gezicht aan te raken en begin de droomwandeling op afstand. Ik kan net zo goed de nieuwe kracht uitoefenen.

Net zoals ik met Itzels grootvader had gedaan, stel ik me voor dat ik naast Valerian sta, dicht genoeg bij hem om zijn schone dennengeur in te ademen. Ik stel me voor dat ik zijn gebeeldhouwde kaak aanraak en stel me voor hoe die hint van stoppels onder mijn vingers zou voelen. Ik stel me voor hoe mijn hart sneller zou kloppen en de hitte die zich zou verspreiden —

Tot mijn teleurstelling hoef ik me dit niet verder voor te stellen, want met de vertrouwde geur van ozon en het gevoel van vallen, val ik in zijn droom.

Zodra ik in de onwerkelijk gekleurde, naar manna-geurende lobby van mijn droompaleis verschijn, verschijnt Pom — en tussen de uitdrukking op het pluizige gezicht van de looft en zijn diepzwarte kleur, kan ik zien dat hij veel weet van wat ik in mams zwarte raam heb ontdekt.

Ik neem de schilderachtige route naar de toren van slapers, vul alle details in die Pom niet weet en stel hem gerust dat ik niet op magische wijze de antwoorden op zijn miljoen vragen heb — en dat ik net zo graag het waarom en hoe van Phobetor en mijn tweelingzus wil weten als hij.

"Ah," zegt Pom wijs als hij Valerian op zijn bed ziet slapen. "Je bent hier op zoek naar afleiding."

Ik streel met mijn vingers over Valerians kuiltje in zijn kin zonder dat ik naar binnenga. "Dat zou je kunnen zeggen."

Poms driehoekige oren krijgen een lichtoranje tint. "En hoe gaat het tussen jullie twee?"

"Wat?"

De pupillen in zijn lavendelkleurige ogen veranderen in rode harten. "Ben je verliefd?"

Ik trek mijn hand van Valerians gezicht. "Ben je gek geworden? Ik weet niet eens hoe dat zou voelen. We kennen elkaar amper. Plus —"

"Misschien denk je er te veel over na." Pom gaat op mijn schouder zitten. "Is het omdat je nog nooit een vriend hebt gehad?"

Ik wuif het weg. "Ik denk precies de juiste

hoeveelheid. Dat moet jij op een dag ook eens proberen."

Hij landt op de rand van Valerians bed. "Ga gewoon niet op zoek naar redenen om niet van hem te houden. We weten allebei dat je dat wilt."

Het is officieel. Ik krijg advies over mijn liefdesleven van een looft, een wezen dat zich aseksueel voortplant.

Ik schud mijn hoofd en duik in Valerians droom.

HOOFDSTUK TWEE

Valerian zit op de grond in een groezelige kamer met verf die van de muren afbladdert. Er staan klapstoelen en er is een sterk aroma van oude koffie. Een van de ramen is zwart, maar ik ga er nog niet voor. Deze droom is een herinnering en ik ben benieuwd naar het verleden van Valerian.

Terwijl ik mezelf onzichtbaar maak, laat ik de droom verdergaan.

Alle stoelen behalve één zijn bezet door tieners, en niemand is zich bewust van Valerian, wat betekent dat hij zichzelf onzichtbaar maakt met zijn illusionistische krachten. De enige volwassene in de kamer is een persoon die ik heb ontmoet — prinses Peach, de huisgenoot van Felix en Ariël.

Over Felix gesproken, zijn vriendin, Maya, zit hier ook, naast prinses Peach.

Dan verschijnt er een ander bekend persoon, iemand die ik nooit meer wilde zien.

Hekima, de illusionistische moordenaar die me bijna het leven had gekost, komt binnen.

Hij merkt Valerian ook niet op, dus een illusionist kan een andere illusionist voor de gek houden. Goed om te weten.

"Vandaag gaan we verder met het onderwerp van de Andere Werelden," zegt Hekima ter introductie. "Laten we met een korte bespreking over vorige week houden."

Hij bespreekt dan wat iedereen al zou moeten weten — dat er zoiets bestaat als Andere Werelden en dat ze zijn wat mensen van de aarde 'universa' zouden noemen. Hij legt uit dat deze werelden verschillende sterren en sterrenstelsels hebben, en zelfs het verloop van de tijd kan tussen hen variëren. Er is een oneindig aantal van hen voor zover iedereen weet, maar de poorten die Cognizanten gebruiken, leiden tot slechts een onbeduidende subset.

Dit moet Oriëntatie zijn, een soort school waar Cognizanttieners van de aarde over geheime Cognizantendingen leren. Op Gomorrah noemen we dat gewoon school, maar ik begrijp waarom ze op aarde een speciale klas nodig hebben, met het mandaat en zo.

"Ik heb de laatste keer dat we elkaar hebben gezien op de gevaren van de Andere Werelden gewezen," zegt Hekima als hij klaar is met de samenvatting. "Vandaag wil ik dat punt verduidelijken."

Hij heft zijn armen op en pulseert rode

energiestromen van zijn vingers in ieders hoofd, inclusief in die van Valerian.

De kamer verdwijnt en wordt vervangen door wat op een radioactieve woestenij lijkt.

Iedereen behalve ik begint naar niet-bestaande lucht te snakken. Hekima knipt opnieuw met zijn vingers, waardoor de wereld om ons heen in die van een weelderig bos verandert.

"Er zijn Andere Werelden waar de omgeving zelf je zal doden," zegt hij. "Maar zelfs schijnbaar vriendelijke zoals deze wereld kunnen wezens hebben die zo gevaarlijk zijn dat geen enkele Cognizant erin zou durven leven of er zelfs heen zou reizen."

Er rent een schattig hertachtig wezen het bos uit, gevolgd door een van de ergste monsters die er bestaan.

"Dat is een drekavac," fluistert Hekima, maar wat hij vervolgens zegt, ontgaat iedereen, omdat op dat moment de drekavac het hert inhaalt en het met een van zijn met puisten besmette ledematen aanraakt.

Het hert schreeuwt en zakt op de grond in elkaar.

De drekavac doemt op over zijn slachtoffer, maar Hekima knipt weer met zijn vingers en het klaslokaal is weer terug.

Waarom deze kinderen zo'n gruweldaad laten zien? En waarom is Valerian hier?

"Gedood worden door een drekavac is het ergste lot dat iemand kan overkomen," zegt Hekima. "Hun loutere aanraking veroorzaakt zo'n slopende pijn dat zwakkere slachtoffers eraan sterven." Hij kijkt naar de verschrikte gezichten. "Het milieu, de flora en de fauna zijn slechts een paar van de vele manieren waarop je in de Andere Werelden kunt omkomen. Een aantal poorten gaan maar één kant op — zodat niemand weet wat er daar gebeurt — en andere poorten leiden naar werelden die wij, de Cognizanten, in dodelijke vallen hebben veranderd."

Hij knipt weer met zijn vingers. Het klaslokaal verandert in een verlaten landschap, waar twee eng uitziende mannen iemand achtervolgen.

"Dit is wat er over is van de wereld waar Tartarus het laatst regeerde," zegt Hekima net op het moment dat de twee mannen hun prooi vangen.

Tartarus? Dat is pas een figuur die je naar voren brengt als je mensen nachtmerries wilt geven.

"De mensen op deze wereld weten van de Cognizanten en geven ons terecht de schuld van de verwoesting," vervolgt Hekima, naar de eindeloze duinen wijzend. "Ze wachten bij de poorten om iemand van onze soort te vangen, en als ze erin slagen, dan doen ze gruwelijke dingen met hen."

Op dat moment beginnen de twee mannen hun vangst te kannibaliseren.

Dat is gewoon geweldig. De nachtmerries zijn nu gegarandeerd. Op school hebben we ook geleerd om voorzichtig te zijn met reizen naar de Andere Werelden, maar daar was niet zoveel drama voor nodig.

Hekima blijft over de ondergang en somberheid

van de Andere Werelden praten terwijl ik naar de plek loop waar Valerian zit.

"Het punt dat ik probeer te maken is heel eenvoudig," zegt Hekima als ik weer op hem let. "Wees erg voorzichtig als je naar de Andere Werelden reist en ga geen poorten binnen, tenzij je absoluut zeker weet waar ze heen leiden." De gruwelijke scènes herhalen zich snel achter elkaar. "Zelfs als je denkt dat je weet dat de poort veilig is, raad ik je ten zeerste aan om twee keer na te denken voordat je naar binnen gaat, en zeker te wachten tot —"

De rest negeer ik.

Er ligt een map naast Valerian die ik niet had opgemerkt.

Icelus-verdachten, zegt het label.

Wanneer Valerian de map opent, zit er een foto van Hekima boven op de papieren die erin zitten. Tussen de foto en de echte man heen en weer kijkend, schrijft Valerian op het papier eronder, "Tachtig procent zeker."

Wauw. Zat Hekima bij Icelus? Het zou verklaren waarom hij deze les zo eng maakte — en het is in overeenstemming met zijn moordlustige persoonlijkheid.

"We hebben bijna geen tijd meer." Hekima kijkt naar zijn horloge. "Heeft iemand nog vragen?"

Valerian springt overeind.

Prinses Peach steekt haar hand op en springt bijna opgewonden uit haar stoel. Hekima gaat met haar in gesprek.

Iemand fluistert iets als 'het lievelingetje van de leraar', maar ze negeert ze terwijl ze ratelt, "Wie heeft de poorten gemaakt? Wie heeft de Andere Werelden ontdekt? Wanneer? Hoe? Zou —"

Als antwoord gaat Hekima in op dezelfde theorie die we op Gomorrah hebben geleerd — dat de poorten door legendarische, krachtige teleporteurs zijn gemaakt die *de poortmakers* werden genoemd. Hij suggereert dan het voor de hand liggende — dat er waarschijnlijk werelden zonder Cognizanten zijn, achtergelaten als heiligdommen, of werelden waar Cognizanten wel bestaan, maar waar geen poorten zijn die hen in staat stellen te vertrekken.

Uiteindelijk staat hij op en loopt naar de deur zonder op eventuele vervolgvragen te wachten. Prinses Peach steekt haar hand weer op, maar laat hem zakken wanneer Hekima de klas verlaat, met Valerian achter zich aan.

Buiten het klaslokaal stalkt Valerian Hekima naar zijn bestemming, een klein appartement.

Terwijl Hekima opnieuw op zijn horloge kijkt, springt hij in zijn bed.

Wacht, wat? Waarom was hij zo gehaast om een dutje te doen?

Valerian schudt zijn hoofd, haalt zijn map tevoorschijn en verandert de waarschijnlijkheid in negentig procent.

Ik onthul mezelf bijna, zodat ik Valerian kan vragen waarom slapen volgens een strak schema iemand meer kans geeft om deel uit te maken van Icelus, maar ik verzet me.

En dat is maar goed ook.

De droom over Oriëntatie stopt, maar er begint een andere, opnieuw een herinnering.

Een bijna naakte Valerian zit op een houten plaat in een grote kamer zonder ramen, met zweetparels op zijn hard gespierde lichaam.

Jammie. Ik vind het leuk waar dit heen gaat. Niet dat ik veel opties heb behalve om te blijven observeren wat er daarna gebeurt — het zwarte raam ontbreekt. Aan de andere kant, het kan ergens in de buurt zijn, maar ik kan het niet zien. Het is zo stomend in de kamer — in de letterlijke zin — dat het nauwelijks mogelijk is om een meter ver te kunnen zien. Dit is duidelijk een sauna, een nachtmerrie-uitvinding voor degenen onder ons die om goede hygiëne geven.

"Illusionist," zegt de damp rondom de kamer in een melodieuze, Russisch-geaccentueerde mannelijke stem.

"Ziener," antwoordt Valerian, terwijl hij om zich heen kijkt. "Misschien wil je jezelf laten zien."

Met een *whoesh* verzamelt de omringende damp zich op een enkele plek een paar meter van Valerian vandaan.

Valerian veegt een straaltje zweet uit zijn ogen, en tegen de tijd dat hij het gebaar voltooit, is de damp verdwenen, en is het vervangen door een man die alleen bedekt is met een kleine handdoek.

Geklit blond haar en wilde baard terzijde, is deze man bijna net zo indrukwekkend als Valerian zelf. Als ik niet had gehoord dat hij een ziener werd genoemd, dan zou ik denken dat hij een uber is.

Wacht eens even. *Een ziener.* Er zijn een paar verschillende variëteiten van hen, maar ze behoren allemaal tot de zeldzaamste Cognizantentypes — samen met draken en genezers.

De ziener trekt aan zijn baard. "Het is verstandig dat je gehoor hebt gegeven aan mijn oproep. Ik zal de gunst terugbetalen die ik je vandaag verschuldigd ben."

Valerian veegt een straaltje zweet van zijn voorhoofd. "Is dat zo?"

"Na dit gesprek zullen jij en ik elkaar nooit meer ontmoeten," zegt de ziener plechtig.

"Juist." Valerian schudt zijn hoofd. "En ik neem aan dat je al weet wat ik ga vragen?"

"Ik weet alle dingen die je dacht te vragen." De ziener pakt een pollepel, dompelt deze in een wateremmer en giet water in een fornuisachtig apparaat dat in de buurt staat. Met een sis vult meer damp de kamer. "Je wilt weten hoe je van Hekima afkomt, de nieuwste Icelus-agent die je hebt gevonden," vervolgt de ziener. "En je wilt het zo doen dat het nooit meer aan jou gekoppeld kan worden — wat moeilijk is vanwege je duidelijke ambitie om Hekima's plaats in de Raad van New York in te nemen."

"Ik kan begrijpen waarom jouw soort de reputatie

heeft die het heeft." Valerian duwt zijn met zweet doordrenkte haar terug. "Je kent mijn vragen. Heb je een antwoord?"

"Stuur een anonieme e-mail naar Kaïn, het nieuwe hoofd van de ordebewakers van New York," zegt de ziener. "Vertel hem dat je van het moordonderzoek weet dat Kaïn leidt en dat je een perfecte kandidaat voor hem hebt."

Ondanks de hitte in de kamer heb ik het koud.

Dat kan niet waar zijn.

Dat zou hij niet doen.

Dat heeft hij niet gedaan.

Valerian fronst. "Wie?"

"De droomwandelaar die een paar klusjes voor je heeft gedaan," zegt de ziener. "Stel haar voor en je krijgt wat je wilt."

"Je neemt me in de pucking maling," mopper ik.

Valerian kijkt me recht aan.

Puck. Ik wilde dat niet hardop zeggen.

Valerians frons wordt dieper en hij moet de realiteit van zijn droom bevestigen zoals Hekima dat ooit had gedaan, omdat ik tegen mijn wil zichtbaar word.

Hij kijkt me met samengeknepen ogen aan. "Bailey? Hoe kom jij hier?"

Mijn ongeloof verandert in woede. "Je hebt me voor de leeuwen gegooid, nietwaar?" Ik loop naar hem toe. "Kaïn en zijn vampiers hebben me ontvoerd en me gedwongen om voor de Raad te werken omdat *jij* het had voorgesteld. Hoe kon je me dat aandoen?"

Hij verbleekt. "Het spijt me." Hij staat op, het zweet

druppelt overal. "Ik kende je nog niet toen ik met Yaroslav sprak. We hadden elkaar alleen maar gemaild."

"En je denkt dat je me nu kent? Want ik ken jou zeker niet."

En voordat ik iets doe waar ik later spijt van krijg, haal ik mezelf uit zijn droom.

HOOFDSTUK DRIE

Ik kom woedend uit de droomwandeltrance. Het is maar goed dat ik mijn droomwandeling van een afstand heb gedaan. Ik wil hem nu niet aanraken.

Valerians ogen springen open.

Ik vernauw de mijne.

Hij springt overeind.

Ik draai me om en sprint naar de deur.

Er klinkt een geluid van voetstappen achter me, dus gooi ik de deur in zijn gezicht dicht en ren door de gang.

"Ik heb net zoveel recht om boos op jou te zijn als jij op mij," schreeuwt hij van achter me.

Ik bereik de lift, druk op de knop en kijk achterom.

Hij is zes meter achter me, maar hij komt snel op me af.

"Waarom zat je in mijn droom?" schreeuwt hij. "Hoopte je iets over Soma te vinden? Je weet hoe ik daar over denk!"

De liftdeuren gaan open en ik spring naar binnen en sla op de knop voor de begane grond. "Je hele 'Ik kende je niet'-excuus is zwak," schreeuw ik terug terwijl de deuren dicht glijden. "De eerste keer dat we elkaar in het echt hebben ontmoet, was in dat kasteel."

Hij springt met een uitgestrekte hand naar de deuren, maar haalt het niet.

Oef.

Het laatste wat ik wil is dat gesprek voortzetten — of naar zijn prachtige, verraderlijke gezicht kijken.

Hij is boos op *mij*? Onze misdaden zijn niet eens met elkaar te vergelijken. Toegegeven, hij was terughoudend toen ik hem naar Soma vroeg — de plaats waar zijn en mijn soort lijken te leven — maar ik wist niet eens dat zijn zwarte ramen en Soma iets met elkaar te maken hadden. Aan de andere kant was hij direct verantwoordelijk voor die hele puinhoop met de Raad van New York.

De liftdeuren gaan open en ik schiet naar buiten en pak een auto, die ik naar huis stuur. Ik ga comfortabel in de stoel zitten en raak Poms harige lichaam om mijn pols aan.

De droomwereld is waar ik de beste kans heb om mezelf te kalmeren.

Pom begroet me, zijn vacht is zwart en zijn uitdrukking bezorgd. "Wat is er aan de hand?"

Tussen de onmogelijke vormen ijsberend die de

lobby van mijn paleis bevolken, breng ik hem op de hoogte van Valerians verraad.

Terwijl ik spreek, wordt Poms vacht lichter tot een mengsel van blauw en lichtoranje. "Nou," zegt hij als ik klaar ben, "het *is* waar. Hij kende je toen nog niet."

Mijn haar wordt vurig zonder dat ik het wil. "Als je hem zo leuk vindt, waarom bevestig je jezelf dan niet aan *zijn* pols. Of kont. Of —"

Pom verdwijnt in zijn kenmerkende Cheshire-katstijl. Wanneer alleen zijn mond nog over is, zegt hij, "Misschien moet je je herinneringsgalerij bezoeken om te kalmeren."

"Lafaard," mompel ik als hij weg is.

Ik overweeg om een versie van Valerian te maken waar ik tegen zou kunnen schreeuwen, maar ik beslis ertegen. Naar de herinneringsgalerij gaan is misschien een goed idee, omdat het een beetje lijkt op het openen van een fotoalbum, maar dan op steroïden. Het zal me van mijn gekke gedachten afleiden, maar ik weet dat Pom nog steeds kijkt en ik heb zin om dwars te liggen, dus teleporteer ik naar de toren van slapers.

Aha. Ik heb geluk.

Ariël, Kit, Itzel en Felix dromen allemaal tegelijk.

Ik trek ze allemaal in één droom, neem ons mee naar mijn wolkenkantoor en vertel ze alles, van mijn ontdekking over mijn tweelingzus en de ontmoeting met Phobetor tot Valerian die me bij de Raad van New York voor de leeuwen had gegooid.

"Wauw," zegt Felix, met zijn doorlopende

wenkbrauw die fronst op zijn voorhoofd. "Je hebt het druk gehad."

Ik zucht. "Understatement."

Kit schudt haar hoofd. "Ik kan niet geloven dat Valerian achter de zetel van Hekima in de Raad aanzat. Toen we het hem aanboden, leek hij zo oprecht toen hij deed alsof hij hem niet wilde."

"Heeft de Raad hem een zetel aangeboden?" roep ik uit. "Nu al?"

Kit bijt op haar lip. "Hij was de natuurlijke keuze. Hekima heeft ons laten zien hoe nuttig een illusionist kan zijn en —" Ze stopt. "Laat ook maar. Ik kan niet geloven dat je een tweeling had. Het moet moeilijk zijn om te ontdekken dat je haar bent kwijtgeraakt, en op zo'n manier." Terwijl ze spreekt, verandert ze in een kopie van mij.

Ariël werpt me een bezorgde blik toe. "Zullen we over iets anders praten?"

"Het geeft niet. Ik kende haar niet echt." Als ik naar mijn gezicht op Kit kijk, voel ik alleen een eigenaardig soort gevoelloosheid. "Het is moeilijk om te rouwen om iemand van wie je niet eens wist dat ze bestond."

Waar ik om rouw is mijn perceptie van mijn moeder als iemand die niet in staat zou zijn om haar dochter te doden, zelfs niet onder de mogelijke invloed van een kwaadaardige godheid.

Ariël lijkt het te begrijpen en knijpt in mijn schouder.

Itzel ziet er ongemakkelijk uit met dit alles. Ze past haar ademhalingsmasker aan en vraagt, "Hoe zag die wereld eruit? Degene die je in de herinneringen van je moeder hebt gezien?"

Blij dat ik iets te doen heb, maak ik de open plek na waar ik heb gezien dat mijn zus werd vermoord. Ik plaats het hoge bos om ons heen, net zoals het in de herinnering van mama was, met de blauwgroene bomen afwisselend in de vorm van baobabs en koraalriffen, en ik voeg er zelfs de vreemde lucht aan toe die impliceert dat de planeet een vreemde pretzelvorm is in plaats van een bol.

Iedereen kijkt met open mond om zich heen.

"Die hemel..." Felix ademt vol ontzag uit. "Zo cool."

Ariël wendt zich tot Itzel. "Is dit een ringwereld? Misschien eentje die door jouw soort is gemaakt?"

Itzel schudt haar hoofd. "Het zou door een kabouter gemaakt kunnen zijn, maar de structuur is geen ring. Het moeten twee tegen elkaar indraaiende cilinders zijn. Doet me denken aan het ontwerp van een ruimteschip waarover ik op aarde heb gelezen — de O'Neill-kolonie."

Ze haalt het gras aan onze voeten weg en tekent in de aarde een ruwe schets van het ontwerp.

Iedereen kijkt er nietszeggend naar.

Itzel gnuift van frustratie en geeft Felix een verslagen blik. "Je hebt een verwijzing naar de popcultuur van de aarde nodig, nietwaar?"

"Nee," zegt Felix.

"Ja," zegt Ariël tegelijkertijd.

"*Interstellair*," zegt Itzel. "Cooper Station, aan het einde."

"Oh ja," zegt Felix, terwijl hij met nog meer verwondering opkijkt. "Dus je denkt dat dit een ruimteschip is?"

"Dat is een filosofische vraag," zegt Itzel. "Van elke planeet kan worden gezegd dat het een ruimteschip is, vooral als de planeet kunstmatig is gemaakt zoals deze moet zijn geweest."

Kit geeuwt luid. "Ik droom, maar je staat op het punt me in slaap te laten vallen."

"Jongens." Ik knip met mijn vingers om hun aandacht te trekken. "Er is één ding waar we het nog niet over hebben gehad — het meest zorgwekkende aspect van wat ik heb ontdekt." Ik kijk om de beurt naar elk van hen. "Weet iemand van jullie hoe een god van nachtmerries een echt iets kan zijn?"

"Misschien is hij niet per se een god," zegt Felix. "Niet op de manier waarop mensen over hen denken. Misschien is hij gewoon een krachtige droomwandelaar of iets dergelijks die werd aanbeden. Met genoeg mojo uit het menselijk geloof, kunnen velen van ons als goden worden."

"Misschien heeft hij gelijk," zegt Ariël. "Er was een Phobetor in de Griekse mythologie en hij had dezelfde taak. Als meer werelden dezelfde mythe over een specifieke Cognizant hebben, dan zouden zijn krachten groter zijn geworden dan we ons kunnen voorstellen."

Ik kijk heimelijk om me heen. "Zullen we hem voortaan Collywobbles noemen? Vooral in de droomwereld?"

Valerian stond erop dat we de echte naam van Phobetor niet zouden zeggen, en nu ik hem ben tegengekomen, kan ik zijn bezorgdheid niet langer als paranoia afdoen.

Kit knikt. "Geen probleem. Kun je hem aan ons laten zien? Collywobbles?"

"Ik denk ook niet dat ik dat hier wil doen," zeg ik. "Ik heb er een slecht gevoel over. Dat als ik hem hier tot leven breng, hij echt tot leven komt."

"Hmm." Felix pakt een gevallen blad van een van de bomen. Vreemd genoeg heeft het de vorm van een zeshoek. "Zou dat de reden kunnen zijn waarom hij in de eerste plaats aan je verscheen?" vraagt hij. "Als je moeder door hem is overgenomen, zoals je theorie is, dan betekent dat dat ze —"

"We hebben afgesproken daar niet over te praten," snauwt Ariël naar hem en ze werpt een voorzichtige blik in mijn richting.

"Het geeft niet." Ik recht mijn schouders en negeer de pijnlijke spanning in mijn nek die op de een of andere manier zelfs in de droom aanhoudt. "Als hij gelijk heeft, waarom praten we dan gewoon helemaal niet over Collywobbles? In ieder geval niet hier."

Iedereen wordt stil.

"Misschien moeten we hier allemaal een nachtje over slapen," zeg ik. "Als iemand in de ochtend goede ideeën heeft, neem dan contact op."

Ze stemmen ermee in, dus ik laat ze verder slapen en ga terug naar mijn taxi.

Als ik een paar minuten later in mijn appartement

kom, val ik in mijn eigen bed. Maar ik kan niet slapen, mijn geest herhaalt alles in een misselijkmakende lus.

Eindelijk, na wat aanvoelt als uren, zweef ik weg.

Ik loop door Times Square en doe mijn best om de duizenden toeristen en inwoners niet aan te raken, wat moeilijker is dan het zou moeten zijn. Boven ons doemen wolkenkrabbers op met schermen die flitsende video's afspelen, de meeste van hen advertenties. Alles lijkt gewoon — totdat er een vaag bekend muziekje begint te spelen.

Het is 'Dans van de suikerfee', de melodie van een beroemd ballet hier op aarde. In New York spelen ze het veel rond Kerstmis.

Het dichtstbijzijnde scherm stopt met het tonen van de frisdrankreclame en een griezelig uitziende houten soldaat kijkt me met een gapende mond vol zwarte tanden aan.

Nee, geen soldaat. De Notenkraker — dat is de naam van het ballet waar die muziek vandaan komt.

In tegenstelling tot de gebruikelijke afbeeldingen van dit personage, heeft deze echte bruine ogen in een houten hoofd. Wat nog meer aan zijn griezeligheid toevoegt, is de manier waarop het gezicht is geschilderd, met een bloedkleurige grijns omlijst door een tentakelachtige snor.

Ik staar ernaar, niet in staat om weg te kijken.

Het scherm glinstert en de Notenkraker zit er niet meer in.

Hij is nu driedimensionaal.

Echt.

Mijn instinct voor zelfbehoud treedt in werking en ik ga naar achteren.

Hij springt naar beneden en landt, als een superheld, op een gebogen houten knie.

Ik staar naar de krater die hij op de plek heeft gemaakt waar ik net stond.

Plotseling verschijnt Pom tussen mij en de Notenkraker. Zijn vacht is zwart, zijn ogen staan wild. "Wil je nog steeds dat ik je vertel wanneer je een nachtmerrie hebt?"

Een nachtmerrie? Als in een droom?

Ik kijk naar mijn lege pols.

Natuurlijk. Pom loopt en praat — hij kan niet om mijn pols zitten.

"Bedankt," zeg ik tegen Pom, en ik probeer de muziek en de Notenkraker te laten verdwijnen.

De muziek stopt, maar de Notenkraker blijft waar hij is, de kwaadaardige grijns verspreidt zich verder. "Het zou gemakkelijker zijn geweest om je te doden als je niet wist dat je droomde," zegt hij met een griezelig melodieuze stem die me aan de muziek doet denken die ik net heb gestopt. "Toch moet ik het doen."

Wat voor de duivel? Hoe kan mijn eigen nachtmerriewezen weigeren om weg te gaan? Tenzij —

Terwijl hij zijn houten, vingerloze hand uitstrekt, valt de Notenkraker me aan.

HOOFDSTUK VIER

Ik duik instinctief weg.

De houten bal van zijn hand botst tegen een toerist, scheurt door hem heen en slaat zijn hart uit zijn rug.

"Het spijt me. Dit is te eng," zegt Pom en hij verdwijnt.

Hé, dat is een goed idee.

Ik probeer mezelf wakker te schudden — maar voel een trek van kracht in de tegenovergestelde richting. Het is een beetje zoals toen ik probeerde mama wakker te maken, maar ik ben nu degene die ik niet kan wekken.

Dit ondersteunt een theorie die ik al begon te vormen. "Je bent een droomwandelaar."

De Notenkraker richt nog een klap op me.

Ik ontwijk die en de twee volgende uithalen en sla dan een vuist tegen zijn rechteroog.

Hij schreeuwt het uit, maar geneest onmiddellijk de schade die ik heb aangericht. Met hernieuwde woede haalt hij uit en zijn vuist slaat tegen mijn schouder en ontwricht hem.

Hete misselijkheid schroeit door me heen, maar voordat het me kan uitschakelen, spring ik uit mijn lichaam en genees mezelf. Ik overweeg ook om mezelf te verdubbelen, maar beslis er voorlopig tegen — het is goed om nog een troef achter de hand te hebben.

Terugkerend naar mijn lichaam, sla ik in de middensectie van de Notenkraker. Het doet mij meer pijn dan hem — zijn lichaam ziet er niet alleen uit als hout, het voelt ook zo aan. Opmerking voor mezelf: ontdek hoe je van jezelf een droomlichaam kunt maken dat van iets stevigers dan vlees is gemaakt. Het zou veel op het vurige haarproject lijken, alleen groter. Voor nu laat ik een brander in mijn handen verschijnen en richt ik hem op de houten borst van mijn tegenstander.

Er materialiseert zich een kakkerlak van twee meter in het pad van de vlam, die zijn droomleven opgeeft om dat van mijn vijand te redden.

Er komt een gele taxi op me af.

Ik vlieg de lucht in — dat is wanneer de dichtstbijzijnde wolkenkrabbers groter worden en dan zijwaarts buigen, waardoor er een vierkant vak in de lucht ontstaat.

Denkt hij dat dat me tegenhoudt?

Ik breek door het glas, staal en beton en kijk naar beneden.

De Notenkraker vliegt achter me aan.

Zijn eigen strategie stelend, verleng ik het One

Times Square-gebouw en spiets hem met de torenspits van waaruit de iconische bal op oudejaarsavond valt.

Een olifant vangt de klap op.

Omdat ik niet wil worden overtroffen, laat ik een grote witte haai verschijnen, wiens kaken zich om het hoofd van de Notenkraker sluiten.

Hij krijgt geen kans om te bijten. In een oogwenk explodeert hij in een wolk van vlinders die wegfladderen.

Ik verander onze omgeving in die van een andere toeristische plek in NYC — de South Street Seaport.

Geweldig. Hij heeft me nog niet tegengehouden — hoewel ik nog steeds niet weet of hij instemt met de verandering van omgeving, of dat hij me niet kan stoppen.

Hoe dan ook profiteert hij er snel van. Een schip stijgt op uit de wateren en duikt naar mijn hoofd.

Ik probeer het schip te laten verdwijnen. Zijn kracht vernietigt mijn poging. Ik dwing het schip in een bal suikerspin te veranderen. Nee.

Goed dan. Ik teleporteer me achter de Notenkraker en laat een honkbalknuppel in mijn handen verschijnen. Terwijl het schip tegen de stoep botst waar ik stond, breekt mijn knuppel op het hoofd van de Notenkraker.

"Jij teef!" schreeuwt hij.

Ik laat de kasseien van de loopbrug zweven en laat de ene na de andere naar zijn hoofd vliegen. Terwijl hij ontwijkt, probeer ik mezelf weer wakker te schudden.

Deze keer werkt het.

Zittend in mijn bed, beveel ik de lichten aan te gaan en scan verwoed de kamer.

Er is hier niemand.

Ik spring overeind en doorzoek het hele appartement, voor het geval dat.

Leeg.

Ik kan niet geloven dat ik nu nog iets heb om me zorgen over te maken. Ik ijsbeer een paar minuten door de woonkamer voordat ik besluit dat ik hier met iemand over moet praten. Misschien is een van mijn vrienden nog steeds aan het dromen? Als ze op Gomorrah zijn, dan is het hier nog steeds nacht en zal het nog een tijdje duren.

De vraag is, durf ik terug te gaan naar de droomwereld? Wat als de Notenkraker daar op me wacht?

Het voelt onwaarschijnlijk. Het lijkt erop dat een deel van zijn strategie was om me te vangen terwijl ik me nog niet bewust was van mijn dromen, en om dat te laten gebeuren, zou ik natuurlijk moeten dromen. Trouwens, als ik helemaal stop met droomwandelen, dan ben ik machteloos.

En er is een extra voorzorgsmaatregel die ik kan nemen — als Pom dat wil.

Ik raak de vacht van mijn looft aan en duik terug in de droomwereld.

Pom verschijnt zo rood als een tomaat aan mijn voeten zodra ik in mijn droompaleis kom.

"Het spijt me dat ik zo'n lafaard ben," zegt hij met hangende oren.

"Zeg dat niet." Ik ga door de vacht op zijn hoofd. "Dat ding had je kunnen doden. Waar zou ik dan zijn?"

Poms vacht wordt donkerder. "Dood?"

"Nou, ja. En ik heb geen idee wat dat voor jou betekent. Als hij *mij* had vermoord, dan was ik moorddadig gek geworden." Ik kijk hem fronsend aan. "Kun *jij* gek worden?"

Hij wordt helemaal zwart. "Geen idee."

"Laten we het dan niet te weten komen. Als de aanval opnieuw gebeurt, ga dan weg, precies zoals je deed."

"Oké." Zijn vacht wordt een beetje lichter. "Maar ik zal je blijven waarschuwen voor nachtmerries — anders zou dat ding je kunnen bespringen."

"Perfect. En er is nog iets wat je moet doen. Als de Notenkraker opduikt terwijl ik in je dromen aan het droomwandelen ben, dan heb je de macht om me wakker te maken, dus ik wil dat je dat doet nadat je bent verdwenen."

"Begrepen." Pom wordt blauwgroen en salueert.

"Laten we het nu testen."

Met een knikje verdwijnt hij en ik ben weer terug in mijn appartement.

Ik raak Pom weer aan en zodra ik hem in het paleis begroet, teleporteer ik ons naar de toren van slapers en controleer ik de omliggende kamers.

Van iedereen is alleen Felix er, dus ik verbind me met hem.

Hij droomt ervan om met Itzel aan een nieuw robotpak te werken. Het is eigenlijk een herinnering.

Ik verban droom-Itzel en leg Felix uit dat hij slaapt en neem hem mee naar mijn wolkenkantoor, waar hij over de wolk ijsbeert terwijl ik hem over het gevecht vertel, eindigend met, "Toen ik wakker werd, was er niemand, wat betekent dat deze droomwandelaar — als hij dat was — me niet had aangeraakt om binnen te komen. Hij of zij had al een connectie met me, of had er op afstand, van buiten mijn appartement, eentje opgezet."

Pom, die op mijn schouder is neergestreken, wordt pikzwart.

Felix stopt met over de wolk te ijsberen. Hij weet misschien al wat ik ga vragen, maar ik zeg het toch. "Als het het laatste is, dan zullen er zeker beveiligingsbeelden van hem of haar bij mijn deur zijn."

Zijn doorlopende wenkbrauw doet een klein dansje. "Ik zal dit controleren zodra ik wakker word. Maar weet je zeker dat dit een droomwandelaar was en niet Pho — Ik bedoel, Collywobbles?"

"Nou, die laatste is extreem krachtig en hij zou me snel hebben afgemaakt... Tenzij het idee was om gewoon met me te spelen."

"En je kent geen andere droomwandelaars, toch?" vraagt Felix.

"Als ik dat zou doen, dan zou ik hen vragen om me

te leren hoe ik in de droomwereld een gevecht moet voeren. Ik heb deze keer geluk gehad."

Felix kijkt om zich heen, zijn ogen puilen uit. "Kan hij hier verschijnen?"

"Als dat gebeurt, dan heb ik een plan." Ik klop op Poms pluizige voeten en hij blaast zich trots op. "Trouwens, ik denk dat de Notenkraker het nodig heeft dat ik op natuurlijk wijze droom, om me te pakken als ik me er niet bewust van ben."

"Wat dacht je ervan om iets proactiefs te doen voor het geval hij weer opduikt?" vraagt Felix. "Ik kan helpen."

Goed idee. Ik zou, om te beginnen, mijn lichaam steviger kunnen maken.

Ik verzamel mijn kracht en probeer mijn vlees in metaal te veranderen.

Alleen mijn pink stolt — en ik kan hem helemaal niet voelen.

Met nog meer inspanning dwing ik de metalen pink om te buigen. Dat doet hij, en er komt weer wat gevoel in terug. Het is een begin. Ik buig de pink nog wat meer, totdat hij uiteindelijk aanvoelt als een gewone pink, alleen ingesmeerd met Novocain.

Mijn wijsvinger is de volgende, dan de hele arm, dan eindelijk mijn romp.

"Wat denk je ervan?" probeer ik te vragen. De vraag komt niet naar buiten. Ik denk dat de metalen buitenkant met de functie van mijn keel knoeit.

Het kost me een paar minuten om dat probleem op te lossen. Wanneer ik eindelijk mijn nieuwe metalen lichaam onder de knie heb, vraag ik, "Kun je me aanvallen?"

Felix loopt naar me toe en prikt voorzichtig in mijn buik.

"Je moet het beter doen dan dat." Ik maak bokshandschoenen om zijn handen. "Sla me."

Dat doet hij.

Ik voel de klap, maar de impact is zeker getemperd.

"Het probleem is dat dit veel concentratie in beslag neemt." Ik maak een honkbalknuppel om de handschoenen van Felix te vervangen. "Sla me daarmee."

Hij slaat met de knuppel in mijn buik.

Ik voel het nauwelijks.

Felix slaat me weer. "Dit is cool," zegt hij als ik niet terugdeins. "Wat nu?"

"Dat is aan jou. Wat heb je nodig?"

Hij grijnst. "Wapens. Heel veel wapens."

Ik neem ons mee naar een lege kamer met rijen wapens die geïnspireerd zijn op films.

Met een grijns die breder wordt, pakt hij een Beretta op, laadt hem en richt hem op mijn borst. "Weet je het zeker?"

Ik adem diep in. "Schiet."

Pang.

Mijn borst doet pijn alsof ik ben geslagen, maar de kogel valt gewoon aan mijn voeten.

Dit is een werkbare strategie.

Ik bewapen Felix met andere wapens, en experimenteer met verschillende manieren om met een droomwandelaar te vechten — een katana laten smelten in plaats van hem me te laten snijden, de zwaartekracht te vergroten om te voorkomen dat een kanonskogel in mijn metalen borstkas slaat, knoeien met de chemie van buskruit om te voorkomen dat een Uzi af kan vuren, enzovoort.

"Die cursussen voor het ontwerpen van videogames hebben je duidelijk een voordeel gegeven," zegt Felix nadat we allebei moe zijn geworden van de oefening. "Oefen nog wat meer op deze manier, en ik weet zeker dat je die Notenkraker zult verslaan — ervan uitgaande dat hij of zij je opnieuw durft aan te vallen."

Was ik maar zo optimistisch.

"Bedankt voor de hulp. Ik zal je nu normaal laten slapen," zeg ik en ik verlaat de droom van Felix.

Te opgewonden om weer in slaap te vallen, maak ik voor mezelf rustgevende kruidenthee en drink er een tijdje van.

Als ik mezelf erop betrap dat ik gaap, ga ik weer naar bed. Het duurt even, maar uiteindelijk ga ik onder zeil, en deze keer is mijn slaap droomloos.

In de ochtend staat er in VR een bericht van Felix op me te wachten:

Niets te zien op de beveiligingsbeelden. De Notenkraker moet eerder een connectie met je hebben gemaakt.

Hmm. Dat beperkt het aantal verdachten enigszins en is zorgwekkend. Een of andere engerd heeft me aangeraakt terwijl ik sliep. Alleen al door erover na te denken, wil ik hygieia gebruiken.

Een beetje teleurgesteld vind ik geen verontschuldiging van Valerian in mijn inbox — ook geen bericht van welke aard dan ook. Niet eens een 'je bent stom'. Ach ja. Klinkt alsof dat het tussen ons was. Ik hoop alleen dat hij de ontwikkeling van het *Heldere dromer*-spel hierdoor niet stopt — ik heb de krachtboost daarvan nodig om mama wakker te schudden.

Tenminste, dat denk ik. Met Phobetor als variabele is meer kracht misschien niet het enige wat ik nodig heb. Toch zou het met de Notenkrakersituatie moeten helpen.

Ik weet niet zeker wat ik nu moet doen, maar ik check bij mijn revalidatiebaan en vind een grote achterstand aan cliënten die op mijn unieke vorm van therapie wachten, dus dat is wat ik de rest van de dag doe.

In de komende drie weken blijf ik mijn werk in de revalidatiekliniek inhalen. De Notenkraker komt niet in mijn dromen, en Valerian is incomunicado.

De dingen worden zo routinematig met mijn klanten dat ik me niet voor het eerst afvraag of ik een VR-bedrijf zou moeten starten om zorgvuldig VR-ervaringen te maken voor veelvoorkomende fobieën die mijn droomtherapie zouden weerspiegelen. Het is eigenlijk een van de redenen waarom ik in het verleden de game-ontwerplessen heb gevolgd.

Misschien is dit een project om in te duiken nadat ik mam heb gered. Vooral als ik dingen met Valerian heb hersteld, die een VR-goeroe is.

Nee, schrap dat laatste stukje. Valerian zal niet meer in mijn leven zijn, hetzij als een liefdesbelang of als een zakenpartner — en het maakt me niet uit hoeveel ik over zijn stomme, mooie gezicht droom.

Tegen de vierde week begin ik me zorgen te maken over het *Heldere dromer*-project. Als Valerian me voor de leeuwen kon gooien zoals hij met de Raad had gedaan, waarom zou hij voor mij dan doorgaan met al die dure videogame-ontwikkeling?

Om die reden ga ik naar de toren van slapers totdat ik Bernard daar zie. Ik spring snel in zijn droom.

Bernard droomt van een uitstapje naar de dierentuin met zijn dochter.

Het is een herinnering, wat betekent dat ze zich tot het punt van dagjes uit hebben verzoend. Goed voor hem.

Ik laat hem van de droom genieten, en wanneer de volgende begint, richt ik het op een herinnering die verband houdt met mijn vraag.

Bernard — of Bernie in deze context — zit aan tafel met Ratridevi Bhairava, alias Rattie.

Tegenwoordig lijkt Bernie meer op Wario dan zijn aartsvijand Mario, terwijl Rattie net zo aantrekkelijk is als toen ik hem voor het laatst zag; zijn symmetrische mannelijke kenmerken en sterke donkere wenkbrauwen zijn ondanks de bijnaam helemaal niet ratachtig.

"Laten we het over de herspeelbaarheid voor *Heldere dromer* hebben." Rattie activeert de schermen om hen heen en zijn team uit Bangalore neemt deel aan de conferentie. "We willen dat onze gebruikers het spel steeds opnieuw blijven spelen."

Bernie fronst. "Ons plot is te lineair en dat is moeilijk te veranderen. We hebben ook niet zoveel afwisselende paden of eindes."

"Juist. Daarom denk ik dat de gemakkelijkste manier om wat replay-waarde toe te voegen met meerdere personages is," zegt Rattie, en iedereen op het scherm knikt.

Bernie draait in schurkenstijl aan zijn snor. "Misschien kunnen we een personage gebruiken dat al in het spel zit?"

"Dat zou kunnen," zegt Rattie. "Onze grote kwaadaardige zou een goedkope optie zijn. Hij heeft dezelfde krachten als —"

Ik stem de rest af. De schurk in het spel is de rattenkoning. Ik heb zelfs geprobeerd om in VR tegen hem te vechten, hoewel hij in dat geval de gedaante van een spin met het hoofd van een clown aannam die een chirurgisch masker droeg. De speelbare versie zou waarschijnlijk meer op Rattie zelf lijken — aangezien zijn ondeugende team uit Bangalore de gezichten van hun monsters vaak daar op laten lijken.

"En we hoeven geen ander model in te schakelen," zegt Bernie, in navolging van mijn denkproces. "Als het nodig is, zou je gewoon naar het lab voor bewegingsregistratie kunnen gaan en —"

Bij de vermelding van het bewegingsregistratielab, herinner ik me levendig dat ik daar met Valerian was en de manier waarop hij die stippen op mijn gezicht had bevestigd. En ook de manier waarop hij —

Wacht, waarom fantaseer ik over die verrader?

"— en het beste deel is dat de releasedatum niet zal veranderen," zegt Bernie.

Iedereen knikt goedkeurend.

Dat is inderdaad het beste deel. Afhankelijk van hoe ver terug in het verleden deze bijeenkomst was, zou het spel binnenkort uit kunnen komen.

"Als dat is opgelost, moeten we het over de feedback van de testers hebben." Bernie opent een map. "De meest voorkomende opmerking is: te veel clowns en spinnen."

Het team uit Bangalore begint te lachen en wanneer Bernie hen een vragende blik geeft, legt een van hen uit dat de clowns en spinnen de schuld van Rattie zijn. Blijkbaar heeft hij ze die elementen in alle projecten die ze hebben gemaakt overmatig laten gebruiken.

Niet geïnteresseerd in de rest, verlaat ik de droom

en ben ik weer terug in mijn kantoor in de afkickkliniek.

Het lijkt er niet op dat Valerian het spelontwerp heeft gestopt. Misschien is hij niet zo'n eikel als ik dacht.

Alsof hij op dat moment heeft gewacht, verschijnt er een bericht in mijn VR-inbox.

Het is van Valerian.

Als je het je nog kan herinneren, ik heb je aangeboden om je uit het kasteel te halen toen we elkaar hadden ontmoet.

Wat? Hij verdwijnt wekenlang, en zijn idee van kruipen is dat? Pom wordt rood om mijn pols en ik typ mijn antwoord:

Je bood me uit eigenbelang aan om me te redden. Zoals je misschien nog weet, hadden de vampiers me ontvoerd voordat ik klaar was met Bernard. Ik denk dat je ziener zich had vergist — of het was allemaal een onderdeel van het grote plan. Je aanbod om me te redden was net zo leeg als je huidige verontschuldiging, en dat weet je. De vampiers hadden mijn DNA, dus mij uit het kasteel halen zou het onvermijdelijke alleen maar hebben vertraagd.

Ik wacht tot hij zich hier uit probeert te wurmen, maar hij antwoordt niet.

Er is de volgende dag ook geen antwoord, en de dag daarna ook niet.

Net als ik denk dat hij er voor altijd klaar mee is om met me te praten, vind ik een boeket bloemen in mijn kantoor met een klein briefje:

Het spijt me.

Het lef van die man. Hij denkt dat hij wat planten kan doden en daarmee alles goed kan maken?

Toch stop ik de bloemen in een vaas en betrap mezelf erop dat ik er de rest van de dag met een stomme grijns op mijn gezicht aan ruik.

De volgende dag krijg ik een doos bonbons met hetzelfde briefje.

In tegenstelling tot hun aardse neven, zijn Gomorraanse bonbons goed voor je tanden en vele malen lekkerder, wat dubbel geldt voor het extreem dure merk dat Valerian voor me heeft gekocht.

Maar toch. Alleen omdat ik een bonbon opeet, wil nog niet zeggen dat ik klaar ben om te vergeven en te vergeten.

De volgende dag ligt er een doos op mijn bureau te wachten. Er zit een armband in.

Ik doe hem om. Hij is mooi, ook al lijkt hij niet op Poms donzige lichaam om mijn andere pols. En nee, alleen omdat ik de armband draag, betekent niet dat het nu helemaal goed is tussen ons.

Bij geschenk nummer zeven wankelt mijn vastberadenheid een beetje. Dat wil zeggen, totdat ik de volgende dag een nieuw bericht van Valerian krijg:

Felix heeft me alles verteld. Kun je je dwaze misvattingen lang genoeg opzij zetten om met me te praten?

Dwaze misvattingen?

Ik doe zijn armband af en gooi hem in de vuilnisbak.

Het lef van die man.

En wat dacht Felix wel niet, om met de vijand te

praten? Hij heeft geluk dat ik niet kwaadaardig genoeg ben om zijn dromen binnen te sluipen en hem in een meer vol bloed te laten zwemmen. Of hem en Valerian zichzelf te laten naaien — en elkaar.

Dat laatste inspireert mijn antwoord, dat, niet verrassend, is:

Puck jou en Felix.

Valerian schrijft niet terug en de volgende dag ligt er geen cadeau op mijn bureau.

Oké, dus misschien had ik iets damesachtiger kunnen antwoorden.

De rest van de ochtend gaat in een waas van therapieafspraken voorbij. Eindelijk, met het gevoel dat ik mezelf moet trakteren, ga ik bij White Fang lunchen. Het is een restaurant dat door een weerwolf wordt gerund die verschillende soorten vlees serveert en een leuke sfeer heeft. Vandaag is het vrijwel leeg, wat goed bij mijn humeur past.

Ik ben halverwege mijn ri-sashimi als iemand aan mijn tafel gaat zitten.

Het is Valerian, en hij ziet er compleet niet berouwvol uit.

HOOFDSTUK VIJF

H IJ IS LANG MET BREDE SCHOUDERS, EN HIJ DRAAGT EEN door kabouters ontworpen tuniek die op zijn gespierde lichaam lijkt te zijn getatoeëerd. Zijn uitdrukking is onleesbaar, de oceaanblauwe ogen zijn sereen, zonder dat er een tikje emotie zichtbaar is op die gebeeldhouwde kenmerken.

Poms vacht wordt koraalroze.

Verdomde hormonen. Ik was vergeten hoe aantrekkelijk Valerian is. Hij ziet er lekker genoeg uit om op het menu te staan, en het leidt me van mijn woede af.

Er rolt een serveerrobot naar de tafel, met een bord sashimi op zijn hoofd. Valerian moet het besteld hebben toen ik aan het staren was.

Ik kijk hem boos aan. "Je maakt een grapje, toch? Een van ons gaat hier niet blijven."

Hij pakt een stuk sashimi met zijn blote vingers —

correcte weerwolftafelmanieren. Hij stopt het in zijn mond en kauwt overdreven langzaam.

Ik sta op. "Goed dan. *Ik ga wel.*"

Plotseling verdwijnen de andere tafels om ons heen, samen met de ramen en de ingang van het restaurant.

Valerian leunt achterover in zijn stoel en slikt zijn hapje door. "We moeten praten. Wat kan ik doen om je vijandigheid te verminderen, zodat je luistert?"

Poms vacht is nu de meest boze kleur rood. "Je kunt een tijdmachine bouwen en me niet verraden."

Hij slaakt een zucht. "Anders nog iets?"

"Vertel me alles wat je over Soma weet. Laat me naar de kostbare zwarte ramen in je dromen kijken, en misschien luister ik dan naar je."

Zijn handen ballen zich even, maar er is geen vleugje emotie op zijn gezicht te zien — dat of hij bedriegt me met zijn illusiekrachten om dat te denken. Hij gaat rechtop zitten en zegt, "Dit is belangrijk. Ik werk samen met de Senaat van Gomorrah en de Raden op aarde."

Ik plof terug in mijn stoel. Als ik nu probeer te vluchten, dan zal ik een tafel omver gooien of tegen een muur aan lopen. Trouwens, als hij de waarheid vertelt, dan wil ik de Senaat of een van de Raden van de aarde niet boos maken. In plaats daarvan geef ik hem mijn meest ziedende blik. "Hoe vaak moet ik bijna dood zijn voordat je me met rust laat?"

Hij vernauwt zijn ogen, zijn serene masker is weg. "Ik ben hier om je koppige achterwerk te redden. Je weet dat je in groot gevaar bent, hoezeer je ook doet alsof dat niet zo is. En ik heb bescherming voor je geregeld." Hij laat de illusie verdwijnen en laat de tafels, ramen en ingang weer zichtbaar worden.

"In gevaar?" vraag ik, terwijl de sashimi als een steen in mijn maag aanvoelt. "Welk gevaar?"

"Serieus?" Hij schudt zijn hoofd. "Degene die je Collywobbles noemt. Je staat op zijn radar — en er jaagt iemand op je in je dromen. Hoelang denk je dat het zal duren voordat er problemen in de wakkere wereld zullen komen?"

Dat is een interessant punt. Zelfs ik vroeg me af of die gebeurtenissen iets met elkaar te maken hadden. Maar —

Er loopt een vreemd duo het restaurant binnen. Een van hen is een man met een donkere bril met een van die speciale wandelstokken die blinden gebruiken om door de straten op aarde te navigeren. Naast hem is een gigantische hond met een geleidehondtuigje — een klus die een robot hier op Gomorrah zou doen.

Maar dat is geen hond.

Het is een weerwolf, in zijn of haar dierlijke vorm.

De misschien blinde man loopt rechtstreeks naar onze tafel zonder zijn stok te gebruiken en raakt op zijn pad geen enkel obstakel; zijn gidsweerwolf blijft achter.

Zonder veel oponthoud gaat hij links van me in de stoel zitten en haalt hij een onderbroek uit zijn zak.

In een flits verandert de weerwolf zich en wordt hij een naakte man met trieste ogen en onverzorgd gezichtshaar, waardoor het moeilijk is om zijn leeftijd te bepalen. Hij grijpt het ondergoed, doet het als een robot aan, gaat dan op de resterende stoel zitten en kijkt leeg in de verte.

De misschien blinde man draait mijn kant op. "Hoi, Bailey." Zijn blik gaat naar mijn metgezel. "Hoi, Valerian."

"Nostradamus," mompelt Valerian, die er net zo in de war uitziet als ik me voel.

Is dit Nostradamus?

Een legendarische figuur; er wordt gezegd dat hij een van de meest krachtige zieners is die er bestaan, en dat hij instrumenteel is geweest om alle soorten Cognizanten minstens één keer te hebben gered.

"Tot uw dienst," antwoordt Nostradamus. "En mijn metgezel is Marius. Leuk om jullie eindelijk te ontmoeten — dat wil zeggen, buiten de visioenen om."

Valerian werpt een blik op Marius. "Aangenaam." Dan vestigt hij zijn aandacht op Nostradamus. "Iedereen dacht dat je met de rest van de zieners was verdwenen."

Met de rest van de zieners verdwenen?

Wat is hier aan de hand?

"Ik zal ook weg zijn, nadat we hebben gepraat," zegt de ziener. "Maar eerst ben ik hier om je te vertellen hoe je Bailey's leven kunt redden."

HOOFDSTUK ZES

MIJ REDDEN?

Nee. Niet weer.

Valerian kijkt naar de weerwolf alsof hij een verklaring zoekt, en wanneer er geen komt, zegt hij, "Ik ben hier om haar te beschermen."

"Helaas zal de bescherming die je plant haar en alle anderen vervloeken." Nostradamus pakt een stuk sashimi van mijn bord en gooit het in de mond van zijn weerwolfvriend.

De weerwolf vangt het op en slikt zonder te kauwen door, zijn droevige ogen starend in de verte.

Op de automatische piloot verplaats ik mijn bord naar Nostradamus en open VR om hetzelfde opnieuw te bestellen.

Valerian wrijft over de brug van zijn neus. "Het onderduikadres dat de Senaat heeft voorbereid —"

"Daar zal ingebroken worden, de ordebewakers zullen overweldigd worden," zegt Nostradamus. "En hoewel mijn krachten niet zo goed zijn als het om gebeurtenissen gaat die in dromen gebeuren, kan ik je vertellen dat de meeste versies van de toekomst die je voor haar had gepland, erin zullen eindigen dat Bailey moorddadig krankzinnig wordt."

Ik knipper met mijn ogen. "Als in, de Notenkraker zal me in een toekomstig gevecht doden?"

"Niet als je slaap vermijdt," zegt Valerian. "Er is —"

"Ze zal weigeren om op vampierbloed te leven," zegt Nostradamus, en ik knik nadrukkelijk. "Maar zelfs in de zeldzame toekomsten waarin de keuze niet aan haar is, eindigen de dingen net zo tragisch."

Wacht eens even. Heeft hij een toekomst gezien waarin iemand me vampierbloed gaf? Wie zou —

"Ik haat zieners," gromt Valerian. "Ik neem aan dat je ons gaat vertellen wat we moeten doen?"

"Ik kan je een weg wijzen." Nostradamus pakt nog een stuk sashimi en eet het met een geïmponeerde uitdrukking op. "Neem haar en haar vrienden mee naar Necronia."

"En?" vraagt Valerian.

"Wat is Necronia?" vraag ik.

Nostradamus staat op. "Valerian zal het zo uitleggen."

Valerian springt ook op, zijn spieren staan strak. "Wacht, is dat het?"

Er vliegen stukjes van een onderbroek in het rond als de weerwolf terug verandert in een ruig beest en zichzelf tussen Valerian en Nostradamus plaatst.

Nostradamus legt een hand op het hoofd van de

grommende wolf en krabt hem achter het oor. "Hij is van streek. Het is begrijpelijk."

Valerian gaat weer zitten, trillend van spanning. "Waarom vertel je ons niet precies wat we moeten doen? Waarom deze poppenkast?"

"Nou, om te beginnen, als je de toekomst kent, kun je deze veranderen," zegt Nostradamus.

Ik knipper met mijn ogen. "Kunnen we dat?"

"Tuurlijk. Bijvoorbeeld, wat als ik je zou vertellen: 'Neem geen dessert nadat ik ben vertrokken'?"

"Als je zou zeggen van niet, dan zouden we dat niet doen," zegt Valerian.

"Het is echter niet zo eenvoudig," zegt Nostradamus. "Dat zul je vanzelf wel zien." Hij draait zich om om te vertrekken.

"Wacht!" roep ik. "Kun je ons op zijn minst een paar tips geven?"

"Natuurlijk," zegt de ziener over zijn schouder. "Neem Chester mee — of een andere krachtige kansmanipulator. Als de andere kant een van zijn of mijn soort rekruteert, dan zou hij een goed tegenwicht zijn."

De andere kant? Bedoelt hij de Notenkraker?

"Zou Chester het je niet onmogelijk maken om onze toekomst te kennen?" vraagt Valerian.

"Ik ken je toekomst toch niet precies," zegt Nostradamus. "Ik ben hier om je een pad aan te bieden dat niet tot een zekere ondergang voor jou en iedereen leidt, maar dat betekent niet dat ik een positieve uitkomst kan garanderen."

Ugh. Geen wonder dat iedereen een hekel heeft aan zieners.

Een robot rolt naar de tafel met mijn nieuwe portie sashimi. Ik neem het op de automatische piloot aan en zet het op tafel.

"Vaarwel," zegt Nostradamus. "Last but not least, als je het Motief van het Lot hoort, speel dan de detective." Daarmee loopt hij het restaurant uit, met zijn weerwolf op zijn hielen.

Ik kijk Valerian aan. "Wat is er net gebeurd?"

Hij wrijft met een hand over zijn gezicht. "Ik denk dat we er officieel tot aan ons nek in zitten. De Raden van de aarde hebben zonder enig succes geprobeerd Nostradamus te lokaliseren — en hij komt hier gewoon binnenwandelen en spuugt voorspellingen uit alsof het niets is."

"Uh-huh. Waarom zijn de raadsleden naar hem op zoek? Waarom zinspeelde hij steeds op een soort apocalyps? Wat de puck is een Motief van het Lot? En wat is Necronia?"

"Het belangrijkste eerst," zegt Valerian. "Wat doen we met het pucking dessert?"

Ik kijk hem fronsend aan. "Had Nostradamus niet gezegd dat je er geen moest nemen?"

Mijn eetlust is verleden tijd, en ik wed dat hetzelfde voor Valerian geldt. Toch roep ik VR op en scan het menu. De enige opties van vandaag voor het dessert zijn de keuze van de chef van stukjes gevriesdroogde ingewanden of een geglazuurd *cheburashka*-oor. Nee, dank je. De eerste optie zal ongetwijfeld als gastronomisch hondenvoer smaken, en de tweede klinkt net zo smakelijk als een baby koala-oor op aarde zou doen.

Valerian gebaart in zijn eigen VR en trekt zijn neus op. "De exacte woorden van Nostradamus waren, 'Neem geen dessert nadat ik ben vertrokken'."

Ik wuif de VR-interface weg. "Maar hij ging dat voor met 'wat als ik je vertelde'."

"Juist. Dat impliceert dat alleen al het zeggen van de uitdrukking 'geen dessert nemen nadat ik ben vertrokken' onze toekomst op de een of andere manier zou kunnen veranderen. Maar dat slaat nergens op. De enige manier waarop dat waar kan zijn, is als we het dessert uit wrok bestellen."

"Wat je niet zult doen, toch?"

Hij vernauwt zijn ogen tot spleetjes. "Ik ben niet van de hatelijke soort."

"Wat wil je daarmee zeggen?"

"Waar zal ik eens beginnen? Je hebt de armband weggegooid die ik je heb gegeven. Je negeerde —"

"Heb je me bespioneerd?"

Valerian antwoordt niet. Hij staart naar de ingang van het restaurant.

Ik volg zijn blik en staar naar de tientallen nieuwkomers — verschillende soorten Cognizanten. Een aantal zijn naakt, sommige dragen alleen ondergoed en de rest heeft een mix van nachthemden en pyjama's aan.

Ze zijn allemaal met voorwerpen gewapend die je in een typische keuken kunt vinden: een paar mensen met messen, een grote vrouwelijke elf met een vergiet, een mannelijke dwerg die een spatel vast heeft, een waterspuwer met spiesjes, een dryad met een schaar, en ga zo maar door.

Maar zijn niet hun kleding of de wapens die me laten verstijven, zoals het dessert dat we waarschijnlijk nooit zullen bestellen. Het is ook niet het gebrek aan emotie op hun gezicht.

Het zijn hun ogen.

Er is een magma-achtig vuur in elk van hen te zien — precies dezelfde eigenaardigheid die mam had toen ze mijn tweelingzus vermoordde.

"Gooi een illusie op!" fluister ik scherp terwijl alle vurige ogen naar ons gaan.

Valerian schudt zijn hoofd. "Hun toestand maakt het moeilijk om meer dan één voor de gek te houden, en om ze te stoppen, zou ik ze allemaal voor de gek moeten houden — of beter gezegd, degene die ze onder controle heeft. Degene die door hun ogen kijkt. Als ik een team van illusionisten had om me te helpen, dan zou het een ander verhaal zijn."

Zijn uitleg roept veel vragen op, maar ik krijg niet de kans om ze te stellen, want op dat moment valt de bonte groep als één aan.

HOOFDSTUK ZEVEN

ER SUIST EEN MES LANGS MIJN OOR, WAARDOOR IK BUK.
Er vliegt een vergiet richting mijn middensectie, dus ik
stap opzij. Een vleeshamer slaat tegen Valerians
schouder aan. Hij gromt, springt dan tussen mij en een
deegroller en vangt de klap met zijn borst op.

"Stop met geraakt te worden!" roep ik.

"Bedankt," hijgt hij. "Ik zal er meteen mee aan de
slag gaan."

Ik pak de vleeshamer op en lanceer hem naar het
hoofd van de dwerg met een spatel. Hij komt hard aan
in zijn gezicht, maar hij blijft komen. Niet goed.

Valerian vangt een mes uit de lucht en gooit hem in
het oog van de elfenvrouw. Ze laat haar vergiet vallen
en zakt op de grond in elkaar, vermoedelijk dood.

Dat is al iets. Het lijkt erop dat ze verslagen kunnen
worden.

Als we een eskader van vechters bij ons hadden, dan
zouden we een kans maken. Zoals het er nu voor staat,

niet echt. Niet met hun schijnbare ongevoeligheid voor pijn, enorme aantallen en ons gebrek aan wapens of nuttige krachten.

Een paar spiesjes vliegen langs Valerians hoofd, dan een schaar. Ik vervloek mezelf dat ik geen slaapgranaat bij me heb terwijl ik een vuile koekenpan ontwijk. Van alle onhygiënische dingen om voor te gaan. Kan dit nog meer nachtmerrieachtig worden?

Valerian gooit onze tafel omver en gebruikt hem als een schild. Goed idee. Dat zal ons een minuut, misschien twee geven. Er bonkt als hagel keukengerei tegen de tafel.

Ik gluur er voorzichtig omheen.

Er komt een nieuwe groep mensen het restaurant in. Gezien hun volledig zwarte outfits, supersnelle bewegingen en hoektanden, moet ik aannemen dat ze ordebewakers zijn, of op zijn minst vampiers die zich als hen voordoen.

Als deze groep bij de groep met rare ogen hoort, dan zijn we nog meer dood.

Maar dat lijken ze niet te horen. Althans, niet degene die ik herken. Zijn naam is Virgil, en hij was al eerder Valerians bondgenoot.

Yep. Virgil rukt bij een dryad de ingewanden eruit, terwijl een andere vampier het hart van een elf eruit rukt.

Er volgt een bloedbad. Al snel zijn Valerian en ik de enige mensen in het restaurant die nog in leven zijn, de vampiers niet meegerekend. Hun levendigheid is op voor debat.

DIMA ZALES

"Waarom duurde het zo lang?" blaft Valerian naar Virgil.

Virgil likt wat bloed van zijn hand. "Je zei dat je privacy wilde. Je had ons gevraagd om buiten het gehoorbereik te blijven. Dat is voor mij een paar kilometer."

Kan hij ons van een kilometer afstand horen? Is dat met een geluidsversterker?

Dan valt er iets op zijn plek.

Ik draai me naar Valerian. "Je hebt hen me laten bespioneren. Is dat hoe je wist dat ik de armband had weggegooid?"

"Ze hebben je alleen maar beschermd," zegt hij. "Ik wist van de armband omdat de afkickkliniek ons toegang had gegeven tot de beveiligingscamera in je kantoor."

Dit is Big Brother-mooftmest. De mensen in de afkickkliniek en ik zullen een woordje met elkaar te wisselen hebben.

Virgil verbergt zijn tanden. "Je kunt haar beter naar het onderduikadres brengen."

"Er is op dat front een verandering van de plannen," zegt Valerian. "In plaats van onder jouw toezicht te blijven, gaat ze met mij mee."

Virgil trekt een wenkbrauw op.

Omdat het klinkt alsof ik eindelijk wat antwoorden zal krijgen, vervang ik mijn aanvankelijk boze antwoord door, "Waar gaan we heen?"

Valerian kijkt naar de lichamen van onze aanvallers. "Niet hier."

54

"Neem die wagen." Virgil gebaart naar een voertuig dat in de buurt staat. "Hij is doorgelicht."

Knikkend loopt Valerian naar de auto, en ik volg.

Dit is een van die luxe limo-achtige wagens die mensen naar bruiloften en dergelijke brengen. Er is hier een bar en koelkast, een bank en ruimte genoeg om te staan en te bewegen.

Terwijl we aan het rijden zijn, schenkt Valerian twee drankjes in aan de bar en geeft me een van de glazen.

Ik neem een klein slokje. Heerlijk. "Was dat logisch voor je?"

Hij gaat tegenover me zitten. "Ik weet zeker dat je begrijpt wat Nostradamus met het dessert bedoelde. Hij zei het, en we begonnen erover te discussiëren toen hij vertrok. Als hij niets had gezegd, dan waren we waarschijnlijk al uit het restaurant geweest voordat de Overgenomenen arriveerden." Aan mijn niet-begrijpende blik legt hij uit, "Ik noem de mensen met de vreemde ogen de Overgenomenen."

"Het dessert is niet waar ik naar vroeg. Het is al het andere. Wie zijn de Overgenomenen?"

"Het is maar een theorie." Hij zet zijn drankje op een kleine tafel. "Ik geloof dat ze door Collywobbles bezeten en beheerst worden." Hij maakt luchtcitaten rond de bijnaam van Phobetor. "Zoals ik al eerder zei, je staat nu op zijn radar."

Uh oh. "Dus die ogen —"

"Zijn wat laat zien dat ze onder controle staan," bevestigt hij.

"Wat betekent dat mijn moeder —"

"Het spijt me." Hij knijpt zachtjes in mijn knie.

Ik adem beverig uit. Hoewel ik zelf zoiets had vermoed, vind ik het moeilijk, zo niet onmogelijk, om te accepteren dat mama door een god van nachtmerries werd beheerst. En m'n tweelingzus vermoordde. Laten we dat onmogelijk te verwerken feitje niet vergeten.

"— de Overgenomenen duiken de laatste tijd in grotere aantallen op," zegt Valerian wanneer ik weer op hem let. "Dat is wat me heeft geholpen de Senaat en de Raden van de aarde te overtuigen om te handelen."

Ik schuif alle gedachten aan mijn moeder en mijn dode zus opzij, spring overeind en begin in de kleine ruimte van de auto te ijsberen. "Begin bij het begin. Waarom zochten de Raden naar Nostradamus? Toen hij op onheil en somberheid zinspeelde, had dat iets met de Overgenomenen te maken? En wat is Necronia?"

Valerian pakt zijn drankje en neemt een grote slok. "Juist. Vanaf het begin. Herinner je je Wrakar nog?"

Ik stop. "De dodenbezweerder die ons bijna had vermoord?"

Ik wou dat ik hem kon vergeten. De laatste keer dat ik hem zag, had Kit hem in een cocon van spinnenweb gewikkeld.

"De Senaat heeft hem ondervraagd," zegt Valerian. "We hebben veel ontdekt."

Auw. Ondervragen is een beleefde manier om *gemarteld* te zeggen.

"Volgens Wrakar is Icelus een organisatie met meerdere werelden," vervolgt hij, "allemaal verenigd in één doel: *je laten weten wie* er sterker is. Hoewel we de aanval hier op Gomorrah hebben tegengehouden, hadden de Cognizanten in talloze Andere Werelden niet zoveel geluk."

Ik ga weer zitten, mijn knieën plotseling zwak. "Hebben ze mensen opgeblazen?"

"Op sommige werelden. Bij anderen hebben ze een oorlog aangewakkerd. En bij andere hebben ze op een subtielere manier gewerkt. Herinner je je Koshmar, de drug die nachtmerries geeft?"

Ik knik.

"Op een wereld die veel op de aarde lijkt, waren ze erin geslaagd om een farmaceutisch bedrijf te starten en een meer dodelijke versie van dat medicijn als een slaapmiddel te verspreiden. Dit heeft tot miljoenen doden en miljarden gruwelijke nachtmerries geleid."

Ik knijp in de brug van mijn neus. "Ik wist niet dat Icelus zo wijdverspreid is. Hoeveel leden zijn er? Hoe coördineren ze deze gruweldaden in de Andere Werelden?"

"Veel van de rampen werden door dezelfde cel veroorzaakt. Wat betreft communicatie tussen werelden, beweerde Wrakar dat ze daarvoor een droomwandelaar onder hen hebben. In eerste instantie leek het vergezocht, maar na die aanval in je droom, geloof ik hem hier ook in."

Een andere droomwandelaar.

Een Icelus-droomwandelaar.

Dat moet de Notenkraker zijn.

"Hoe weet je dat het een persoon is?" vraag ik. "Zou een nachtmerriegod hen niet persoonlijk kunnen helpen coördineren?"

Hij haalt zijn schouders op. "Het lijkt op overkill. Trouwens, ik denk dat de Overgenomenen is wat er met mensen gebeurt die te dikke vriendjes worden met degene die jij noemde. De meeste van Icelus zijn onafhankelijke agenten, geen poppen met vurige ogen."

"Juist. Dus je hebt de dodenbezweerder ondervraagd en hebt de Raden op aarde over je bevindingen verteld?"

"En de Raden op andere gemakkelijk te bereiken Andere Werelden," zegt hij. "Het idee is om een verdediging te coördineren. Daarom zijn we op zoek gegaan naar zieners. Naast het voor de hand liggende nut van hun visioenen, kunnen ze inter-wereld communiceren, zij het alleen met elkaar."

Ik herinner me dat Nostradamus zei dat Valerian hem nooit meer zal ontmoeten. "Laat me raden. De zieners voorzagen je interesse in hen en zijn ervandoor gegaan voordat ze in deze puinhoop konden worden getrokken?"

Valerian gaat met zijn vingers door zijn haar. "Precies. Toen begon iedereen zich *echt* zorgen te maken."

"Hoe zit het met dat cryptische motief van het lot ding dat hij als laatste zei? En hoe speel ik detective?"

Zijn bovenlip komt omhoog. "Zieners. Ik heb van het *Motief van het Lot* in de context van muziek gehoord. Beethovens *Vijfde symfonie*, ook wel de *Noodlotsymfonie* genoemd."

Ik ken het muziekstuk waar hij het over heeft. Het is een van de bekendste composities van klassieke muziek op aarde. Eén waar de openingsbalken — en het motief — Da-Da-Da-DUM zijn.

"Maar wat heeft dat ergens mee te maken?" vraag ik. "En hoe speel ik de detective?"

Valerian haalt zijn schouders op. "Laten we hopen dat je dat uitvogelt als de tijd komt. Detective spelen kan betekenen dat je je redeneervaardigheden gebruikt of iets dergelijks."

"En Necronia?"

"Dat is de thuiswereld van Wrakar — of beter gezegd, de wereld waaruit hij werd verbannen. Hij en de droomwandelaar — wiens identiteit hij niet kent — hebben die wereld uitvoerig besproken, en Wrakar is ervan overtuigd dat het door een bijzonder vervelende Icelus-cel genaamd de Pales zal worden aangevallen. Ik besloot een team te leiden om de aanval te voorkomen en de Pales te vangen."

Ik wrijf over mijn slapen. "En het is niet de bedoeling dat ik deel uit maak van dit team, toch?"

Hij schudt zijn hoofd. "Ik wilde je veilig houden op Gomorrah, maar dat is nu niet meer mogelijk. Nostradamus is geen ziener die je kunt negeren."

Geweldig, gewoon geweldig. Als dat dessert me iets heeft geleerd — behalve angst voor zieners — dan is het dat ik beter op deze stomme missie kan gaan. "Zei de dodenbezweerder wat voor soort aanval je kon verwachten?"

Valerian trekt een gezicht. "Je zult het niet leuk vinden. Hij denkt dat het via een kwaadaardig virus komt, een virus dat zowel mensen als Cognizanten treft. De Pales zijn blijkbaar in biowapens gespecialiseerd en ze hebben op andere werelden al virussen gebruikt."

Een virus.

Ik voel al het bloed uit mijn gezicht trekken.

Waarom kan het niet iets anders zijn?

"Je hoeft niet te gaan," zegt hij zachtjes.

"Hij zei dat ik zou sterven als ik dat niet doe."

"Eigenlijk zei hij dat mijn huidige plannen tot je dood zouden leiden, maar hoe zit het met nieuwe plannen? Wat als je op aarde blijft?"

Ik sta op en schenk voor mezelf een steviger drankje in.

Ik heb geen idee wat ik moet doen. Vertrouw ik een ziener? En als ik dat doe, kan ik mezelf dan fysiek naar een wereld brengen waar een eng virus op hol zal slaan?

Wat echt vreemd is, is dat het idee om met Valerian te reizen me bijna net zo bang maakt als het krijgen van dit virus. Ik weet niet of ik boos op hem kan blijven terwijl ik zoveel tijd samen met hem doorbreng.

Een deel van me is al aan het verzwakken. Hij wilde me tenslotte veilig houden voordat de ziener het verprutste.

Nou, als ik ga, dan zal ik extra waakzaam blijven als

het om Valerian gaat. Natuurlijk, kan ik mezelf ervan weerhouden om hem te begeren.

Ja. Tuurlijk. En misschien kan ik het virus met mijn wilskracht bestrijden als ik dan toch bezig ben. Zelfs nu — hoewel het de alcohol kan zijn — wil ik dat hij me omhelst en kust en me vertelt dat alles goed komt.

Alsof hij dat voelt, komt hij naast me staan bij de bar. "Je hebt de laatste ontmoeting met Icelus nauwelijks overleefd," zegt hij zachtjes. "Denk goed na voordat je je keuze maakt."

Ik drink mijn drankje op. "Er is niet echt een keuze, toch? Nostradamus heeft gesproken. Trouwens, als Collywobbles achter de dood van mijn zus zat, dan wil ik hem en zijn volgelingen dwarsbomen."

Valerian knikt plechtig. "Dit gaat een lange reis worden. Zullen we opnieuw beginnen?"

En zo begint het. "Leuk geprobeerd. Je kent mijn prijs om het verleden te laten rusten." Ik kijk hem recht aan. "Vertel me alles over Soma en laat me in je dromen de zwarte ramen binnengaan. Ik wil geen geheimen meer."

Hij draait zich weg. "Dat is te veel."

Een hysterisch gegrinnik ontsnapt aan mijn lippen. "Je hebt me op een presenteerblaadje aan de Raad van New York gegeven. Nu wil je dat ik naar een met virussen besmette wereld ga, en je hebt het lef om te zeggen dat *ik* te veel vraag?"

"Ik ben niet degene die zegt dat je moet gaan. Sterker nog, ik vraag me nog steeds af of er een manier is waarop je *niet* hoeft te gaan."

"Die is er niet." Niet volgens een legendarische ziener, hoe onbetrouwbaar hij ook is.

Valerian ademt hoorbaar uit. "Goed dan. Jij wint. Als we klaar zijn met deze missie, krijg je wat je wilt."

De auto stopt.

Ik kijk naar het gebouw van de hub. "Gaan we al naar Necronia?"

"Eerst naar de aarde." Hij stapt uit de auto en houdt de deur voor me open. "Je zult daar veiliger zijn."

Terwijl we door de lobby van het gebouw lopen, zie ik ordebewakers — ongetwijfeld onze bodyguards voor het geval de Overgenomenen weer toeslaan.

"Hoe neemt Collywobbles mensen precies over?" vraag ik.

Valerian gebaart dat ik in de lift moet stappen en drukt op de knop voor de bovenste verdieping. "Niemand weet het zeker. Tot nu toe was het enige dat alle slachtoffers gemeen hadden terugkerende nachtmerries en andere slaapproblemen."

"Behouden ze hun krachten?" vraag ik als we uit de lift komen en naar de blauw glinsterende plasma poort gaan die naar de aarde leidt.

"Daar lijkt het wel op," zegt hij. "En, zoals ik al zei, ik kan maar één persoon voor de gek houden met illusies, wat mijn kracht nutteloos maakt als het om een team van hen gaat."

We stappen door de poort en komen aan de kant van de aarde weer naar buiten. De JFK-hub is ondergronds, dus mijn stem weergalmt als ik zeg, "Ik vraag me af of mijn krachten op hen zouden werken."

"Ik zou niet in de dromen van de Overgenomenen gaan," zegt Valerian. "Je weet wie daar op je kan wachten."

Tuurlijk. Ik vraag me af of mam tot de Overgenomenen behoort. Dat is op een gegeven moment duidelijk het geval geweest. En ik was Collywobbles in haar dromen tegengekomen.

We gaan de gangen in, maar in plaats van me naar de geheime deur te leiden die op de luchthaven van JFK uitkomt, slaat Valerian een andere hoek om.

"Wat is daar?" vraag ik.

"Een lab." Hij gaat een kamer aan het einde van de gang in.

Ik volg hem.

Een lab? Het is meer als een schuilplaats van een gekke wetenschapper.

Als een medisch toeleveringsbedrijf een hardwarewinkel in een ruimtestation zou bevechten, dan zou dit de nasleep kunnen zijn. Er is overal een mix van techniek van Gomorrah en de aarde te zien, maar vooral op een tafel waar Itzel iets bouwt, haar aandacht op haar taak gericht.

Ariël en Felix zijn hier ook, en ze zijn in een geanimeerde discussie verwikkeld.

"— Batman zou Iron Man nooit in een gevecht verslaan," zegt Felix. "Niet tenzij ze geen uitrusting aan hadden."

Ariël fronst en slaagt erin om er nog steeds uberaantrekkelijk uit te zien terwijl ze het doet. "Als Batman genoeg tijd had om zich voor te bereiden —"

"Hoi, jongens," roep ik. "Wat gebeurt er allemaal?"

Ze kijken me alle drie aan alsof ik uit het niets ben verschenen.

Valerian grijnst. Hij moet ons tot nu toe met zijn krachten hebben verborgen.

"Ik was aan iets belangrijks aan het werken," zegt Itzel, terwijl ze haar hoofd opheft om me met een chagrijnige blik aan te kijken. "Het was de bedoeling dat deze twee mijn werk zouden testen, maar ze storen me alleen maar."

Ik loop erheen om Itzels 'werk' te bekijken. Ze heeft een aantal maskers gemaakt die aan degene doen denken die ze altijd draagt, voor een kabouter met ademhalingsproblemen en zo.

"Ik heb Itzel opdracht gegeven om apparatuur te maken voor onze reis naar Necronia." Valerian pakt een telefoon en typt terwijl hij praat. "De ordebewakers zullen de prototypes meenemen naar menselijke laboratoria en ze testen."

Ik kijk verward om me heen. "En ze werkt op een achtergebleven wereld zoals de aarde omdat...?"

"Er is in Gomorrah nog nooit een grote pandemie geweest. Als het om virusbescherming en dergelijke gaat, dan loopt deze plek eigenlijk vooruit." Itzel gebaart naar een gaspak dat in de buurt ligt.

"Oh, alsjeblieft," zeg ik. "We krijgen geen pandemieën dankzij dingen als hygieia en betere sanitaire voorzieningen. De aarde loopt *niet* vooruit."

"We nemen hygieia-apparaten mee," zegt Valerian.

"Maar aangezien het virus in kwestie zich hoogstwaarschijnlijk in de lucht zal bevinden, hebben we ook maskers nodig." Hij wendt zich tot Itzel. "Bailey heeft nu ook een masker nodig. En de rest van jullie ook."

"Wat?" vraagt Felix op hetzelfde moment dat Ariël "Waarom? Wie?" uitroept.

Valerian en ik vertellen ze over onze ontmoeting met de ziener.

"Ik kan niet geloven dat de dingen zo slecht zijn dat Nostradamus erbij betrokken is geraakt," zegt Felix. "Het staat op het punt om helemaal fout te gaan. Op een epische schaal."

Ariël knikt grimmig. "Er komt een soort apocalyps aan."

Itzel ziet eruit alsof iemand haar favoriete ruimteschip heeft laten neerstorten. "Ik had moeten weten dat een vriendin van je zijn me op een dag in mijn kont zou bijten," zegt ze somber.

Natuurlijk. Nostradamus had gezegd dat mijn vrienden met ons mee moesten op deze missie. Ik ben te veel met mezelf bezig om te beseffen wat dat voor de mensen in deze kamer betekent.

"Ik betwijfel of hij jou bedoelde," zegt Felix tegen Itzel. "Zieners kunnen de toekomst van een kabouter niet voorspellen."

"Niet direct," zegt Ariël. "Maar moeten we alles riskeren door haar *niet* mee te laten gaan?"

Wauw. Ze nemen de woorden van Nostradamus nog serieuzer dan ik.

"Mijn excuses daarvoor," zeg ik. "Hij heeft niet echt veel gezegd, dus als jullie niet —"

"Ik ga," zegt Ariël vastberaden.

"Het is voor mij een kans om mijn nieuwe pak uit te proberen," zegt Felix, een stuk minder vastberaden.

"Als je gaat, dan word je rijkelijk beloond," zegt Valerian tegen Itzel voordat hij zich tot Ariël en Felix wendt. "Dat geldt ook voor jullie tweeën."

Itzel vrolijkt op. "Beloond door jou of de Senaat?"

"Allebei," zegt Valerian. "En ook door de Raden van de aarde."

Felix en Ariël wisselen geïmponeerde blikken uit.

"Ik heb het gevoel dat we iets kunnen regelen." Itzel buigt zich met hernieuwd enthousiasme over het masker voor haar.

Valerian checkt zijn telefoon. "Ik moet wat regelingen treffen. De raadsleden hebben je bescherming toegewezen. Ze wachten buiten in een limousine." Hij draait zich om en loopt naar de uitgang.

"Wanneer beginnen we aan de reis naar Necronia?" roep ik hem na.

"Over een paar dagen," antwoordt hij over zijn schouder.

"Wat?" Ik kijk naar Ariël en Felix. Ze halen allebei hun schouders op. "Waar blijf ik in de tussentijd?"

Valerian stopt en kijkt me geërriteerd aan. "Je bodyguards moeten je overal veilig houden."

"Wat dacht je ervan om bij ons te logeren?" stelt Ariël opgewonden voor. "We hebben op dit moment een ongebruikte kamer."

"En er is een domovoj bij ons thuis die alles kan doden wat binnen zou kunnen komen," voegt Felix eraan toe. "Onze deuren en ramen zijn ook kogelwerend."

Huh. Ik vraag me af of dit laatste iets is dat Bowser voor prinses Peach heeft opgezet, de oorspronkelijke bewoner van de kamer in kwestie.

"Perfect," zegt Valerian. "We zien elkaar hier terug. Ik zal je de details sturen."

Daarmee loopt hij naar buiten.

"Wie stuurt hij wat?" vraag ik aan de rest van de groep.

"Mij," geeft Felix toe. "We hebben de laatste paar weken samengewerkt."

Ik werp een blik op hem alsof ik geïrriteerd ben. "Daardoor had je dus de tijd om al mijn geheimen aan hem te vertellen."

Ariël grijnst. "Je kent Felix lang genoeg om te beseffen dat hij een grote roddelaar is. Als er iets is waarvan je niet wilt dat de wereld het weet, vertel het hem dan niet."

"Ik kan *echt wel* een geheim bewaren." De doorlopende wenkbrauw van Felix schiet naar zijn voorhoofd. "Ik heb nooit aan iemand verteld —" Ariëls doodsstaar opmerkend, slikt hij hoorbaar en mompelt, "Laat maar zitten."

"Kunnen jullie je mond houden?" gromt Itzel. "Ik ben aan het werk."

Ariël rolt met haar ogen. "Laten we eens kijken wie de Raden als bescherming hebben aangewezen."

Ze leidt ons de kamer uit en door de labyrintische gangen naar JFK, waar een anorexia-dunne vrouw op ons wacht.

"Thalia!" roept Ariël uit. "Wat leuk om je weer te zien."

"Thalia is een non uit de Jinto-bergen op Voikomlya," fluistert Felix in mijn oor. "Het zijn geweldige vechters."

"Leuk je te ontmoeten, Thalia," zeg ik eerbiedig. "Ik ben in jouw wereld geweest en heb een paar van je zusters ontmoet." Ik heb eerlijk gezegd met een paar van de nonnen droomverbindingen opgezet, zodat ik een beetje van hun vechtstijl kon leren, maar omdat ik nooit toestemming heb gevraagd, vermeld ik dat deel niet.

Bij de vermelding van haar orde krijgt Thalia's dunne gezicht een verdrietige uitdrukking.

"Ze is verbannen en woont hier op aarde." Felix laat zijn stem verder zakken. "De reden dat ze niets zegt, is dat ze onder een gelofte van stilte staat."

"Zie je wel? Geroddel," zegt Ariël.

Thalia pakt een telefoon en typt verwoed iets uit.

Ariëls telefoon piept. Als ze ernaar kijkt, glimlacht ze en zegt, "Thalia zei iets niet zo vleiends over Felix en ze stelt voor om haar naar de limo te volgen."

De reis door het vliegveld verloopt rustig en als we naar buiten gaan, staat de bleekste vrouw die ik ooit heb gezien buiten op ons te wachten. Als ze menselijk was, dan zou ze er als eind zestig uitzien, maar ik betwijfel of ze een mens is, omdat ze zelden zo'n ondoorgrondelijke blik in hun ogen hebben.

Thalia knikt naar de vrouw, pakt haar telefoon en begint als een gek te typen.

Ariël bekijkt de tekst en laat me het scherm zien.

Dit is Edith. Ze is de oudste vampier op aarde. Ze is je bescherming. Ik ben maar de chauffeur.

Een vampier, en ook nog eens de oudste op aarde? Indrukwekkend. Gezien de rimpels en fronslijnen van de vrouw, zou ik haar aard nooit hebben geraden — hoewel het die ogen en de bleekheid verklaart.

Cognizanten die na hun dood vampiers kunnen worden, worden pre-vampiers genoemd. Maar ze veranderen niet allemaal. Ik heb gehoord dat het drinken van bloed van een krachtigere vampier hun kansen helpt te vergroten — met het neveneffect dat ze sire-gebonden worden aan de donorvampier en een tijdje hun bevelen moeten uitvoeren. Op Gomorrah wonen verkleint de kans om te veranderen, dus daar ontmoet je nooit pre-vampiers, alleen volledige vampiers. Voordat ze veranderen, hebben pre-vampiers een extreem lange levensduur, dus Edith moet voor haar 'dood' al oud zijn geweest.

"Jullie moeten Felix, Ariël en Bailey zijn," zegt ze met een licht Duits accent.

Felix en ik antwoorden dat het erg leuk is om haar te ontmoeten, en Ariël mompelt iets onbegrijpelijks. Hoewel ze haar vampierbloedverslaving heeft verslagen, voelt ze zich niet op haar gemak om in de buurt van bronnen van haar favoriete drug te zijn.

Als we in de limousine stappen, rijden we weg van de luchthaven en zitten we al snel vast in het verkeer — New York op zijn best. Na een paar minuten met de auto afwisselend vooruit kruipen en stilstaan, verstijft Edith en gaat ze rechtop zitten.

Wat de puck?

Er stapt een vrouw in een nachtjapon de weg op. Dan een man in een zijden boxershort. Steeds meer mensen die nachtkleding dragen.

Mijn hartslag gaat sneller.

Hun ogen zijn vurig, net als de Overgenomenen op Gomorrah.

Deze groep is echter beter bewapend.

Als één heffen ze hun wapens op en schieten ze op ons.

HOOFDSTUK ACHT

IK KRIMP INEEN, KNIJP MIJN OGEN DICHT TERWIJL DE kogels in de limo slaan. Het oorverdovende geluid van geweervuur vermengt zich met het schrille geschreeuw van Felix.

Er valt een stilte, gevolgd door een nieuwe ronde geweerschoten.

Normaal gesproken zou ik vol gaten moeten zitten, maar ik voel me prima.

Ik doe mijn ogen open.

Er zit niet eens een scheur in de voorruit.

"Kogelwerend," legt Felix hees uit en hij veegt het zweet van zijn voorhoofd.

Naast me houdt Ariël een pistool vast. Ik heb geen idee waar ze hem vandaan heeft gehaald.

Thalia zet de auto in 'parkeren' en reikt naar de deurklink.

"Nee," zegt Edith met uitgestrekte tanden. Met een lisp beveelt ze, "Blijf!"

Voordat we in discussie kunnen gaan, wervelt de vampier in een beweging die te snel is om te volgen. Ik neem aan dat ze de deur van de limousine opent, uitstapt en de deur achter zich sluit, maar het is met zo'n snelheid gedaan dat ik er nauwelijks iets van zie — en geen enkele kogel heeft de kans om naar binnen te vliegen.

Zich schijnbaar niet bewust van het spervuur van kogels, valt ze de dichtstbijzijnde aanvaller aan.

De Overgenomenen vuren weer.

Het lijkt Edith niet te kunnen schelen.

Een oogwenk later is de eerste Overgenomene een bloederig hoopje.

Een milliseconde daarna wordt een andere uit elkaar gerukt. Dan de volgende.

Twee hartslagen later zijn er alleen nog lichaamsdelen over.

Edith wendt zich af van haar slachtoffers, haar gezicht krijgt een gespannen, verstopte blik. Voordat ik me iets kan afvragen over de vertering van vampiers, komt er een kogel uit een bloedend gat in haar nek en valt hij op de stoep.

Edith ontspant zich en het gat geneest meteen.

"Wauw," mompelt Felix.

Dat kan je wel zeggen. Ik wist dat oudere vampiers krachtig waren, maar dit is eng.

Ediths ogen krijgen de gespiegelde blik van glamour en ze flitst naar de dichtstbijzijnde auto met omstanders. Ze voert haar vampier-mindtruc uit op iedereen die erin zit en betovert vervolgens alle andere omstanders tot aan de dichtstbijzijnde afrit.

De onder glamourstaande chauffeurs starten hun motoren en rijden rechtstreeks de greppel in langs de kant van de weg en maken de weg voor ons vrij.

Edith suist terug in de limo en beveelt Thalia om te rijden.

De non trapt het gaspedaal in en we verlaten de snelweg voordat iemand 'bel het alarmnummer' kan zeggen. Edith pakt een telefoon en beveelt iemand om "op te ruimen" in de buurt van de afrit die we net hebben verlaten.

Met drie keer de snelheidslimiet vliegen we door de straten van de stad totdat een politieagent ons stopt — en dat is het moment dat Edith hem onder glamour brengt en hem onze escort laat worden. De agent stapt terug in zijn auto, start de sirene en maakt de weg voor ons vrij tot we de Brooklyn Bridge opgaan.

Vanaf daar is de rit naar het gebouw van Felix en Ariël in het centrum rustig. Thalia in de auto achterlatend, stappen we de lobby in. Ik verwacht half dat we door meer Overgenomenen zullen worden aangevallen, maar dat gebeurt niet.

Een liftrit later bereiken we de kogelvrije voordeur van het appartement en Edith zegt, "Ik wacht buiten."

Felix en ik halen onze schouders op terwijl Ariël opgelucht kijkt.

Als we binnenkomen, komen twee bekende harige wezens ons begroeten: een chinchilla en een kat.

Hoi, zegt de chinchilla — Fluffster, die eigenlijk een

73

soort Cognizant is die domovoj wordt genoemd, in mijn hoofd — *Fijn je weer te zien.*

De kat bekijkt iedereen even van top tot teen, en doet dan alsof ze toevallig bij de voordeur is. Haar houding lijkt te zeggen, "Een raszuivere Pers met een gezicht zo plat als het mijne maakt het niet *echt* uit of plebs zoals jij bestaan."

Ariël pakt Fluffster op en houdt hem tegen haar borst. "Bailey zal een tijdje bij ons blijven. Is dat niet geweldig?"

De chinchilla kijkt me zonder te knipperen aan, zijn ogen te intelligent voor een knaagdier. *Ga je helpen met de huur?* vraagt hij mentaal.

"Gast." Felix rolt met zijn ogen. "Als je het moet weten, dankzij Bailey worden Ariël en ik binnenkort 'goed beloond'."

Fluffster wil weten waarom, dus ik breng hem op de hoogte.

Als ik Felix een beetje ken, dan zal hij niet om geld vragen, zegt Fluffster mentaal als het verhaal voorbij is. *Dit huishouden kan volledig failliet gaan, en hij zou niet eens met zijn ogen knipperen.*

"Ik zal geld krijgen, maak je geen zorgen." Ariël wrijft het pluizige, zuinige schepsel tegen haar wang.

"En ik ben van plan om iets te vragen dat volledig te gelde gemaakt kan worden," zegt Felix. "Ik wil op Gomorrah een VR-gamebedrijf starten."

"Wacht, laat me raden." Ariël laat Fluffster op de grond zakken. "Je gaat de Matrix bouwen."

"De Matrix was een gevangenis," zegt Felix

defensief. "Ik wil een volledig meeslepende VR-spelomgeving bouwen die mensen vrijwillig willen bezoeken en er maandenlang willen blijven."

"Dat is bijna hetzelfde." Ariël slentert naar een linnenkast en haalt een set lakens en handdoeken tevoorschijn. "Beide zijn gesimuleerde werelden met veel actie en avontuur." Ze kijkt naar mij. "Kom, laten we je gesetteld krijgen."

Ze leidt me naar een lege kamer met een bed, tafel en boekenplanken gevuld met papieren boeken. Ze haalt de huidige lakens van het bed, vervangt ze door de nieuwe en hangt de handdoeken over de achterkant van de stoel.

Ik scan de boeken. Ze gaan allemaal over magie — de performancekunst, bedoel ik, geen krachten. Het is logisch. Dit is de kamer van prinses Peach — of was — en ze houdt echt van dit gedoe.

"Is het goed dat ik haar bed gebruik?" vraag ik Ariël, naar een foto van prinses Peach zelf knikkend.

"Oh ja," zegt Ariël. "Ze is op Atlantis, een wereld waar de tijd veel sneller stroomt dan hier. Mijn wiskunde is niet zo goed, maar ik denk dat in de tijd dat we dit gesprek hebben gehad, ze een hele dag van huwelijkse gelukzaligheid heeft ervaren."

"Dus, als je weet waar ze is, dan kunnen we —"

"Nee. Als Valerian daarheen zou gaan met de bedoeling haar om een gunst te vragen, dan zou ze hem zien aankomen en niet in de buurt zijn als hij aankomt. En dat is het beste geval. Als hij pech heeft, dan zou Valerian haar te pakken krijgen — en dat is wanneer haar man hem op de meest spectaculaire manier zou doden. Hij wil echt dat ze deze tijd voor zichzelf hebben en hij heeft specifiek gewaarschuwd voor onderbrekingen."

Goed dan. Geen hulp van prinses Peach of haar 'manlief'. Niet dat een van hen zou kunnen helpen met het grootste probleem van allemaal — Collywobbles, die niet eens in de wakkere wereld bestaat.

Tenzij dat wel zo is. Wat weet iemand eigenlijk over een god van nachtmerries?

"Heb je honger?" vraagt Ariël.

Ik antwoord bevestigend, en ze sleept me naar de keuken voordat ik mijn dieet aarzelingen kan verduidelijken.

Ik had me geen zorgen hoeven te maken. Felix grijnst als een gek en doet een grote tros bananen in een saladekom en plaatst deze ceremonieel voor me.

Hij en Ariël nemen wat hij 'zijn special' noemt, en de domovoj neemt een kom haver met noten. De kat krijgt een blikje voedsel met daarop 'Fancy Feast' en er staat een foto van een katachtige op die erg op haar lijkt — maar ik denk dat dat gewoon rare marketing is en geen bewijs dat katten kannibalistisch zijn.

Is het waar dat het enige wat je eet bananen zijn, als een aap? vraagt Fluffster me mentaal wanneer ik mijn eerste schil.

"Als ik op aarde ben, ja," zeg ik met volle mond. "Het is het voedsel dat ik het meest vertrouw." En niet heel erg, maar dat stukje voeg ik er niet aan toe; Felix heeft al te veel plezier ten koste van mij.

Ik kan op haver en hooi leven, zegt Fluffster. *Dat is, net als bananen, goedkoop.* Hij kijkt betekenisvol naar Felix, Ariël en de kat.

Felix stikt bijna van blijdschap. "Maak je geen zorgen," zegt hij als hij weer op adem is gekomen. "Als we in de financiële problemen komen, dan beloven Ariël en ik ook van bananen te gaan leven."

"En vergeet de haver niet," zegt Ariël.

De kat geeft iedereen een blik die lijkt te zeggen, "Als je mij niet mijn speciale eten geeft, dan zal ik in plaats daarvan van je niet erg mooie oogballen smullen."

Ze plagen me nog meer met elke banaan die ik pel, en als ik klaar ben met de hele tros, staat Felix op, gaat naar een kast en haalt een paar bekende pakketten tevoorschijn.

Ik vernauw mijn ogen tot spleetjes naar hem. "Heb je manna?"

"Ik vond het lekker toen we op Gomorrah verbleven, dus heb ik er wat van naar binnen gesmokkeld," zegt Felix. "Het is helemaal van jou. Ik wilde gewoon dat Ariël je minstens één keer de bananen zag eten."

"Gemeen," mompel ik en ik reik naar een pakje.

"Geniaal," zegt Ariël grijnzend.

Ik kijk haar boos aan en begin van het hemelse voedsel te eten terwijl ze hun saaie, onhygiënische gerechten van de aarde opeten.

De rest van de dag maak ik het me op mijn gemak in mijn nieuwe omgeving. We kijken naar een film en spelen gewelddadige videogames, en ik lig uiteindelijk in het geleende bed.

De Notenkraker verschijnt niet in mijn dromen, wat een opluchting is.

De komende dagen gaan snel voorbij; het hebben van huisgenoten die niet je moeder zijn, kan best leuk zijn. Op de derde dag krijgt Felix een berichtje van Valerian:

Kom om vijf uur naar het lab.

Als we Edith van deze ontwikkeling op de hoogte brengen, is ze niet verrast.

Onze rit in de limo naar de JFK-luchthaven is heerlijk rustig. Geen aanval van Overgenomenen, en als we bij de afzetplek voor passagiers komen, vraagt Ariël aan Thalia, "Je gaat niet met ons mee, toch?"

De non schudt haar hoofd.

"Ze heeft een gelofte afgelegd om op aarde te blijven of iets dergelijks," fluistert Felix.

Natuurlijk. Ik kan begrijpen hoe het verblijf op aarde een vorm van boetedoening is, op gelijke voet met een gelofte van stilte of vasten. Wanneer ik deze mening met de anderen deel, begint Ariël haar thuiswereld hard te verdedigen, en we discussiëren er onderweg naar het lab over.

Valerian wacht al op ons als we naar binnen lopen, en hij is niet alleen.

Er zijn een aantal onbekende mensen, samen met een aantal die ik eerder heb ontmoet — dat wil zeggen, naast Kit en Itzel.

Een van hen is Chester, een kansmanipulator die

eruitziet als een sater. Een andere is Nina, een vrouw met gezichtspiercings en extreem krachtige telekinesevaardigheden. Colton is er ook, een reus die voor zijn soort klein genoeg is om op aarde te kunnen leven. Ze zijn alle drie lid van de Raad van New York.

"Welkom," zegt Valerian. "Laat me de introducties doen." Hij benoemt mij en iedereen die ik ken, samen met onze krachten. Als hij bij de eerste vreemdeling komt, let ik beter op.

"Dit is Fabian," zegt Valerian, naar een man knikkend die slechts iets kleiner is dan Colton. "Hij is de Alfa van de Berlijnse roedel."

Indrukwekkend. Een krachtigere bondgenoot dan een weerwolf-Alfa zul je niet snel krijgen.

"Hij is beroemd om zijn vechtsporten," fluistert Ariël eerbiedig.

"Je bent te aardig," gromt Fabian met een zwaar Duits accent. "Ik heb wolfu uitgevonden, de eerste krijgskunst die in wolvenvorm wordt uitgevoerd."

Nina trekt aan haar neusring. "Een wolf die vecht? Hoe zou dat er überhaupt uitzien?"

"Laten we hopen dat we niet genoeg gevaar lopen om erachter te komen," moppert Itzel.

"Dat is Stanislav," gaat Valerian verder en knikt naar een grijsharige man die helemaal in het zwart gekleed is. "Hoofd ordebewaker van de Raad van Sint-Petersburg."

Felix kijkt de man behoedzaam aan. "Een chort?"

"*Da*," zegt Stanislav met een frons. Met een zwaar

Russisch accent vraagt hij, "Heb je daar een probleem mee?"

"*Nyet, nyet,*" zegt Felix snel. "Het is leuk om kennis met je te maken."

Dat is het inderdaad. Chorts kunnen met de organen van hun slachtoffer knoeien en delen van hun eigen anatomie onstoffelijk maken wanneer ze worden aangevallen. Stanislav is misschien nog nuttiger dan een Alfa-weerwolf, en zeker enger om aan te raken.

Edith bekijkt Stanislav zeer zorgvuldig en hij kijkt haar in ruil daarvoor boos aan. Ik vraag me af waarom dat is. Ik heb iets over vampiers en chorts gehoord die elkaar naar de keel vliegen, maar ik herinner me de details niet.

"En tot slot Dylan." Valerian gebaart naar een aantrekkelijke jonge vrouw in een leren jas. "Hoewel ze een Cognizant is, heeft ze geen kracht in de traditionele zin. Zij zal onze wetenschapsadviseur zijn."

Dylan tilt haar kin op. "Als kennis macht is — en dat is het — dan ben ik hier de meest formidabele Cognizant."

"Vergeet niet de meest bescheiden," zegt Itzel met een oogrol.

Valerian geeft Itzel een strenge blik. "Dylan heeft een IQ op geniaal niveau en heeft een doctoraat in meerdere disciplines, waaronder virologie."

"En vergeet mijn talent voor talen niet," zegt Dylan. "Ik ben ook jullie vertaler."

"Kabouters zijn goed met talen," zegt Itzel. "Ik spreek er meerdere."

"Ja, maar in tegenstelling tot jou," zegt Valerian, "was Dylan bereid om de tijd te nemen om van onze dodenbezweerder-gevangene de taal van Necronia te leren."

Itzel verstijft. "Ik moest de maskers ontwerpen."

"Waar ik mee heb geholpen," zegt Dylan. "Als je —"

"Over maskers gesproken," zegt Valerian. "Degenen onder jullie die dat niet hebben gedaan, probeer alsjeblieft de jouwe even."

We gaan allemaal naar de tafel waar de maskers wachten.

"Ik heb op de jouwe al hygieia gebruikt," zegt Valerian, naar de middelste wijzend. "Ga je gang en doe hem op."

Ik onderzoek het masker. Het ziet er over-ontworpen uit — alsof het ook tegen een gifgasaanval zou kunnen helpen, niet alleen tegen een virus. Er gaat een riem gaat over de bovenkant van mijn hoofd, en twee anderen lopen langs mijn oren, waardoor er een nauwsluitende pasvorm ontstaat. Als ik hem opzet, ruik ik iets chemisch en metaalachtigs, maar mijn ademhaling vertraagt niet.

"Dit is een geweldig ontwerp," zeg ik met een gedempte stem.

Ariël pakt haar masker van de tafel. "Het is *echt* cool. Bailey ziet eruit als Bane en ze klinkt ook zo."

"Dat is de aartsvijand van Batman," legt Felix uit.

"Laat het aan Ariël over om van alles en nog wat aan haar favoriete kruisvaarder met cape te koppelen."

Ariël slaat zachtjes op zijn schouder en zet haar masker op. Ze ziet er meteen uit als een kabouter. Dat geldt ook voor Felix als hij de zijne probeert.

Nina laat haar masker op haar gezicht zweven terwijl alle anderen hun maskers op de traditionele manier opdoen.

Alsof het het meest natuurlijke ding in de wereld is, begint Fabian zich uit te kleden. Hij laat rijen van spieren zien die alleen de meest krachtige steroïde bij niet-weerwolfmensen kan laten verschijnen. Als hij bij zijn onderbroek is, keert hij ons de rug toe en kleedt hij zich verder uit.

Bij de schaamteloze vertoning van zijn bilspieren van staal kijkt Itzel weg, fluit Kit als een cartoonwolf, wiebelt Ariël met haar wenkbrauwen en bloost Dylan als een middeleeuwse maagd. Me bewust van Valerians samengeknepen blik naar mij, doe ik ook alsof ik zwijmel.

"Mijn masker heeft een speciaal ontwerp," zegt Fabian zonder zich te veranderen, zijn Duitse accent nu nog zwaarder. "Ik wilde hem gewoon nog een laatste keer testen."

Met een flits verandert hij in zijn wolvenvorm. Met het formaat van een bizon en zelfs gespierder dan in zijn menselijke vorm, is het een ruig ding van angstaanjagende schoonheid. En inderdaad, zijn masker is uitgerekt om zijn wolvengezicht erin te kunnen passen, waardoor hij eruitziet als een gemuilkorfde hellehond.

Wanneer hij terug verandert naar zijn mannenvorm, verandert het masker mee, maar niemand let daarop, want deze keer staat hij met zijn gezicht naar ons toe, en zijn familiejuwelen en andere delen zijn in vol ornaat te zien.

Kit fluit weer, Ariël wappert zichzelf koelte toe, en Dylan lijkt op het punt te staan om flauw te vallen.

"Goed gedaan, Itzel," zegt de weerwolf en hij negeert alles.

Itzel kijkt naar hem, slikt heel hard en wendt haar ogen af. Ik, aan de andere kant, staar naar alles met wat ik waard ben om Valerian te irriteren.

Het moet werken, omdat zijn gebeeldhouwde kaak strakker staat en hij zijn krachten gebruikt om Fabians privédelen met een vijgenblad te beschermen totdat de weerwolf zijn boxershort weer aantrekt.

Teleurgesteld kijk ik naar de overgebleven maskers. Er zijn er minstens een dozijn.

"Waar zijn die voor?" vraag ik, naar de stapel knikkend.

"Ze zijn voor het tweede deel van ons team," zegt Valerian, nog steeds geïrriteerd — tot mijn vreugde. "We zullen ze onderweg ontmoeten."

Puck. We hebben al een oude vampier, een reus, een telekineticus, een uber, een chort, een gedaanteverwisselaar, een Alfaweerwolf, een illusionist en een robotpak. Nu klinkt het alsof er meer versterkingen zijn. Tegen de tijd dat we op onze bestemming aankomen, zijn we een verdomd leger.

Grommend verzamelt Colton de resterende maskers en bergt hij ze op in zijn gigantische rugzak.

Itzel laat ons enkele van de functies van het masker zien — zoals kunnen eten en drinken zonder het masker af te doen — en Dylan wijst erop welke functies haar bijdragen waren.

"Je moet er nog steeds op letten dat het eten en drinken niet besmet is," zegt Itzel verontschuldigend als ze klaar is met de demo. "Als ik een ontsmettingskamer had moeten bouwen, dan zou het project —"

"Geen zorgen," dreunt Colton en hij draait zich om om ons een zak ter grootte van een industriële koelkast te laten zien. "Ik draag de voorraden."

"Voorzichtig," zegt Valerian. "Er zitten granaten in."

Kit schuift haar masker op haar voorhoofd en transformeert in een griezelig plantachtig wezen zonder mond en neus, en met groene cactusstekels in plaats van haar. Terugkerend naar haar anime-karakter zelf, zegt ze, "Ik zou in een mum van tijd de benodigdheden of het masker niet nodig hebben en dan zou ik van fotosynthese kunnen leven."

"*Nyechist*," mompelt Stanislav binnensmonds.

"Dat betekent zoiets als *kwade krachten*," fluistert Felix in mijn oor. "Dat wordt meestal over chorts gezegd."

Stanislavs gehoor moet goed zijn — en hij geeft Felix een vernietigende blik.

Chester doet ook zijn masker af en onthult een duivelse grijns. "Zullen we gaan?"

"Nog één ding." Valerian vouwt een grote handgetekende kaart op tafel open. "Onthoud het pad naar Necronia, voor het geval we van elkaar gescheiden raken."

"Klaar," zegt Dylan onmiddellijk. "Ik heb een fotografisch geheugen."

"Ik hoop dat je het geduld hebt om te wachten op de meer mentaal uitgedaagde onder ons," gromt Fabian door zijn masker en Dylan doet een stap achteruit en bewijst dat ze genoeg straatwijsheid heeft om op haar hoede te zijn voor een geïrriteerde weerwolf.

Ik onthoud ons pad met gemak; het begrijpen van dergelijke kaarten is een cursus die op de middelbare school op Gomorrah wordt gegeven. Felix en Ariël hebben de meeste tijd nodig, en geen wonder: hun leraar was Hekima, wiens primaire doel het bleek te zijn om zijn lessen nachtmerries te laten veroorzaken.

"Pak nu een wapen en laten we dan gaan," zegt Valerian wanneer iedereen de kaart tot zijn tevredenheid in het geheugen heeft geprent.

Ariël sprint naar de verste hoek van de kamer met alle opwinding van een kind op kerstochtend. Er zijn daar twee stapels — een van meswapens zoals messen, zwaarden en dergelijke, en de andere van vuurwapens.

"Vergeet niet dat vuurwapens niet op elke wereld werken," zegt Dylan terwijl ze naar Ariël kijkt die pistolen in elke spleet van haar outfit propt.

Met een schouderophalen pakt Ariël een mes en een schede met een zwaard erin.

"Ik heb er zelf een," zegt Chester en hij trekt wat op het handvat van een zwaard lijkt uit de achterkant van zijn broek. Hij drukt ergens op en het handvat verandert in een wapen dat ik nog nooit eerder heb gezien — een zwaard gemaakt van een stof die er net zo uitziet als het glinsterende plasma van de poorten.

"Wacht," zegt Felix. "Is dat niet —"

"Een familie-erfstuk." Chester knipoogt en trekt het mes terug.

Als Colton aan de beurt is, pakt de reus een claymore op, die er in zijn enorme hand uitziet als een dolk.

Itzel vormt een bliksembal op haar handpalmen. "Dit is voor mij genoeg."

Nina laat een schede en een kromsabel in haar handen vliegen en bevestigt ze aan haar middel. "Ik zal deze waarschijnlijk niet nodig hebben, maar het kan geen kwaad om ze te hebben."

Edith pakt een bijl en bindt hem vast op haar rug, terwijl Stanislav hetzelfde met een sabel doet.

Ik zie een paar Gomorraanse vuurwapens en pak er een, en Valerian en Dylan doen hetzelfde.

"Moet ik de granaten uitdelen?" dreunt Colton.

"Nog niet," zegt Valerian, terwijl hij een paar sai-achtige wapens oppakt.

"Over wat voor granaten hebben we het?" vraag ik terwijl ik een dolk in mijn taille en een katana op mijn rug vastmaak. Ik ben geen expert op het gebied van de dolken, maar ik heb in de dromen van twee Kendo-meesters die me hadden ingehuurd om hen te helpen droomsparren 'tot de dood', bestudeerd hoe ik de katana moet hanteren.

"Slaap en gifgranaten," antwoordt Valerian. Hij lijkt eindelijk over zijn irritatie heen te zijn. "De eerste voor het geval we willen dat je in een groep vijanden gaat droomwandelen, de andere voor het geval we een massavernietigingswapen nodig hebben."

"Zou het gif ons niet samen met de slechteriken doden?" vraagt Felix.

"Niet als je het masker ophoudt," zegt Itzel.

"Begrepen." Felix loopt naar een groot ding dat ik nog niet eerder had opgemerkt. Het moet een nieuwe versie van zijn robotpak zijn, en het heeft vier armen, in Hindoegodin-stijl.

"Houd het masker op," zegt Itzel wanneer Felix het zijne af begint te doen.

"Ze heeft gelijk." Dylan bindt een rapier om haar middel. "Een virus kan in de gezichtsplaat van de robot doordringen. Als ik het pak voor je had ontworpen, dan zou ik —"

"We hebben het pak gemaakt voordat we van deze missie wisten," zegt Itzel. "Trouwens, wie kan het wat schelen? Zijn hoofd zal erin passen, zelfs met het masker op."

"Nou, het kan mij wat schelen," mompelt Felix, terwijl hij in de hoop metaal klimt. Via een luidspreker in zijn borst zegt hij, "Ik kan nauwelijks ademen."

"Je zult het overleven," zegt Valerian, pakt dan de

kaart weg en leidt onze bij elkaar geraapte groep naar de hubruimte.

"Wat dacht je ervan als ik eerst ga?" zegt Chester wanneer we allemaal de paarse poort naderen, die stap één van onze reis is.

Niemand maakt bezwaar. Zijn kansen om willekeurig aangevallen te worden zijn minuscuul in vergelijking met die van ons zonder zijn kansmanipulatiekrachten.

Zodra Chester door het glinsterende plasma stapt, volgen de anderen. Als het mijn beurt is, stap ik er met enige opwinding in. Het enige dat ik nog nooit echt veel heb gedaan, is Andere Werelden onderzoeken, omdat dat gevaarlijker is dan het bezoeken van droomwerelden, maar niet zo veel leuker.

Of dat dacht ik.

Als ik aan de andere kant kom, adem ik verwonderd uit.

HOOFDSTUK NEGEN

DE LUCHT BOVEN ONS IS FLUORESCEREND PAARS, MET roze suikerspinwolken — een combinatie die ik in mijn droomwereldcreaties nog nooit heb gebruikt, omdat ik ironisch genoeg dacht dat het te onrealistisch was om in de natuur te bestaan. Er is ook een Saturnusachtige ring rond deze planeet, en twee manen — eentje is iets kleiner dan die van de aarde en eentje is twee keer zo groot.

Terwijl we ons naar de volgende poort haasten, merk ik dat mijn stappen lichter zijn, wat een andere zwaartekracht aangeeft dan die op aarde en Gomorrah.

Het meest verontrustende deel is de lucht. Zelfs door het masker heen voelt het ongewoon dik en zoet aan — maar ik denk dat als het giftig was, Valerian er iets tegen zou hebben gepland.

"Ik ben eerder op deze Andere Wereld geweest," fluistert Ariël. "Er zit hier in de buurt een poort naar de luchthaven van Las Vegas."

Felix kijkt haar boos aan. "Je gaat naar een Andere Wereld om op dezelfde wereld te eindigen? Het risico — "

"Is beter dan een vliegtuigvlucht van acht uur," moppert ze terug.

Chester slaakt een zucht. "Jammer dat Vegas niet is waar we naartoe gaan. Ik ben dol op die stad."

Dat zal hij zeker zijn. Hij kan bij elk kansspel winnen, ongeacht hoe hoog de kansen in het voordeel van het casino zijn.

Felix staart naar de gele glans die onze bestemming is. "Je weet dat de poort die we op het punt staan te nemen op Hekima's lijst van 'gevaarlijke die je moet vermijden' stond, of niet?"

"Ik weet zeker dat die kloothommel overdreef," zegt Valerian koel.

"Laten we het hopen," mompelt Itzel binnensmonds.

Zich niet bewust van enig mogelijk gevaar, stapt Chester de nieuwe poort binnen zoals ik mijn favoriete restaurant binnenstap. De rest volgt voorzichtiger. En dat is maar goed ook.

Wanneer we aan de andere kant verschijnen, lijkt Hekima's beschrijving niet zo overdreven te zijn. Om te beginnen zorgen de temperatuur en warmte ervoor dat het badhuis uit Valerians droom koud lijkt. Dan zijn er de Pterodactylus-achtige vogels die als gieren boven een woestijn in de lucht cirkelen.

Voordat ik Valerian kan vragen om ons onzichtbaar

te maken voor de fauna, duikt er een pterodactylus voor ons.

Nina steekt bijna nonchalant haar hand uit. Met een gepijnigde kreet stopt het vliegende wezen halverwege de vlucht en slaat hij tegen een nabijgelegen klif.

Stanislav mompelt op een indrukwekkende toon iets in het Russisch en Felix antwoordt, "*Da, da.*"

De rest van de vliegende wezens zijn waarschijnlijk geen kieskeurige eters. Ze zwermen met luide kreten van vreugde rond het lichaam van hun gevallen kameraad.

Mijn enthousiasme voor het ontdekken van Andere Werelden vervaagt een beetje naarmate we verder gaan. De volgende wereld is een eindeloze woestijn met een vreemde sterrenhemel. De volgende is een grijze toendra.

"Wat verwachten we van Necronia?" vraag ik. De spanning in mijn schouders neemt af wanneer we gedurende nog eens twee werelden niet worden aangevallen.

"Het wordt door dodenbezweerders gerund," zegt Dylan, die een professorale toon aanneemt. "Ze hebben een religie die om zielen draait, en ze gebruiken gereanimeerde lijken om hun economie te runnen. Ze houden mensen dankbaar door ze in luxe te laten leven. Volgens — "

"Dat herinnert me eraan." Valerian kijkt naar Kit. "Ze hebben een aantal seksuele taboes waar ik iedereen voor wil waarschuwen."

Iedereen die Kit goed kent, volgt de blik van

Valerian met nieuwsgierigheid, terwijl de vrouw zelf naar voren kijkt alsof 'iedereen' niet 'zij' betekende.

"Ze zijn heel erg homofoob," zegt Valerian en Kit vertraagt haar tempo. "Er is ook een strikte anti-overspelwet."

"Daarom werd Wrakar verbannen," zegt Dylan. "Hij had een buitenechtelijke affaire."

Kit stopt en verandert in een androgyne persoon van onuitsprekelijke schoonheid. "Wat als ze single zijn?" vraagt ze met een stem die zowel mannelijk als vrouwelijk is.

Chesters ooghoeken krijgen rimpels. "Wat dacht je ervan om gewoon je benen bij elkaar te houden?"

Kit kijkt Dylan pruilend aan. "Goed dan. Maar misschien kan iemand me onderweg met de jeuk helpen?"

Dylans oren worden diep rood en ze sprint gracieus in een blauwe poort voor ons.

Fabian gromt iets in het Duits en Itzel zegt op dezelfde manier iets terug.

"Nou, ik dacht gewoon dat seks iets anders is waar ze misschien een doctoraat in heeft," zegt Kit defensief en ze stapt na Dylan de poort in. De rest van ons volgt, en ik kan het niet helpen, maar het valt me op dat Ariël haar best doet om nooit in de buurt van Edith te zijn.

Over Edith gesproken... Zal ze in een wereld van dodenbezweerders geen probleem worden? Tijdens onze ontmoeting met Wrakar in het mortuarium, was een groep van ordebewakers een grote belemmering.

Ik denk hier een paar werelden over na voordat ik

mijn bezorgdheid met het team deel, inclusief met Edith.

Ze gnuift. "Ik ben voor elke dodenbezweerder te krachtig om te beheersen."

"Vast," zeg ik. "Maar zullen ze niet weten wat je bent en boos worden? Heeft jouw soort ze niet van de meeste werelden verdreven?"

"Ze zullen niet eens voelen dat ik een vampier ben," zegt Edith. "Het plan is om te zeggen dat ik een uber ben. Mijn gebrek aan een jeugdige uitstraling zou met de misleiding moeten helpen."

Chester grijnst. "Waar. Vampiers staan niet bekend om hun behoefte aan Botox-injecties.

"Maar toch," zeg ik. "Het is een beetje verontrustend."

Valerian komt naast me lopen, legt een hand op mijn schouder en knijpt zachtjes. Mijn verraderlijke maag voelt plotseling kriebelig aan. "Ediths vermogen om dodenbezweerders onder glamour te brengen, overschrijft het risico van ontdekking," mompelt hij in mijn oor. "Je hoeft je geen zorgen te maken."

Ik negeer de warmte die zich door me heen verspreidt, haal zijn hand van mijn schouder en wend me tot Edith. "Is dat waar?"

"Het is hoe we zoveel informatie uit onze gevangene hebben gekregen," zegt ze trots.

Als Ariël dit hoort, trekt ze zich terug van de vampier en verandert ze van onderwerp door naar het team te vragen dat volgens Valerian op ons zal wachten.

Oh ja. Dat was ik bijna vergeten.

"Aangezien Icelus op meerdere werelden opereert, proberen we een verdediging over de Andere Werelden te organiseren," antwoordt Valerian. "De mensen naar wie je vraagt, komen uit de werelden die tot nu toe hebben besloten om mee te doen."

"Wauw," zegt Ariël.

"Dat is cool," zegt Felix.

Itzel knikt met haar hoofd. "Dat is inderdaad een historische prestatie."

Als ik niet boos was op Valerian, dan zou ik me bij hun lof aansluiten. Cognizantwerelden houden zich meestal buiten elkaars zaken.

Valerian komt weer naast me lopen en raakt mijn arm aan. "Er wacht eerlijk gezegd iemand op ons in wie je misschien geïnteresseerd bent."

Ik stap niet zo subtiel buiten zijn bereik en trek een wenkbrauw op.

Vervelend genoeg lijkt dit Valerian niet af te schrikken. "Omdat Icelus een droomwandelaar gebruikt om over werelden te coördineren, hebben we besloten hetzelfde te doen en een bereidwillige te vinden op een wereld die Raira heet."

Mijn tweede wenkbrauw sluit zich aan bij zijn tweeling en ze schieten allebei naar mijn voorhoofd. "Je kent nog een droomwandelaar, en dat vertel je me nu pas?"

Zijn lippen drukken zich op elkaar. "We hebben hem pas een paar dagen geleden gerekruteerd."

"Misschien moet je Valerian het voordeel van de

twijfel geven," zegt Kit net als ik op het punt sta iets naars te zeggen. "De Raad van Raden wilde *jou* gebruiken om over de werelden heen te coördineren, maar hij had gezegd dat het uit den boze was."

Ik knipper naar Valerians oceaanblauwe ogen. "Echt waar?"

"Ik was niet van plan om je voor de tweede keer onder de bus te gooien," zegt hij, zijn gezicht onleesbaar.

"Hmm," is mijn geniale antwoord. Ik kijk naar mijn vrienden, maar ze vermijden allemaal mijn blik.

Goed dan. Ik spring door de volgende poort en eindig op een ijzige vlakte onder een giftig uitziende groene hemel.

Gedurende de volgende twee poorten valt niemand me lastig. Felix en Stanislav spreken Russisch, Itzel, Edith en Fabian kletsen in het Duits, terwijl Felix en Dylan computerwetenschap bespreken in wat net zo goed een vreemde taal kan zijn.

Verrassend genoeg heeft Dylan daar ook een doctoraat in.

De volgende wereld is een groene savanne met taille-hoog gras.

Ariël haalt me in. "Ben ik de enige die denkt dat Necronia als de dode zus van Narnia klinkt?"

"Stil," sist Edith. "Er komt iets aan."

Iedereen stopt met praten.

Er rommelt donder — of iets dergelijks —in de verte. Het gras trilt terwijl de grond schudt.

"Een aardbeving?" fluistert Felix.

"Rennen!" schreeuwt Chester en hij haast zich naar de poort.

Ik zie eindelijk het gevaar — een kudde mammoetachtige wezens, alleen groter en ze zien er feller uit. Als ze ons bereiken, dan zullen we allemaal vleestortilla's zijn.

Als één beginnen we te sprinten. Edith, Ariël en Fabian lopen al snel voorop. De kudde komt dichterbij. Tot mijn schrik gaat Nina in een lotushouding op de grond zitten en sluit ze haar ogen. Er verschijnt een serene uitdrukking op haar gezicht.

Wat de —

Iedereen, inclusief Nina, zweeft van de grond.

Ah. Ze gebruikt haar krachten weer.

Zo zweven is een griezelig gevoel dat ik ooit eerder heb ervaren en waarvan ik had gehoopt dat ik het nooit meer zou voelen, maar het verslaat het alternatief.

De wezens stormen onder ons door.

Als ze weg zijn, laat Nina ons voorzichtig weer zakken. "Misschien willen jullie het zelf eens proberen," zegt ze, terwijl ze overeind springt.

Ariël volgt haar de poort in en de rest van ons loopt achter hen aan.

"Is dit je thuiswereld?" vraagt Chester aan Colton nadat ik er aan de andere kant uit ben gekomen.

Het kost me een seconde om erachter te komen waarom hij de reus uitkoos.

De primitieve hutten in de verte zijn zo groot als gebouwen van vier verdiepingen op aarde. Oh, en er lopen een dozijn reuzen achter Chester. Ze komen naar ons toe vanuit de richting van de volgende poort die we moeten nemen.

Ze zijn allemaal groot, maar vooral één.

Een reusachtige reus.

Itzel snakt naar adem. "Kijk naar hun ogen!"

"Shit," mompelt Felix.

Dat kan je wel zeggen.

Dat vuur in de ogen van de reuzen betekent maar één ding.

Ze zijn ook Overgenomenen.

HOOFDSTUK TIEN

Voordat iemand kan knipperen, heeft Ariël al een pistool in haar hand. Ze richt op de reus en haalt de trekker over.

Er is een lege klik te horen.

Puck. Een wereld waarin vuurwapens niet werken. Zou Chesters geluk geen effect op ons moeten hebben?

Maar ja, dat is de technologie van de aarde. Ik haal mijn wapen uit Gomorrah tevoorschijn, zet hem op verdoven en schiet op de reusachtige reus.

Er gebeurt niets.

Met een bonzend hart schakel ik de instelling om naar dodelijk en schiet opnieuw.

Er gebeurt nog steeds niets. Ik denk dat aangezien reuzen niet zijn toegestaan op Gomorrah, niemand de moeite heeft genomen om deze wapens te kalibreren om er een te kunnen raken.

Een van de reuzen bukt zich om een steen op te rapen.

Puck.

Hij gooit hem naar me. Ik duik weg. Colton vangt de steen en gooit hem terug naar de grotere reus. De Overgenomen reus struikelt, maar blijft komen.

"Blijf daar!" Valerian springt voor me uit, alsof hij me op de een of andere manier tegen reuzen kan beschermen. Geïnspireerd door zijn voorbeeld stapt Felix beschermend voor Dylan, die er bleker uitziet dan Edith.

Edith zelf, samen met Chester, Stanislav en Ariël, vallen aan en Colton volgt, terwijl Fabian zijn kleren uittrekt en in zijn indrukwekkende wolvenvorm verandert voordat hij ook deelneemt aan de strijd. Kit verandert in een kopie van de gigantische reus en gaat achter iedereen aan.

"Valerian, gebruik je krachten om ons voor hen te verbergen!" schreeuwt Dylan.

Hij schudt grimmig zijn hoofd. "Dat kan ik niet. Ik zou ze allemaal moeten misleiden, maar ik kan er maar één aan. Het beste wat ik voor je kan doen, is ervoor zorgen dat je het geweld niet ziet."

"Nee, bedankt," zegt Dylan, maar ik kan zien dat ze in de verleiding komt.

Ik ben ook in de verleiding, maar ik wil liever weten wat er aan de hand is, zodat ik kan helpen.

Itzel, die aan mijn zijde is gebleven, schiet op de kleinste van de Overgenomenen met een bol van haar kabouterbliksem. De bol slaat tegen zijn voorhoofd en hij valt op de grond.

Gelukt.

Itzel probeert het opnieuw, maar haar nieuwe doelwit ontwijkt het projectiel.

Rechts van me steekt Nina haar hand uit en ze concentreert zich zichtbaar.

De op een na kleinste reus komt een centimeter van de grond en valt dan weer naar beneden, waardoor hij struikelt. De grond trilt als hij neerstort en Fabian bijna verplettert — die met een gratie die ik van een dier van zijn grootte niet zou verwachten op zijn achterpoten springt.

Er slaat een steen tegen Nina's hoofd, ze valt op haar knieën, en er druppelt bloed langs haar slaap. "Serieus, doe ook eens wat, mensen."

Edith negeert haar en zwaait met haar bijl naar de reuzen, die haar proberen te grijpen.

De een verliest een arm, de ander een vinger. Maar haar overwinning heeft een prijs — de reus grijpt Edith bij haar benen en rukt hard. Haar bijl valt op de grond terwijl ze vloekt en met haar armen zwaait.

Ariël gooit een dolk naar het hoofd van de reus.

In de roos. Of beter gezegd, in het reuzenoog, want dat is precies wat de dolk doorboort.

De Overgenomen reus reageert niet op de verwonding. Hij grijpt gewoon met zijn vrije hand Ediths hoofd en trekt met een draaiende beweging.

Uit angst voor haar spring ik achter Valerian vandaan en gooi mijn eigen dolk naar het andere oog van de reus. Helaas is mijn richtingsgevoel niet zo goed als dat van Ariël. Ik raak de verkeerde reus, en in zijn schouder, niet in zijn oog.

Chester activeert het poortzwaard en snijdt door het been van de reus.

Het been is doorgesneden, maar voor Edith is het te laat.

Tegen de tijd dat de reus op de grond neerstort, scheiden het hoofd en lichaam van de vampier zich en vliegen ze in verschillende richtingen, waarbij er overal bloed en stukjes vlees neerkomen.

Valerian trekt me met een vloek achter zich terwijl ik naar de overblijfselen van Edith staar. Mijn maag draait zich om van gelijke delen afschuw, medelijden en walging. Hoe oud ze ook was, een vampier kan een onthoofding niet overleven.

Stanislav haalt met zijn sabel uit naar de volgende grootste reus en snijdt een stuk van zijn been af. Zich ogenschijnlijk niet bewust van de verwonding, zwaait de reus een enorme arm naar de chort, maar zijn grijpende hand gaat door Stanislavs plotseling onstoffelijke romp — dat is het moment dat Ariël de hand met haar zwaard van de pols afhakt.

Zich niet bewust van de fontein van bloed die uit zijn gewonde ledemaat stroomt, draait de reus zich om om Ariël met zijn resterende hand op te pakken, maar Kit haalt uiteindelijk iedereen in en slaat een vuist ter grootte van een auto in het gezicht van de aanvaller.

De reus stort neer op de grond.

Met een gebrul onthoofdt Colton een ander met zijn claymore. Fabian en Stanislav helpen Ariël naar beneden, terwijl Chester en Kit er nog een te pakken krijgen.

Op dat moment verandert de strijd, en één voor één, doden of schakelen onze bondgenoten de rest van de Overgenomen reuzen uit.

Als het allemaal voorbij is, gaat Nina naar Ediths overblijfselen, haar uitdrukking somber. "Om zo lang te leven om vervolgens hier om te komen," mompelt ze, terwijl ze haar hoofd schudt. "Wat een schande."

Even grimmig schept Colton wat aarde op. zijn enorme hand creëert een gat dat een schop waardig is. Hij blijft graven tot het gat twee meter diep is. Op dat moment pakt Fabian het hoofd van Edith op en verwijdert het masker, terwijl Kit, nog steeds in haar gigantische vorm, de romp optilt. Ze laten de overblijfselen van de vampier voorzichtig in het graf zakken.

Kit en Colton bedekken Edith met aarde terwijl Fabian zijn kleding aantrekt. Dan overhandigt Fabian het masker van Edith aan Colton, die het bloed afveegt en het masker in zijn rugzak stopt.

"Wil iemand iets zeggen?" vraagt Valerian, terwijl hij een ernstige blik over onze groep laat gaan.

"Er zijn misschien meer reuzen onderweg," zegt Itzel. "We moeten gaan."

Ik nader het graf op wankele benen. Ik voel me ziek, zowel door de adrenaline-overdosis als de zinloze slachting die ik zojuist heb meegemaakt. Ik buk me voorover en vind een stuk aarde dat *niet* doordrenkt is met bloed en gooi wat aarde in het graf. "Phobetor heeft veel te verantwoorden."

Hoewel mijn stem nauwelijks boven een fluistering

uitkomt, wordt Valerians kaak gespannen. "Zeg zijn naam niet." Hij loopt naar me toe en haalt hygieia over mijn hand voordat ik dat zelf kan doen. Op een zachtere toon voegt hij eraan toe, "Maar je hebt gelijk. Dat heeft hij."

"We moeten naar de wijze kabouter luisteren en gaan voordat er meer problemen arriveren," zegt Chester.

Iedereen mompelt hun instemming, en we sjokken naar de poort, niet geneigd om gedurende de volgende zes werelden te praten.

"Ik kom om van de honger," zegt Fabian wanneer we in een weelderige bosweide een hub binnengaan. "Zoals het Duitse spreekwoord zegt, 'Honger leidt de wolf naar het dorp'."

Kit verandert in een schattig meisje met een rode mantel. "Ik heb ook honger... net als een wolf."

"Laten we hier een kamp opzetten," zegt Valerian. "Ik zal ons voor alle roofdieren die in het bos op de loer liggen, onzichtbaar maken."

"Ik betwijfel of ze hier zouden durven komen." Fabian trekt zijn boxershort weer uit en neemt zijn wolvenvorm aan en gaat de struiken in.

"Ik ga ook iets te eten halen," zegt Stanislav, terwijl hij zijn sabel vasthoudt. "Iemand zin om mee te gaan?"

Chester, Kit en Nina gaan mee met de chort terwijl de rest van ons een paar kampvuren bouwt.

Felix stapt uit zijn robotpak en ploft voor het grootste vuur neer. "Ben ik de enige die het idee van een wereld vol dodenbezweerders griezelig vindt?"

Ik hurk rechts van Felix. "Ik ook."

"Het had erger gekund." Ariël gaat in een lotushouding tegenover me zitten. "Het had een wereld vol vampiers kunnen zijn."

"Dat zou niet duurzaam zijn," zegt Dylan en ze voegt zich bij ons. "Ik heb de aantallen nagekeken. Als een wereld een vampierpopulatie van meer dan vijf procent heeft —"

Ik hoor de rest niet, want Valerian loopt naar me toe en gaat naast me zitten.

Ik schuif van hem weg.

Hij schudt zijn hoofd en loopt naar Coltons rugzak, haalt er iets uit en gaat weer naast me zitten.

"Serieus?" Ik schuif nog een keer weg.

"Hier." Hij schuift nog een keer naast me en geeft me een pakje manna, samen met een waterfles uit Gomorrah.

Ik pak het eten en drinken zonder een bedankje, wat moeilijker is dan het klinkt. Mam heeft me opgevoed om beleefd te zijn.

Valerian begint iets te zeggen, maar Stanislav en zijn groep jagers komen terug met een bloedend harig wezen.

Walgelijk. Ze gaan het villen en het vlees eten. Zijn ze alle gorigheid vergeten die we net op de wereld van de reuzen hebben gezien? Terwijl ik naar Valerian leun, fluister ik, "Kun je je krachten gebruiken om te voorkomen dat ik hun maaltijd zie?"

Grijnzend doet hij wat ik vraag. Daarna kan ik mezelf er niet toe brengen om hem weg te sturen, dus we zitten naast elkaar terwijl ik door de speciale openingen in het masker eet en drink — een taak die een verrassende hoeveelheid concentratie vereist.

Als ik klaar ben, zeg ik tegen Valerian dat ik de illusie niet meer nodig heb, en hij verwijdert hem. Door het masker is de geur van verkoold vlees niet zo erg als ik had gevreesd, hoewel toezien hoe iedereen dat onhygiënische vlees in hun maskers duwt misselijkmakend is.

"Wat denk je dat de Overgenomenen willen?" vraag ik, vooral om mezelf af te leiden.

Dylan laat haar vleespen zakken. "Ik denk dat ze willen wat *je weet wel wie* wil."

"We noemen hem Collywobbles." Felix veegt zijn vette vingers aan zijn shirt af en ik vraag Valerian bijna om de illusie opnieuw toe te passen. "Maar ja, wat wil hij?"

Valerian gooit een stuk hout in het vuur. "Op de lange termijn, meer nachtmerries. Of beter gezegd: macht."

Ik frons. "Maar hoe kan het doden van mijn zus dat veroorzaken? Of ons aanvallen?"

"Ons niet." Valerians voorhoofd krijgt rimpels. "Tot nu toe weet ik alleen dat de Overgenomen jou en Maxwell hebben aangevallen."

"Wie is Maxwell?" vraagt Ariël op hetzelfde moment dat ik uitroep, "Mij?"

"Maxwell is de droomwandelaar van het andere team. We gaan hem binnenkort ontmoeten," zegt Valerian. "Wat betreft waarom — iets aan droomwandelaars moet een bedreiging zijn voor Collywobbles, en hij lijkt Icelus niet te vertrouwen om het af te handelen."

Ik draai me naar hem toe — en ik kan het niet helpen dat ik opmerk dat we dicht genoeg bij elkaar zijn om te kussen, of dat zouden zijn als ik ooit krankzinnig genoeg zou zijn om dat te laten gebeuren. Nou, en als er geen maskers in de weg zaten. "Hoe weet je dat ik degene ben die de Overgenomenen willen hebben?"

Valerian slaakt een zucht. "De puinhoop in het weerwolfrestaurant was niet de eerste keer dat ze achter je aan kwamen. De ordebewakers hebben daarvoor vijf pogingen gedwarsboomd — twee bij je appartement en drie in de buurt van je werk." Met glinsterende ogen, legt hij een hand op mijn knie. "Daarom wilde ik je in een onderduikadres plaatsen."

"Geweldig." Ik duw niet zo vriendelijk zijn hand weg. "Nu sta ik op de dodenlijst van een god."

Niemand geeft antwoord. Ze zitten daar maar en kijken me met medelijden aan.

Ik huiver, en niet alleen vanwege de stevige avondbries. Als om het nog erger te maken, hoor ik Chester bij het nabijgelegen kampvuur een eng verhaal aan zijn medeleden van de Raad van New York vertellen. Bij de woorden "verwijderen van de ingewanden" blokkeer ik de rest.

"Ik vraag me af hoeveel Overgenomenen er zijn?" vraagt Ariël nadat ze klaar is met haar stuk vlees en ze haar spies in het vuur gooit. "Weten we ook *hoe* Collywobbles mensen in hen verandert?"

"Maxwell weet misschien het antwoord op het laatste, maar ik kan je over het eerste vertellen," zegt Dylan, die opnieuw die professionele toon aanneemt. "Er zijn op Gomorrah duizenden mensen die symptomen hebben gemeld die overeenkomen met wat we de Overgenomenen hebben genoemd. Maar het aantal getroffenen op aarde en andere soortgelijke plaatsen is moeilijker uit te vogelen, omdat de aandoening tot nu toe alleen de Cognizanten heeft beïnvloed, en we kunnen bovennatuurlijk klinkende details zoals vurige ogen niet aan menselijke artsen rapporteren. Dus we weten nog steeds niet of mensen immuun zijn, of dat Collywobbles gewoon geen moeite voor hen heeft gedaan."

Ariël schudt haar hoofd, haar uitdrukking ingetogen. "Zoveel mensen die in hersenloze poppen zijn veranderd."

"Dat is niet precies wat er gebeurt," zegt Dylan. "Als ze wakker zijn, dan zijn de Overgenomenen eigenlijk normaal. Zelfs 's nachts staan ze maar zelden op en slaapwandelen ze — wanneer Collywobbles iets voor hen te doen heeft, denken we."

De ogen van Felix worden groter. "Dus als we de

reuzen en de andere mensen die zijn gedood, hadden gewekt, dan —"

"Die doden heeft Collywobbles op zijn geweten," zegt Ariël scherp. "Als het om zelfverdediging gaat, twijfel dan niet aan jezelf of je zult het volgende lijk zijn."

Op die vrolijke toon dooft het gesprek uit totdat Dylan luid geeuwt, waardoor er een kettingreactie bij de rest van ons ontstaat.

"Iemand zou 's me nachts in de gaten moeten houden," zeg ik, zonder iemands blik te ontmoeten. "Als de Notenkraker aanvalt en wint, dan ben ik misschien een gevaar voor jullie allemaal."

"Ik neem de eerste dienst," zegt Ariël. "Felix kan dan de volgende doen, dan —"

"Nee." Valerian slaat zijn armen over zijn borst. "Ik zal op haar letten."

Ik doe mijn mond open en weer dicht. Ik weet niet hoe ik me voel als Valerian me ziet slapen. Zeker *niet* opgewonden. Of geïntrigeerd. En waarom wil hij dit doen? Is het omdat hij het niet vertrouwt als ik op hetzelfde moment als hem slaap — bang dat ik zijn dromen binnen zou walsen en zijn kostbare geheimen zou stelen?

Wanneer niemand met hem in discussie gaat, dooft hij het vuur, vist hij een slaapzak uit Coltons rugzak, gaat er met hygieia overheen en legt hij hem op een perfecte afstand van de kolen.

Ik stamp naar de slaapzak en klim erin. Puck hem en deze kleine daden van vriendelijkheid. Als hij zo doorgaat, dan voel ik me een trut die wrok koestert. Dat is vast zijn plan.

Voordat ik hem kan stoppen, ritst hij mijn geïmproviseerde bed dicht. "Slaap lekker," mompelt hij en kijkt me aan. "Ik zal er zijn als je me nodig hebt."

"Whatever," zeg ik, blij dat hij Pom niet koraalroze om mijn pols ziet worden.

Ik sluit mijn ogen en ben meteen weg.

HOOFDSTUK ELF

Iᴋ sᴛᴀ zᴏ ɴᴀᴀᴋᴛ ᴀʟs ᴇᴇɴ ᴍᴏʟʀᴀᴛ ᴠᴏᴏʀ ᴍɪᴊɴ videogame-ontwerpklas.

Iedereen staart me aan, een paar giechelen en anderen rollen met hun ogen. Mijn linkerhand beweegt om mijn kruis te bedekken, en op het moment dat mijn rechterhand mijn borsten wil verbergen, realiseer ik me dat er iets aan mijn pols ontbreekt.

De pluizige armband.

Pom.

In een oogwenk gebruik ik mijn krachten om mezelf aan te kleden en het publiek te laten verdwijnen.

Ah, de goede oude 'naakt in het openbaar'-droom. Als ik een gouden munt had voor elke keer dat ik er eentje tegenkwam, zou ik rijker zijn dan een draak.

Over een droominvasie gesproken, er is geen Notenkraker te zien. Heeft hij het nodig dat ik niet weet dat ik droom voor hij aanvalt? Voor het geval dat, maak ik mezelf van metaal voordat ik naar de toren van slapers teleporteer.

"Hoi," zegt Pom en hij verschijnt naast me terwijl ik de mensen onderzoek wier dromen ik mogelijk zou kunnen binnenglippen.

"Hé, maatje. Ik hoop dat je niet wakker was tijdens dat gevecht met de reuzen."

Als hij zegt dat hij dat niet was, informeer ik hem over wat er tot nu toe is gebeurd.

"Dus, wat nu?" vraagt hij als ik klaar ben.

"Ik wil bij mam kijken," zeg ik terwijl ik de waterspuwerverpleegster zie die ik voor dit doel heb gebruikt. "Wil je mee?"

Hij wordt grijs. "Ik vind het niet leuk om Lidia zo te zien."

Vindt *hij* het niet leuk? We hebben het over *mijn* moeder.

Ik snauw een onnodig scherp antwoord terug, raak de verpleegster aan en duw haar in een droomherinnering over mama.

In deze zorgt ze ervoor dat er genoeg substantie beschikbaar is voor mama's voedingssonde. Mam zelf ligt daar asgrauw en onbeweeglijk, in alles is ze een levend lijk.

Een holle pijn neemt zijn intrek in mijn borst en ik laat de verpleegster in haar volgende droom glippen terwijl ik naar mijn herinneringsgalerij teleporteer. Ik weet dat het opnieuw afspelen van een herinnering waar mama in orde is, de realiteit van haar huidige situatie niet verandert, maar het is toch geruststellend.

Zodra ik rustiger ben, loop ik langs de schilderijen met gebeurtenissen uit mijn leven om te zien of er een hint was dat ik een zus had gehad. Ik vind alleen degene die ik al kende, waar ik een vaas breek waarop mijn tweelingzus en ik onze handafdrukken hadden achtergelaten.

Ik speel de herinnering opnieuw af.

Mama was verdrietig, maar het is onduidelijk of ze wist *waarom* ze verdrietig was. Dankzij een zwart raam in haar hoofd herinnert ze zich niet bewust dat ze Asha heeft vermoord — of dat Asha überhaupt heeft bestaan.

Ik probeer me iets — wat dan ook — te herinneren, maar er is niets. Mijn theorie is dat het zo traumatisch was om te zien hoe mam Asha voor mijn neus vermoordde dat ik het hele gebeuren, samen met het grootste deel van mijn jeugd, heb geblokkeerd. Maar moeten er niet op zijn minst een paar verdwaalde herinneringen zijn?

Ik voel me zwaarder dan voorheen en verlaat de herinneringsgalerij en herenig me met Pom in de toren van slapers, waar ik een paar van mijn patiënten lokaliseer en enkele therapiesessies geef.

Anderen zich beter laten voelen is voor mij een stemmingsbooster.

"Misschien wil je wat blootstellingstherapie voor jezelf maken," zegt Pom terwijl we de lobby binnenvliegen en onder een mozaïek zweven met een boogschieten-doel-achtige mandala gemaakt van veelkleurig glas. "Je adrenalinegehalte gaat door het dak."

Ik trek een gezicht. "Dat zou tricky zijn. De belangrijkste bron van mijn angst is dat ik naar een wereld ga met een akelig virus."

Pom knikt wijs. "Van alle manieren om te sterven, zou die het ergste voor je zijn."

"Dat kan je wel zeggen." Ik duik naar beneden en land met een plof op mijn metalen voeten.

"Ben je niet veilig met het masker dat Itzel heeft gemaakt?" vraagt Pom, terwijl hij me naar beneden volgt.

"Geen enkel masker is perfect."

Hij wiebelt met zijn oren. "Hoe zit het dan met die therapie? Om je te kalmeren?"

Ik rol met mijn ogen. "Wat zou dat zelfs inhouden?"

"Je kunt een droom hebben waarin je deurknoppen in een badkamer likt."

Ugh. Ik onderdruk een huivering bij dat mentale beeld. "Nee, dank je. En in ieder geval is dit een dodelijke plaag. Ik ben gerechtvaardigd om paranoia te zijn. Nog andere slimme ideeën?"

"We kunnen het over jou en Valerian hebben," zegt hij hoopvol, terwijl zijn vacht in een lichtoranje tint verandert terwijl zijn pupillen in harten veranderen.

"Nee," zeg ik en ik schud mezelf wakker.

Onder het licht van vier manen zie ik Valerian daar zitten en waakzaam mijn slaap bewaken.

Om de een of andere reden doet het zicht me glimlachen.

Ik sluit mijn ogen en val weer in slaap — deze keer zonder te dromen.

In de ochtend hebben we een stevig ontbijt — een door Valerian gesmokkelde manna voor mij, restjes van het avondeten voor de rest van de groep — en dan gaan we verder op onze reis.

"Maxwell en de anderen zijn hier doorheen," zegt Valerian terwijl we een roze poort naderen die, volgens de kaart die we hebben onthouden, naar de wereld net voor Necronia leidt.

Wanneer we erdoorheen stappen, komen we in een ondergrondse hub terecht die er net zo uitziet als de JFK waar we mee begonnen.

In plaats van een team staat hier één persoon op ons te wachten. Hij draagt een chirurgisch masker met een plastic gezichtsscherm ervoor. Hij kijkt ons met droevige ogen aan, zijn voorhoofd is gerimpeld van bezorgdheid.

"Maxwell?" vraagt Valerian.

Knikkend draait de man zich om. "Die maskers zien er goed uit, maar het is nog steeds veiliger als we buiten praten."

Hij haast zich uit de hub, en we volgen hem door een doolhof van gangen rechtstreeks naar wat op een treinstation op aarde lijkt.

114

Er liggen alleen normaal gesproken geen lijken op aardse treinstations, en ik zie er hier een dozijn. De doden — tenminste, ik neem aan dat dat is wat ze zijn — zijn allemaal in vreemde kleding gekleed, hun huid heeft een vreemde paarse tint.

Ik onderdruk een huivering.

"Wat is hier gebeurd?" vraagt Dylan, naar een man in de buurt kijkend, wiens gezicht door pijn lijkt te zijn vervormd voordat hij stierf.

Maxwell stopt niet om het uit te leggen. Hij gaat voorzichtig om de lijken op zijn pad heen en pakt het tempo weer op als we bij een uitgang komen.

We volgen hem naar buiten. De gebouwen en de winkelpuien buiten doen me aan Midtown in Manhattan denken — behalve dat er hier helemaal geen mensen zijn, alleen maar meer lijken.

"Blijf daar." Maxwell loopt ongeveer vijftien meter van ons vandaan, kijkt achterom en gaat nog een stap achteruit. "Dit zou genoeg moeten zijn."

"Om wat te doen?" roep ik. "Waar is je team?"

Hij haalt een zakdoek tevoorschijn en veegt zijn ogen af.

Puck. Is dat bloed op de zakdoek?

Voordat ik het kan vragen, stopt hij de zakdoek met een sombere uitdrukking weg. "Ze zijn dood."

Tot op zekere hoogte had ik verwacht dat hij zoiets zou zeggen, maar het is nog steeds een schok. Ze moeten net zo formidabel zijn geweest als ons team, dus dat iedereen behalve één dood is —

"Dood?" Fabian stapt naar Maxwell, maar Dylan grijpt zijn schouder.

"Houd afstand," zegt ze gespannen. "Als dit is wat ik denk —"

"Dan zijn ze niet de enige die dood zijn." Maxwell gebaart naar het dichtstbijzijnde lijk. "De meerderheid van de wereldbevolking is ook verdoemd. Net zoals ik dat ben." Hij veegt met zijn blote hand zijn ogen af en toont zijn vingers.

Yep. Het was bloed dat ik zag.

Bloed uit zijn ogen.

Als ik Maxwell was, dan zou ik nu hysterisch zijn.

"Hemolacrie," mompelt Dylan. "Het is meestal goedaardig."

"Dat is het eerste symptoom." Maxwell veegt het bloed aan zijn shirt af. "Binnenkort zal ik hartkloppingen hebben, dan maagklachten, dan rond de tijd dat mijn huid paarsrood wordt, zal ik omkomen."

Pucking puck. Het masker van Itzel heeft een enorme ontwerpfout. Er is geen manier om over te geven zonder hem af te doen — daarom slik ik gewoon de gal door en doe ik mijn best om mijn ademhaling gelijkmatig te maken.

"Wanneer?" vraagt Valerian, zijn voorhoofd fronst.

"Hangt van iemands immuunsysteem af," zegt Maxwell. "Bij de ork van mijn groep duurde het vier dagen, terwijl de elf de volgende dag dood was."

Langzaam ademhalen is het raam uit. Ik begin te hyperventileren.

"Vindt iemand anders het verdacht dat hij de laatste persoon in leven is?" vraagt Chester op een gesprekstoon. "Of dat hij heeft wat de plaag ook is, maar toch een masker op heeft? Of zit het niet in de lucht?"

"Nee, het virus verspreidt zich via luchtdruppels," zegt Maxwell. "Mijn team en ik droegen beschermende kleding terwijl we op jullie stonden te wachten, maar toen vielen de Overgenomenen aan." Hij haalt de zakdoek weer tevoorschijn en dept wat van het nieuwe bloed weg. "Het is mijn schuld. Ik ben het die de Overgenomenen wilden hebben, en iedereen beschermde me zo goed als ze konden. De Overgenomenen hadden sommigen van hen direct gedood en hadden de maskers van de gezichten van de anderen afgerukt. Ik was de enige die het voor elkaar kreeg om mijn masker op te houden. En een van de Overgenomenen moet ziek zijn geweest, omdat het team kort daarna symptomen vertoonde."

"Hoe heb je het virus dan gekregen?" vraagt Dylan.

Hij haalt zijn schouders op. "Misschien kan het virus een masker als dit binnendringen, of misschien heb ik het gekregen toen ik at of dronk. Ik verbleef in het ziekenhuis met mijn team" — hij gebaart naar een gebouw aan de overkant van de straat — "en achteraf gezien is dat misschien een slecht idee geweest."

Ik luister slechts gedeeltelijk terwijl het woord *virus* zich in een lus in mijn hoofd herhaalt. Ik wil rennen tot mijn benen verkrampen, dan een hygieia-apparaat pakken en het steeds opnieuw en opnieuw van top tot teen gebruiken.

"Dus daarom wilde je de afstand bewaren?" vraagt Itzel.

Maxwell knikt.

"Dit moet hetzelfde virus zijn dat we op Necronia willen voorkomen," zegt Dylan. "Icelus moet het al op deze wereld hebben losgelaten."

"Dat is wat we veronderstelden." Maxwell rommelt door zijn zak en haalt er een paar bekers uit. "Dit zijn bloedmonsters van mijn team. Denk je dat je een remedie kunt vinden door ze te gebruiken? Er is een lab in dat ziekenhuis en —"

"Waar?" Dylans ogen glinsteren van opwinding.

Maxwell vertelt haar hoe ze het lab in kwestie moet vinden en Dylan sprint de straat over.

"Ik zal ervoor zorgen dat niets haar aanvalt," zegt Fabian en hij rent achter haar aan.

Ik probeer mijn paniek te bedwingen. "We moeten Maxwell een van de betere maskers geven. Als hij dan met Dylan naar het lab gaat, dan loopt ze minder kans om geïnfecteerd te raken."

Iedereen vindt het een goed idee, dus Valerian pakt een masker uit Coltons tas en plaatst het op de stoep.

We stappen allemaal weg als Maxwell naar ons toe komt. Hij houdt uit voorzorg zijn rug naar ons toe en ruilt zijn oude masker in voor Itzels ontwerp. Als hij klaar is, keren we terug naar onze vorige posities en wachten we op Dylan.

"We hebben een vraag voor je," zegt Valerian na een

periode van ongemakkelijke stilte. "Hoe worden de Overgenomenen tot wat ze zijn?"

"Het is ook een virus, of zoiets." Maxwells stem klinkt gedempt door het nieuwe masker. "Ergens had een persoon — laten we hem Dromer Zero noemen — een heel speciale nachtmerrie, eentje die *je weet wel wie* binnen liet. Dus Dromer Zero was de eerste Overgenomene, waarschijnlijk zonder het te weten. Omdat de speciale nachtmerrie zo gedenkwaardig naar was, voelde Zero zich verplicht om er een vriend, een familielid of een therapeut over te vertellen. Wat hij waarschijnlijk niet wist, was dat deze specifieke nachtmerrie uniek is — het horen van de details ervan plant iets als een virus in het onderbewustzijn en op zo'n manier dat wanneer de persoon die het had gehoord gaat slapen, ze precies dezelfde nachtmerrie dromen, waardoor toegang tot *je weet wel wie* wordt gegeven. Van daaruit verspreidt de nachtmerrie zich explosief."

Chester werpt een nerveuze blik op Kit, Colton en Nina die er ook geschokt uitzien.

"Hoelang zit er tussen de nachtmerrie en het slaapwandelen?" vraagt Nina met een vreemde onstabiele stem.

"Een paar nachten," zegt Maxwell. "Hoezo?"

"Waar ging de nachtmerrie over?" vraagt Chester, even vreemd klinkend.

"Ik ben niet een van de Overgenomenen, dus ik heb deze specifieke nachtmerrie niet gezien," zegt Maxwell. "Maar zelfs als ik hem wel had gezien, dan zou het vertellen ervan betekenen dat ik je in een Overgenomene zou veranderen, dus dan zou ik moeten zwijgen."

Valerian bekijkt de leden van de Raad van New York met een frons. "Waarom vraag je dit allemaal?"

Colton verschuift van voet naar massieve voet. "Chester heeft ons over een nachtmerrie verteld die hij gisteravond heeft gehad. Toen ik ging slapen, had ik zelf de droom."

"Ik ook," zegt Nina grimmig.

"En ik," zegt Kit, terwijl ze met samengeknepen ogen naar Chester staart. "Ik kan niet geloven dat je me hebt geïnfecteerd — en niet eens met iets dat seksueel is overgedragen."

Chester schudt zijn hoofd. "Mijn dochter kon niet slapen vanwege een nachtmerrie." Zijn stem is hol. "Ze had me verteld wat het was, en ik dacht dat het vreemd was toen ik hetzelfde droomde."

"Hoelang geleden was dat?" vraagt Maxwell scherp.

Chester krabt achter de riemen van zijn masker. "Twee dagen. Ik heb de nachtmerrie tot nu toe twee keer gehad — wat het opmerkelijker maakte en de reden is dat ik het aan anderen heb verteld."

Maxwell schudt zijn hoofd. "Je hebt nog twee dagen voordat je voorzorgsmaatregelen moet nemen. Ik stel voor dat iemand gedurende de nacht je kamer op slot doet." Hij kijkt naar de andere aanstaande Overgenomenen. "Jullie hebben nog drie dagen — tenzij je met je slaapcycli gaat knoeien om het te vertragen."

"We hebben ervaring met mensen die gevaarlijk zijn als ze slapen," zegt Nina. "Gertrude, een mederaadslid, geeft koudvuur door als ze slaapwandelt."

Bij het vooruitzicht om als Gertrude behandeld te worden, zien Colton, Kit en Chester er somber uit.

"Hoeveel van het nachtmerrieverhaal moet je horen om in de problemen te komen?" vraag ik, me herinnerend dat ik laatst een deel had opgevangen. "Ik denk dat ik Chester over zijn nachtmerrie heb horen praten, maar ik heb maar een paar woorden opgevangen."

"Als je de nachtmerrie niet hebt gehad, dan ben je in orde." Maxwell haalt z'n zakdoek tevoorschijn en kijkt weer naar z'n ogen. "Zorg er wel voor dat je niets meer hoort."

Puck, ja. Het idee om een hersenvirus te krijgen, of wat de term ook is, is nooit bij me opgekomen, maar nu dat zo is, gaat het naar de top van mijn dingen om te vermijden, helemaal bovenaan met op kattenbakvulling kauwen.

Kit verandert in Chester, maar met vurige ogen. "Hoe heeft dit kunnen gebeuren? Is je geluk niet bedoeld om je te beschermen?"

Chester haalt zijn schouders op. "Er gebeuren nog steeds slechte dingen met me. Het universum is te chaotisch om dat te vermijden."

"Jongens. Is dat niet een persoon?" Ariël wijst in de verte.

Iedereen kijkt.

Een vrouw met een chirurgisch masker sluipt een

blok van ons vandaan naar ons toe. Als ze ons ziet kijken, gaat ze ervandoor alsof we haar in soep veranderen als we haar vangen.

Maxwell volgt de terugtocht van de vrouw met zijn droevige ogen. "Niet iedereen hier is dood. Er zijn hele continenten op deze wereld waar de regeringen alle inkomende reizen afsluiten. Het virus heeft zich daar niet zo veel verspreid."

Valerians wenkbrauwen ontmoeten elkaar in het midden van zijn voorhoofd. "Het lijkt er meer op dat Icelus het nog niet overal heeft verspreid."

De robotachtige nek van Felix draait zich met een krijs om. "Als Icelus nog steeds hier op deze wereld is, geeft het ons een kans om de mensen op Necronia te helpen zichzelf te redden."

"Altijd de optimist," zegt Itzel. "Icelus heeft deze wereld misschien per ongeluk geïnfecteerd — en ze zouden nu al klaar kunnen zijn met Necronia."

"Nostradamus dacht van niet," zegt Felix defensief.

"Hij wilde ook dat we Chester mee namen, maar kijk wat er is gebeurd," zeg ik.

"Wat Nostradamus ook heeft gezegd, het zal *hem* ongetwijfeld het meest ten goede komen," zegt Chester. "Zieners zijn niet te vertrouwen. Ik durf te wedden dat hij nooit heeft gezegd dat de mensen van Necronia gered zullen worden."

Dat is waar. Dat heeft hij niet gezegd. Het enige duidelijke wat de ziener zei was dat ik zou omkomen als ik niet naar Necronia zou gaan. Gezien de virussituatie ben ik geneigd om mijn kans te wagen door niet te gaan en te zien hoe dat gaat.

"We proberen niet alleen Necroniaanse levens te redden." Valerians ogen glanzen van dreiging. "We moeten Icelus-agenten vangen zodat ze kunnen worden ondervraagd."

Kit verandert in een gigantische spin die ik ooit eerder heb gezien. "Ondervraagd, gemarteld... wat maakt het uit?" gromt ze tussen een stel kaken door.

Als ze Maxwells doodsbange reactie ziet, wordt Kit weer zichzelf en knipoogt ze naar de arme man.

"Onze wandelende en pratende encyclopedie is klaar," zegt Stanislav, terwijl hij naar de andere kant van de straat kijkt.

En inderdaad sprint Dylan naar ons toe, met Fabian op haar hielen.

"Dus," zegt Maxwell wanneer ze ons bereikt. "Kun je me genezen?"

Hijgend schudt ze haar hoofd. "Dat lab is niet uitgerust voor onderzoek. Als ik de chemische formule voor de remedie al kende, dan zou ik die daar misschien kunnen maken. Voor nu zou het langer duren dan de tijd die je nog hebt. Ik denk dat we beter het protocol kunnen volgen dat we in het geval van besmetting hebben opgesteld."

Ariël trekt haar wenkbrauwen op. "Hebben we gepland om ziek te worden?"

"Een medisch team van vampiers en quarantainekamers wacht op ons in de hub op

Gomorrah," zegt Dylan. "Als Maxwell snel teruggaat, dan kan hij er binnen een dag zijn."

"Tenzij de Overgenomenen hem doden," zegt Itzel. "Of als het virus hem te zwak maakt."

"Hij heeft een escorte nodig," zeg ik. "Dat zou ons andere probleem eigenlijk kunnen oplossen." Ik wijs naar Chester, Kit, Nina en Colton.

"Daar ben ik het mee eens," zegt Valerian. "Chester heeft een dag voordat hij verandert, de anderen nog langer. Dat geeft hun de tijd om Maxwell naar Gomorrah te begeleiden."

"Goed plan." Kit transformeert in dat griezelige plantachtige wezen zonder mond en neus.

"Het is een uitstekend plan," zegt Nina. "Behalve het deel waar we met de zieke man lopen."

"Kit en ik kunnen dicht bij hem blijven terwijl jij en Colton op afstand blijven," zegt Chester. "Met twee maskers en mijn geluk zou ik het virus niet moeten krijgen."

Niemand heeft het lef om hem te vertellen dat als zijn geluk had gewerkt, het hem zou hebben beschermd om geen Overgenomene te worden.

"Hier." Chester geeft Ariël het handvat van zijn poortzwaard. "Jouw groep zal dit meer nodig hebben dan de onze."

Ariël neemt het artefact eerbiedig aan en geeft Chester haar eigen zwaard.

"Dit werkt eigenlijk best goed," zegt Felix.

Iedereen kijkt hem aan alsof hij zijn hersenen is verloren.

"Maxwell zal zichzelf en monsters van besmet bloed naar Gomorrah brengen." Felix buigt zijn pink. "Ze ontwikkelen een remedie." Hij buigt zijn ringvinger. "We vertellen Necronianen hoe ze het moeten maken." Hij buigt zijn middelvinger. "Dan hoeven we alleen nog maar Icelus te vangen en terug te gaan." Hij buigt zijn wijsvinger.

"Hoe eenvoudig," zegt Itzel met een oogrol. "Misschien had het altijd het plan moeten zijn om de helft van onze groep te vermoorden?"

"We hebben een manier nodig om contact te houden," zegt Maxwell. "Kun je daarvoor alsjeblieft op de grond gaan liggen?"

Iedereen kijkt iedereen aan. Niemand wil zeggen wat we allemaal denken — het virus is duidelijk in zijn hersenen terechtgekomen.

"Ik bedoelde Dylan," zegt Maxwell. "Alsjeblieft, ik heb niet veel tijd."

Voorzichtig gaat Dylan op de grond liggen.

Maxwell steekt zijn hand uit en sluit zijn ogen.

Onmiddellijk sluiten Dylans ogen zich ook en ontspant haar lichaam.

Wacht. Ze kan niet —

Maar dat is ze wel. Mijn nieuwe zintuigen bevestigen het. Maxwell heeft Dylan niet alleen in slaap laten vallen, hij heeft haar ook meteen in de remcyclus gezet.

"Hoe heb je dat voor elkaar gekregen?" roep ik opgewonden uit.

Maxwell geeft geen antwoord. Hij is duidelijk een

droomwandelsessie aan het opzetten met Dylan.

Zou ik hem ontmoeten als ik zelf een verbinding opzet? Ik heb nog nooit in iemand gedroomwandeld die al een andere droomwandelaar in hun hoofd had, en het idee klinkt interessant.

Als het virus er niet was geweest, dan zou ik het proberen. Voor nu voel ik echter een irrationele afkeer bij het idee om oog in oog te komen te staan met Maxwell, zelfs in de droomwereld. Het is waarschijnlijk mijn angst voor ziektekiemen, maar ik kan het niet helpen dat ik het gevoel heb dat er meer aan Maxwell is dan het lijkt, dat hij een geheim verbergt.

Wacht eens even. Hij is een droomwandelaar. Zou *hij* de Notenkraker kunnen zijn? Zijn taak is om de communicatie tussen Andere Werelden te coördineren zoals de Icelus-droomwandelaar dat doet, dus hoe ironisch zou het zijn als ze dezelfde persoon waren? Hij kon dan op elke stap tegen Icelus anticiperen — de perfecte spion.

Ik moet hier met Valerian over praten. Binnenkort.

"Klaar," zegt Maxwell en hij haalt me uit mijn met argwaan gevulde overpeinzing.

Dylan ziet er gedesoriënteerd uit en staat op van de grond.

"Laten we gaan," zegt Maxwell.

"Hoe heb je haar zo in REM-slaap gebracht?" vraag ik.

Maxwell kijkt me aan alsof hij me voor het eerst

ziet. "Dat is iets wat wij droomwandelaars gewoon kunnen doen."

"Ik niet, en ik ben een droomwandelaar."

"Heeft niemand het je geleerd op... je thuiswereld?" vraagt hij aarzelend.

"Je bedoelt op Soma?" vraag ik op een voorgevoel.

Maxwells ogen puilen bijna uit hun kassen. "We moeten ons echt haasten," zegt hij snel. "Het is letterlijk een situatie van leven en dood."

En zo haast hij zich naar het station.

"Veel succes," zegt Chester tegen ons en hij volgt de droomwandelaar.

Colton pakt zijn rugzak en geeft hem aan Fabian, het enige lid van de groep dat groot genoeg is om hem te dragen. Met een vaarwel gaat de reus achter Chester aan. Bij gebrek aan een mond in haar plantenvorm blaast Kit ons een luchtkus voordat ze gaat, terwijl Nina gewoon zwaait en de anderen volgt.

Zodra ze in het station verdwijnen, zie ik Valerian naar me staren.

Natuurlijk. Ik heb het verboden woord gezegd. *Soma.*

Was dat waarom Maxwell ook zo snel wegging? Is Soma iets waar je nooit over praat, zoals *Fight Club* uit die film van de aarde? Of is het omdat Maxwell de Notenkraker is en een vijandelijke droomwandelaar geen nieuwe vaardigheden wilde leren?

Puck. Als hij inderdaad de Notenkraker is, wat als zijn hele team dan niet aan het virus was gestorven?

Wat als hij ze heeft vermoord?

Ik benoem hardop mijn zorgen en eindig met, "Moeten we achter ze aan rennen?"

Fabian schudt zijn hoofd. "Ze hebben Chesters kansmanipulatie om ze veilig te houden."

"Maar hij kon *zichzelf* niet eens veilig houden," zegt Itzel.

"Maxwell is doorgelicht," zegt Valerian met finaliteit. "Ik zeg dat we op deze wereld genoeg tijd hebben verspild. Laten we naar Necronia gaan."

"Wat?" roept Itzel uit. "Doen we dat nog steeds? Onze groep is half zo groot als we hadden moeten zijn, en we zijn net onze machtigste bondgenoten verloren."

"Onzin," zegt Stanislav, zijn accent zwaarder dan normaal. "Je machtigste bondgenoot is er nog steeds."

"De chort heeft gelijk," zegt Fabian. "Ervan uitgaande dat hij mij bedoelt, natuurlijk."

"We kunnen niet niet gaan," zegt Felix bijna spijtig. "De profetieën van Nostradamus zijn niet iets waar je mee wilt rotzooien."

"Goed dan." Itzel past haar masker aan. "Ik wil alleen dat er vastgelegd wordt dat dit een slecht idee is."

Felix doet alsof hij iets opschrijft in een denkbeeldig notitieboekje. Hij doet alsof hij hem sluit, en zegt, "Genoteerd."

Valerian draait zich om en loopt het treinstation binnen. De rest van ons volgt, over lijken springend wanneer dat nodig is. Ik doe mijn best om niet aan dode lichamen te denken die ontbinden en of het virus nog steeds in de lucht om hen heen leeft. Omdat het angstaanjagend is. En super vies. Een sprint door de gangen later staan we in de hub en voor de paarse poort die onze bestemming is.

"Klaar?" vraagt Stanislav.

Iedereen knikt, hoewel sommigen, zoals Itzel, minder enthousiast zijn dan anderen.

"Laten we dan gaan," zegt de chort en hij gaat de poort binnen.

Fabian en de anderen volgen, en ik ga als laatste.

Als ik er aan de andere kant uit stap, realiseer ik me dat Chesters kansmanipulatie-krachten hem niet in de steek hadden gelaten. Bij lange na niet.

Als dit Necronia is, dan heeft hij geluk dat hij het gemist heeft.

HOOFDSTUK TWAALF

WE BEVINDEN ONS IN EEN KLEINE KLOOF, OMRINGD door grijze bergen, met een hemel die geblokkeerd is door de sombere wolken erboven. Mijn ogen moeten zich aan het gebrek aan licht aanpassen, en als ze dat doen, dan realiseer ik me dat er een legioen aan mensen als rotte sardientjes in de hub is gepropt.

Ze dragen maskers met nachtmerrieachtige ontwerpen en lendendoeken, samen met kriebelend ogende beha's op wat de vrouwen zouden kunnen zijn. Hun huid is askleurig en ze hebben tatoeage-achtige inkervingen over hun hele lichaam die van binnenuit gloeien.

De enige plaats waar deze mensen niet zitten, is een twee meter brede tunnel die van de hub-kloof in een scheur in een bergkam leidt — een scheur die eruitziet als een gat in de tanden van een dode titaan.

Mijn teamgenoten gaan voorzichtig de tunnel van mensen in. Achter ons vult de tunnel zich met geruisloos bewegende lichamen, die de weg terug afsnijden — wat me niet met een warm gevoel vult, zelfs niet een klein beetje.

"Dit moeten lijken zijn," fluistert Ariël. "Ik kan niet geloven dat dit weer gebeurt."

Ze heeft waarschijnlijk gelijk. Nu ze het heeft gezegd, zou ik zweren dat er een stank van de dood door de krachtige filters van mijn masker sijpelt.

"Voor hun bestwil hoop ik dat ze dood zijn." Felix wijst naar een van de inkervingen. "Dat bij een levend persoon doen, zou in strijd zijn met het Verdrag van Genève."

"We zijn niet eens in de buurt van Genève," mompelt Ariël.

"Ja, nou," zegt Felix. "We zijn ook niet meer in Kansas."

Niemand geeft hem antwoord en we gaan zwijgend door de tunnel totdat Felix weer luid fluisterend spreekt. "Die maskers zien eruit alsof ze door H.R. Giger zijn ontworpen." Zonder te wachten op een vervolgvraag, legt hij uit, "Hij heeft ontwerpwerk voor *Alien* gedaan."

Ik ken de artiest waar hij het over heeft en moet het daarmee eens zijn. De maskers beelden mensen en stoommachines uit die in een griezelige, bijna seksuele symbiose met elkaar verbonden zijn.

Dylan zegt iets in een onbekende taal, schijnbaar naar de lijken gericht.

"Wat zei je?" vraagt Felix aan haar. "Dat klonk als

een mix van Duits en Vietnamees, met wat Klingon erin gegooid."

"Het klonk helemaal niet als Duits," zegt Fabian, Felix een koude blik gevend. "Het deed me eerder aan Russisch denken."

Stanislav kijkt boos naar de weerwolf. "*Sobaka*. Dat klonk niet als Russisch."

Er verschijnen streng uitziende LEGO-letters voor mijn ogen, en ik neem aan ook voor die van de anderen:

Laten we stil zijn en uitzoeken wat ze willen.

We volgen Valerians suggestie, en het wordt al snel duidelijk dat wat de lijken willen is om ons door de scheur in de rots te drijven.

Wanneer we uit de scheur stappen, bevinden we ons in een grotere kloof, die tot de rand gevuld is met meer geanimeerde lijken, duizenden en duizenden van hen.

De LEGO-letters van Valerian verschijnen opnieuw:

Dylan, probeer met ze te praten.

Ze begint in dezelfde taal alle kanten op te schreeuwen.

In het begin is er geen antwoord. Dan antwoordt elk van de duizenden lijken in koor. Hun spraak — een vreemd droog geritsel, als dode takken die tegen elkaar wrijven — kruipt in mijn botten en koelt ze af tot onder nul graden Kelvin. Dit is hoe de hel zou klinken, stel ik me voor, en hoewel de lijken dezelfde taal lijken te gebruiken als Dylan, klinkt het door hun verdorde stembanden exponentieel lelijker en angstaanjagender.

"Ze vroegen waarom we hier zijn," kondigt Dylan aan.

Vertel het hun, beveelt Valerian via LEGO-letters.

Dylan schreeuwt een paar seconden in het Necroniaans.

Bijna anticlimactisch reageren de lijken met slechts twee woorden.

"Je liegt," vertaalt Dylan.

"Ondankbare klootzakken," gromt Fabian.

Overtuig ze, beveelt Valerian. *Vertel ze over Icelus en het virus. Vertel hun wat de symptomen zijn.*

Dylan probeert het — of ze spreekt in ieder geval een tijdje in het Necroniaans.

Het antwoord van de lijken is deze keer iets langer, maar gezien hoe wit Dylan wordt, betwijfel ik of we de vertaling leuk zullen vinden.

De lijken stappen opzij en creëren een tunnel, deze keer leiden ze terug naar de weg waarop we zijn gekomen.

"Ze zeiden dat dit onze laatste kans is om terug te gaan en nooit meer terug te keren," zegt Dylan met een trillende stem. "Zo niet, en ik citeer, 'Dan zal ik jullie in helpers veranderen.'"

"Helpers?" vraagt Felix.

Ariël onderzoekt de gemaskerde lichamen met een huivering. "Ik wed dat het een eufemisme voor *zombies* is."

"Ik zeg dat we moeten gaan." Itzel kijkt naar de weg

waarop we zijn gekomen. "We hebben de dodenbezweerders over de dreiging verteld, dus onze handen zijn schoon."

Valerian kijkt Dylan boos aan. "Vertel ze dat we graag met iemand willen praten die de leiding heeft."

Felix grinnikt humorloos. "De goede ouwe 'mag ik de manager spreken'?"

"Meer als 'breng me naar je leider'," zegt Ariël.

"Kop dicht," zegt Stanislav. "Misschien spreken ze Engels."

Dylan negeert ieders heen-en-weergebabbel en schreeuwt een korte zin.

De reactie door de zombiemonden is kort.

"De tijd is om," zegt Dylan stotterend.

Haar vertaling was niet nodig. Met een geschuifel van blote voeten sluit de tunnel die terug naar de kloof leidt, en de zogenaamde helpers nemen agressieve houdingen aan — klaar om naar onze gezichten te springen en te klauwen.

In een gecoördineerde beweging vallen de zombies aan.

HOOFDSTUK DERTIEN

"WAPENS PARAAT!" SCHREEUWT ARIËL, TERWIJL ZE MET de ene hand een groot pistool tevoorschijn haalt en met de andere haar plasmazwaard vasthoudt. Zonder een seconde te aarzelen schiet ze de zombie die het dichtst bij haar staat in het midden van zijn masker.

Boem.

Met zijn masker aan flarden en zijn gezicht een verminkte puinhoop, struikelt de zombie naar achteren om zich te herstellen en weer naar haar uit te halen.

Ariël activeert haar zwaard en haalt uit naar haar aanvaller. De poortachtige substantie van het mes splijt de zombie moeiteloos van kop tot lies. Het is niet verrassend dat het al overleden wezen niet sterft, maar omdat elke helft niet op één been kan balanceren, vallen ze en worden ze door de volgende reeks zombies vertrapt die Ariël aanvallen.

Ze schiet er eentje neer en snijdt er nog een doormidden met alle snelheid en gratie van een uber terwijl ik mijn katana losmaak. Mijn hart bonst woedend in mijn borst terwijl ik mijn hoofd van links naar rechts draai en het slagveld in me opneem.

Aan mijn linkerkant schiet Dylan met haar Gomorraanse pistool. De zombies worden er niet door beïnvloedt, zoals ik wist dat er zou gebeuren, nadat ik deze zet ooit zelf op hun soort heb geprobeerd.

"Valerian, doe je illusieding!" schreeuwt Dylan.

Hij heeft zijn sai al tevoorschijn gehaald en steekt ze allebei in de keel van de zombie die het dichtst bij hem staat. "Dodenbezweerders kunnen door de ogen van alle zombies kijken," schreeuwt hij terug terwijl hij de wapens eruit rukt voordat hij ze terug in zombievlees steekt. "Mijn krachten zullen hier niet werken!"

Valerian en Felix staan rug tegen rug. Met zijn bovenste rechter robotarm pakt hij een zombie bij de keel en houdt haar daar. Zijn linkerhand pakt het hoofd van de zombie, terwijl de onderarmen de romp van de zombie vasthouden.

Er kraakt metaal en het hoofd van de zombie scheidt zich van haar lichaam.

Een andere zombie haalt uit naar mijn keel, maar een bliksemschicht raakt hem in de borst en laat hem vliegen.

"Bedankt!" roep ik naar Itzel, die een andere zombie met een tweede bliksembal opblaast.

Er springt nog een zombie naar me toe — een vrouwelijke, als de beha iets is om op af te gaan. Ik zwaai met mijn katana en snij haar hand eraf voordat hij me bereikt, en onthoofdt haar dan met een uithaal die ik in mijn droom heb geoefend.

Tot mijn verbazing werkt het bij de eerste poging. Waar deze katana ook van gemaakt is, het is geweldig. Hij gaat door vlees en botten alsof het door sponscake gaat. Degene die deze wapens heeft geleverd wist wat ze deden.

Rechts van mij haalt een mannelijke zombie met talonachtige nagels uit naar Stanislavs arm. Het enige wat de nagels te pakken krijgen is lege lucht — de chort gebruikt zijn kracht om zijn vlees net op tijd onstoffelijk te maken.

De zombie haalt weer uit en mikt op Stanislavs hoofd. Zijn nagels schrapen langs het masker terwijl de chort zijn hoofd onstoffelijk maakt en de volgende uithaal omzeilt.

De zombie heeft alleen het masker van Stanislav vast. Met een draai van zijn pols gooit hij het als een frisbee terug naar het hoofd van de chort. Stanislavs gezicht faseert in en uit substantie, en het masker suist door hem heen naar de andere kant van de kloof. Even later neemt Stanislav wraak en onthoofdt hij zijn tegenstander met zijn sabel.

Er vallen nog twee zombies Stanislav aan.

Hij faseert steeds opnieuw en haalt de hele tijd uit met zijn sabel.

Ondertussen is Fabian al naakt, de rugzak ligt aan zijn voeten. Met een flits verandert hij in zijn wolvenvorm en begint hij van poot naar poot te springen alsof hij danst, terwijl hij tegelijkertijd zijn ledematen rondslingert. Elke keer dat een van zijn enorme poten verbinding maakt met een zombie, verliest de zombie een belangrijk deel van zijn of haar anatomie. Het moet de wolfu vechtkunst zijn waar hij over had verteld. Die is dodelijk, en zou waarschijnlijk nog dodelijker zijn zonder zijn muilkorfachtige masker.

Er springt een grote mannelijke zombie op me af. Ik haal met de katana uit naar zijn adamsappel. Het hoofd rolt naar mijn voeten en ik doe mijn best om op adem te komen. Deze onthoofding voelde zwaarder. Mijn armen worden moe.

Nog een paar zombies later, voelen mijn armen als lood aan, mijn spieren schreeuwen van uitputting. Het meest ontmoedigende deel is dat het niet uitmaakt hoeveel gereanimeerde lijken ik of mijn teamgenoten afmaken, er zijn er duizenden meer om hun plaats in te nemen.

Puck dit. Ik geef niet op. Hijgend zwaai ik harder en onthoofd een andere zombie, net op het moment dat er een eskader schaduwen in de lucht verschijnt.

Wat de puck?

Het zijn vliegende wezens, elk zo groot als een roc-vogel, maar ze zien eruit als een hybride tussen een pterodactylus en een vleermuis. In de klauwen van elk vliegend wezen zit een gemaskerd persoon.

In een oogwenk duikt het eskader naar beneden en levert meer zombies in het al onmogelijke gevecht.

We zijn meer dan gepuckt.

HOOFDSTUK VEERTIEN

OP MIJN TANDEN KNARSEND, DWING IK MIJN LODEN armen om zich te bewegen. *Zwaai, swoesh, niet aan gorigheid en ziektekiemen denken.* Ik ben een zombie-onthoofdmachine, ik schakel de ene na de andere uit. Ik moet niet nadenken over hoe zweterig en verdoofd mijn handpalmen worden of dat mijn longen worstelen om voldoende lucht door het masker naar binnen te zuigen.

Maar hoe vastberaden ik ook ben, mijn lichaam begint het op te geven. Ik struikel en laat mijn katana bijna vallen terwijl een zombie op me afkomt, met tanden die klapperen als een hondsdolle hond. Naar adem snakkend hak ik zijn hoofd eraf en terwijl ik me omdraai om een nieuwe aanval van aanvallers onder ogen te zien, realiseer ik me dat er niemand komt.

De aanval is plotseling gestopt.

De zombies openen hun mond en beginnen te praten.

Alle ogen gaan naar Dylan en staren haar hoopvol aan.

"Dat is vreemd," hijgt ze, terwijl ze het zweet van haar voorhoofd veegt. "Ze vragen wat het eerste symptoom van het virus is."

"Vertel het ze." Het Russische accent van Stanislav is zwaarder dan ooit.

Dylan roept een antwoord in het Necroniaans.

De zombies spreken weer.

"Ze zeiden dat zijn naam Nulen is. Hij zweert dat als we onze wapens neerleggen, hij persoonlijk met ons zal praten."

Iedereen wisselt bezorgde blikken uit.

"Ik zie er geen kwaad in," zegt Valerian, terwijl hij zijn sai op de grond gooit. "Het is slechts een kwestie van tijd voordat we verliezen."

Iedereen knikt plechtig. Ik was niet de enige die pessimistisch was.

De zombies trekken zich terug en creëren een bredere cirkel om ons heen.

Ik gooi mijn katana neer en dan het pistool.

Ariël gooit leeg pistool na leeg pistool op de grond. Dan schakelt ze haar poortzwaard uit en legt het zachtjes op de rest van de wapens.

Als iedereen ontwapend is, praten de zombies weer.

"Hij vraagt Fabian om terug te keren in de vorm van een man en Felix om uit te schakelen," zegt Dylan.

In een flits staat er een naakte Fabian voor ons. Hij pakt zijn kleren op en begint zich aan te kleden.

Het robotpak gaat open en Felix stapt er met tegenzin uit.

Een stap opzij zettend om een tunnel te creëren, spreekt de horde weer.

"Stap weg van de wapens," vertaalt Dylan.

"Ik heb een beter idee." Felix schiet met een straal van magenta energie op de robot. De robot begint uit zichzelf te bewegen. Hij pakt de rugzak op en bergt het in zichzelf op, waar normaal gesproken het lichaam van Felix zich zou bevinden.

We helpen de robot om de andere wapens erin te stoppen. Wanneer ons arsenaal verborgen is, sluit de robot zich en laat Felix hem door de tunnel lopen die de zombies hebben gecreëerd. Het reikt helemaal tot aan de rand van de nabijgelegen berg, en wanneer de robot daar aankomt, gaat hij op de grond zitten en grijpt hij zijn benen met alle vier de armen vast en zakt naar voren.

We wachten in gespannen stilte af. En wachten. En wachten. Na wat aanvoelt als een uur, opent er zich een nieuwe zombietunnel en stapt er een man uit — vermoedelijk Nulen. Hij is zo bleek als een pre-vampier, is in vreemde lederen kleding gekleed en heeft lijnen van zwarte verf op zijn gezicht.

Hij loopt naar ons toe en als hij op een afstand van me staat, staart hij me zo aandachtig in de ogen dat het lijkt alsof hij probeert te zien wie het eerst knippert. Maar nee. Hij stapt gewoon naar Itzel en doet hetzelfde, herhaalt dan het proces met iedereen.

Misschien een vreemd soort begroetingsritueel?

Uiteindelijk opent hij zijn mond en spreekt.

"Hij vraagt wat voor soort Cognizanten we zijn," vertaalt Dylan. "Moet ik het hem vertellen?"

Valerian knikt en Dylan spreekt een paar seconden.

Nulen fronst en antwoordt in snelvuur Necroniaans.

Dylan verbleekt. "Hij vraagt wie van ons iemand bloed kan laten huilen."

"Vertel hem de waarheid," zegt Valerian. "Zulke kracht bestaat niet, en hij weet dit waarschijnlijk."

Terwijl Dylan weer in het Necroniaans spreekt, wordt Nulens frons dieper.

Dit is wanneer ik het zie — en besef waarom we nog steeds leven.

In de hoek van het rechteroog van Nulen verzamelt zich een rode druppel. Een bloederige traan die maar één ding kan betekenen.

Het virus dat we wilden stoppen is er al.

HOOFDSTUK VIJFTIEN

"STANISLAV MOET ZIJN MASKER WEER OPZETTEN," FLAPT Dylan eruit, haar blik de mijne volgend.

De chort raakt zijn gezicht aan alsof hij voor het eerst zijn naaktheid beseft. "Hij is daarheen gevlogen." Hij wijst naar de andere kant van de kloof.

"Hebben we nog een masker in Stanislavs maat in de rugzak?" vraag ik dringend.

Met ogen wijd open van afschuw, schudt Dylan haar hoofd.

"Wat dacht je van eentje voor hem?" Ik gebaar naar de dodenbezweerder.

"Misschien," zegt ze, hulpeloos naar de robot kijkend.

Ik haal diep adem en probeer niet in paniek te raken. "Zeg hem dat hij zijn 'helpers' het masker van Stanislav moet laten brengen en Felix er een voor hem moet laten halen."

Dylan en Nulen praten over en weer en kijken

steeds geagiteerder. Ten slotte knikt de dodenbezweerder, en de zombies heropenen de tunnel die naar de robot leidt.

Terwijl Felix naar de rugzak sprint, geven de zombies een masker door over hun hoofd alsof het een podiumduiker tijdens een rockconcert is.

Stanislavs masker arriveert eerst, gelukkig intact. Hij zet hem voorzichtig op en laat de dodenbezweerder zien hoe hij de bandjes aan de achterkant vastzet.

Felix komt terug en gooit Nulen zijn masker toe.

De dodenbezweerder doet hem op en spreekt met een gedempte stem.

"Hij vraagt om een remedie," zegt Dylan. "Ik heb hem gezegd dat we die nog niet hebben, maar dat we eraan werken. Hij zei toen dat we geluk hadden. Hij heeft inderdaad nog nooit van een Cognizantenkracht gehoord die bloedtranen zou veroorzaken, vooral niet op afstand, dus hij moet ons het voordeel van de twijfel geven. Uiteindelijk is het aan het Parlement om te beslissen of we de waarheid vertellen. Hij zal ons naar hen toe brengen."

"Goed," zegt Valerian. "Laten we hopen dat Maxwell zijn terugreis overleeft en dat de wetenschappers op Gomorrah erachter komen hoe ze de remedie kunnen versnellen."

Als we het over hoop hebben, dan hoop ik *laat ons alsjeblieft niet ziek worden*. Nee, maak dat *heel erg alsjeblieft, met een kers erop*. Valerian heeft natuurlijk nog steeds een goed punt. Zonder een remedie of een ander tegenwicht voor slecht nieuws, zou het Parlement ons wel eens als de spreekwoordelijke boodschappers om neer te schieten kunnen behandelen.

Nulen stapt naar een grote opening in de kloof, en de zombies gaan voor hem uit elkaar in de breedste tunnel die we tot nu toe hebben gezien. Hij zwaait naar ons om hem te volgen.

"Hoe groot is de kans dat Stanislav het virus heeft gekregen?" vraag ik zachtjes terwijl we achter hem aanlopen.

"Hangt van veel factoren af." Dylans professorale toon is terug. "We zijn buiten en Stanislav en Nulen zijn niet lang dicht bij elkaar geweest. En chorts hebben ook een uitstekend immuunsysteem — hoewel natuurlijk niet op het niveau van een pre-vampier. Als ik moest gokken, dan zou ik zeggen dat een infectie onwaarschijnlijk is."

"Ik zal voor het geval dat afstand houden van iedereen," zegt Stanislav en valt terug naar achteren.

Valerian kijkt naar Dylan. "Heb je Nulen gevraagd hoe *hij* ziek is geworden?"

Dylan slaat op haar voorhoofd en praat dan een paar seconden met Nulen.

"Hij weet het niet," zegt ze als ze klaar zijn. "Hij had voor vandaag nog nooit van een virus als 'het onze' gehoord."

"Heeft hij met iemand anders gesproken die door de poorten is gekomen?" vraagt Valerian.

Dylan vraagt het na.

"Nee," vertaalt ze even later. "De reden dat hij daar

bij de hub was, was om het beleid in stand te houden dat hun Parlement vele jaren geleden heeft ingevoerd. Niemand van de Andere Werelden is toegestaan op Necronia."

Niet vriendelijk, maar begrijpelijk in het licht van hoe dodenbezweerders op door vampiers bevooroordeelde werelden zoals de aarde en Gomorrah worden behandeld.

De rest van de weg praten we niet, en als we de kloof verlaten, is het weer een andere kloof die groot genoeg is om een kleine stad in te laten passen. Als we eenmaal uit die kloof zijn, komt er een grote kudde zombies tevoorschijn die ons volgen.

Felix kijkt om, zorgt ervoor dat Nulen niet kijkt en draait zich om en stuurt een explosie van magenta energie achter ons aan.

Een paar seconden later kruipt zijn robotpak op zes ledematen uit de kloof.

Zonder zich om te draaien schreeuwt Nulen iets.

"Laat dat daar," vertaalt Dylan.

"Gast." Ariël zwaait naar de honderden lijken om ons heen. "Hij kan door de ogen van zijn dode volgelingen kijken."

Met een zucht laat Felix de robot op de grond zitten bij de ingang van de kleinere kloof.

"Denk je dat het veilig zal zijn?" Ariël kijkt weemoedig naar de robot. "Ik wil het poortzwaard terug."

Felix bekijkt Nulen wantrouwend van top tot teen.

"Hangt ervan af of ze high-end branders op deze wereld hebben."

Fabian legt een hand op Dylans rug en fluistert luid, "Zeg tegen onze dodenbezweerder-vriend dat hij voorzichtig moet zijn met het zelfvernietigingsmechanisme in die machine. Dat zou onze spullen veilig moeten houden."

"Wil je dat ik lieg?" vraagt Dylan, haar gezicht bloost.

De weerwolf trekt zijn hand weg en kantelt zijn hoofd als een nieuwsgierige pup. "Kun je niet liegen?"

"Natuurlijk kan ik dat," mompelt Dylan. "Ik doe het alleen liever niet."

"Nou, het is niet echt een leugen," zegt Itzel. "Als ze een brander op de verkeerde plaats zouden aanbrengen, dan zou het pak *kunnen* ontploffen."

Gerustgesteld, geeft Dylan de boodschap aan Nulen door, en hij reageert met niet meer dan een grom. Hij blijft gewoon doorlopen naar een groot ding dat op een houten vlot lijkt, alleen groot genoeg om een leger te dragen.

Vreemd. Is er ergens een rivier die ik niet zie?

Bij het bereiken van het 'vlot' stappen Nulen en twee dozijn van zijn helpers erop. Als hij naar ons kijkt, schreeuwt hij een commando dat Dylan vertaalt als 'stap op'.

Nadat iedereen voorzichtig op het houten platform stapt, wordt het doel ervan duidelijker. Er komen zombies aangelopen en ze grijpen iets vast wat houten handgrepen blijken te zijn, waarbij ze ons en het 'vlot' van de grond tillen.

"Een door zombies aangedreven koets," mompelt Felix terwijl we beginnen te bewegen.

"Een nest," zegt Dylan. "Ik zou aan zombie-aangedreven dingen wennen als ik jou was. We zullen er binnenkort veel van zien."

In het begin is de rit hobbelig, maar dan bereiken we een relatief gelijkmatig terrein en voelt het alsof we drijven. Wanneer we de grote kloof verlaten, staren we als een stel toeristen naar de grijze bergen om ons heen.

"Wat voor de duivel?" roept Ariël uit, terwijl ze naar Nulen kijkt.

Ik volg haar blik en probeer te begrijpen wat ik zie.

Als je je ogen niet focust, dan zit Nulen gewoon op een stoel. Maar als je goed kijkt, dan is het duidelijk dat zijn stoel volledig uit mensen bestaat. Dode mensen. Elke zombie moet zich als een slangenmens hebben gedraaid om de structuur te maken.

Nulen merkt onze aandacht op en spreekt in Dylans richting.

Voordat ze het kan vertalen, beginnen de zombies die geen deel uitmaken van zijn stoel te bewegen. Sommigen knielen, sommigen draaien zich om en al snel staan er acht macabere stoelen bij de menselijke troon van Nulen.

"Hij zei 'ga zitten'," zegt Dylan. "Voor het geval dat dat niet duidelijk was."

We staren allemaal naar onze 'stoelen'. Ik weet niet

hoe het met de anderen zit, maar als er een keuze was tussen een pistool tegen het hoofd en dit meubilair, dan zou ik weleens voor het pistool kunnen kiezen.

Alsof het het meest natuurlijke ding in de wereld is, ploft Stanislav er op één neer. "Slim," zegt hij. "De zachte buik van die vrouw maakt het een kussen."

Tuurlijk. Ik zou *graag* voor het pistool kiezen.

Ik stap zo ver mogelijk weg van het 'meubilair' als ik kan, en kijk naar de bergen om mijn gedachten van mijn door de strijd vermoeide spieren af te houden.

"Ik heb een verrassing," zegt Valerian terwijl hij naar me toe komt.

Geschrokken draai ik me om en zie hem een hygieia-apparaat vasthouden.

Wauw. Ik kan niet geloven dat hij het door de hele beproeving heeft weten te behouden. Ik moet zeggen, hij is op het gebied van slijmen goed bezig. Als de maskers er niet waren geweest, dan zou ik hem niet in zijn ballen schoppen als hij me nu probeerde te kussen.

Zijn ogen krijgen rimpeltjes boven zijn masker, en Valerian steriliseert een grote cirkel van het platform onder ons.

"Bedankt." Ik ga met gekruiste benen in het midden van de cirkel zitten. "Als je wilt, dan kun je bij me komen zitten."

Ziet hij er zelfvoldaan uit? Het is met de vervloekte maskers moeilijk te zeggen.

Hij zakt op een perfecte afstand van me op de grond, en zomaar lijkt het landschap om ons heen eerder romantisch dan somber. Dat wil zeggen, totdat we de bergen verlaten en een veld van een soort inheemse groenten zien.

Een veld dat krioelt van de gemaskerde doden.

Ik denk dat als je niet om de gatver-factor geeft — en dat is een grote als — het logisch is om dit gratis personeel voor moeilijke landbouwtaken te gebruiken.

Terwijl we blijven rijden, zien we een kudde geitachtige dieren die in een weiland staat te grazen dat omheind is door zombies. Later zien we zombies nog meer taken uitvoeren: daken repareren, bomen kappen en zelfs een piramide bouwen ter grootte van die in Gizeh, maar met griezelige ontwerpen die in de zijkanten zijn ingesneden die me aan de maskers doen denken die de zombies dragen.

Een uur nadat de onverharde weg onder ons geasfalteerd is, komen we een dorp binnen.

Een groot dorp.

"Zijn al die bleke mensen in leven?" vraagt Ariël, terwijl ze de menigte bestudeert die ons met ongegeneerde verwondering aanstaart.

Dylan wisselt een paar snelle woorden uit met Nulen. "Hij zegt dat ze overwegend menselijk zijn, met net genoeg dodenbezweerders om dingen draaiende te houden. Je herkent zijn soort aan de leren kleding die ze dragen. De mensen vereren hen — vandaar al het gezwaai."

Inderdaad, de meerderheid van de mensen draagt kleding gemaakt van katoenachtig materiaal, met slechts af en toe een in leer geklede figuur ertussen.

Nulen zegt iets anders.

"We stoppen voor een maaltijd en een overnachting," legt Dylan uit. "Hij zal in een speciaal dodenbezweerderskwartier verblijven, terwijl wij in een herberg zullen uitrusten die voor mensen is ontworpen."

Niemand maakt bezwaar, en wanneer we het dorpsplein bereiken, laten onze zombies ons op de grond zakken, waardoor we eraf kunnen stappen.

Dylan heeft nog een snelle uitwisseling met Nulen. "We gaan daar naartoe." Ze wijst naar een grote structuur aan de zijkant van het plein.

Felix kijkt twijfelend om zich heen. "Hebben we geen geld of iets dergelijks nodig?"

Wanneer Dylan deze vraag naar Nulen vertaalt, kijkt hij Felix minachtend aan en geeft wat als een tirade klinkt.

"We hebben geen geld nodig om in de herberg te verblijven," zegt Dylan. "De eigenaar is een dodenbezweerder en het personeel zijn helpers. Dat betekent dat het eten en drinken gratis is, net als de accommodaties. In het algemeen worden alle fundamentele menselijke behoeften op Necronia gratis voorzien."

Om ons heen zie ik mensen eerbiedig knikken als ze Nulens outfit zien. Niet verwonderlijk, gezien wat we net hebben geleerd.

"Ze houden hier echt van hun dodenbezweerders," zegt Fabian, die mijn gedachten weerspiegelt.

Stanislav knikt. "Daar is een goed woord voor: necrofilie."

We grinniken als we naar de herberg gaan, maar dan zien we een kudde zombies achter ons aan komen.

"Het lijkt erop dat Nulen ervoor wil zorgen dat we in de herberg blijven en nergens anders heengaan," zegt Felix.

Valerian haalt zijn brede schouders op. "Aangezien we toch nergens anders heen gingen, laat hem maar."

Wanneer we het etablissement binnenstappen, kijkt een in leer geklede vrouw behoedzaam naar onze maskers, maar is over het algemeen vrolijk. Maar als Dylan zich uitspreekt, verdwijnt de vrolijkheid. Ik denk dat ze een accent heeft ontdekt en niet van vreemden houdt.

Toch stuurt ze een zombie om ons plaats te laten nemen in het restaurant gedeelte, en ik dank de hemel voor de houten tafel en stoelen.

Valerian gebruikt hygieia op mijn stoel en een deel van de tafel, en ik beloon hem door hem niet weg te sturen wanneer hij naast me gaat zitten.

De andere klanten zitten ver genoeg weg dat ik niet kan zien wat ze eten of hun gesprek kan horen. Net als de meeste mensen die ik hier heb gezien, zijn ze bleek, dragen ze katoenen kleding en lijken ze echt gelukkig te zijn ondanks het feit dat ze op zo'n sombere wereld leven.

Gemaskerde 'helpers' brengen hapjes in de vorm van een grote kom fruit.

Valerian onderzoekt de vrucht en probeert er dan eentje, waarbij hij stukjes schilt en in het juiste deel van zijn masker propt. Hij herhaalt dit een paar keer en als hij er een tegenkomt die me aan een gele sinaasappel doet denken, vangt hij Dylans blik. "Kun je de herbergier een hele kom van deze voor Bailey vragen?"

Als de kom aankomt, haalt Valerian hygieia langs een vrucht en geeft hem aan mij.

Ik pel het ding voorzichtig en steek een stuk door de opening van het masker.

Het doet me denken aan een licht zure banaan, alleen fruitiger.

"Bedankt," zeg ik en ik pak er nog een.

Na ongeveer zeven van de ronde banaanachtige dingen, voel ik me vol. Deze moeten qua voedingswaarde hoger zijn dan mijn favoriete vrucht van de aarde.

Mijn teamgenoten zijn in de tussentijd veel avontuurlijker/suïcidaler met hun voedselkeuzes. Ze slokken kommen vol roze soep op, gemaakt van wie weet wat, spiesjes van een onbekend soort vlees dat naar voeten ruikt, en brood van een mysterieus paars graan. Oh, en ze volgen dat allemaal op met gefermenteerde dranken die het vlees in vergelijking naar bloemen laten ruiken.

In ieders belang hoop ik dat Dylan snel in staat is om antibiotica te maken.

Met hun buiken vol, begint iedereen te gapen.

Dylan complimenteert de herbergier, en de vrouw glimlacht en antwoordt in snelvuur Necroniaans.

Dylan stamelt iets terug, wordt rood en kijkt ons met een verschrikte uitdrukking aan.

Voordat ze kan vertalen wat er is gezegd, stapt er

een groep vreemde zombies de ruimte binnen. Hun maskers hebben niet de enge afbeeldingen. In plaats daarvan verbeelden ze zeer algemene, goed uitziende menselijke gezichten. Hun lichamen zijn ook atypisch: de mannen zijn gespierd, en de vrouwen hebben rondingen op de juiste plaatsen — en geen beha's.

"Ze biedt ze ons aan als, uhm... kamergenoten," zegt Dylan, terwijl ze nog roder wordt.

Oké. Ik begin echt dat pistool tegen mijn hoofd te willen.

"Je had het eerder mis," fluistert Ariël tegen Stanislav. "*Dat* is necrofilie."

Felix kijkt naar een van de rondborstige zombies. "In zekere zin zijn het seksbots, dus..."

Ariël kijkt hem aan. "Serieus? Ben je Maya vergeten? En dat hele necrofiliegedoe?"

Felix trekt zich beledigd terug. "Ik was niet van plan om ja te zeggen. Ik was gewoon aan het vergelijken —"

"Bedank onze gastvrouw alsjeblieft en zeg haar dat we vandaag allemaal te moe zijn voor metgezellen," zegt Valerian met een recht gezicht.

Wanneer Dylan dit overbrengt, haalt de vrouw haar schouders op en maken haar bizar geseksualiseerde zombies zich uit de voeten.

Ze laat dan een gewone mannelijke zombie ons de badkamervoorzieningen zien, die primitief op waterbasis zijn, zoals die op aarde. Daarna leidt de zombie ons naar een cluster van kamers. Tot mijn grote opluchting onthullen de open deuren bedden gemaakt van hout in plaats van dode mensen.

De zombie laat ons achter in de gang en Valerian wijst naar een kamer met een stoel. "Deze zal van Bailey zijn. Ik zal de wacht houden."

Oh, tuurlijk. Ik was het helemaal vergeten. Ik kan in mijn dromen vermoord worden door de Notenkraker en moordzuchtig worden. Een geschenk dat blijft geven.

"Ik neem die wel." Stanislav wijst naar de kamer die het verst van ons verwijderd is. "En ik zal het masker op houden terwijl ik slaap."

"Iedereen zou zijn masker op moeten houden," zegt Dylan. "Ik begrijp dat het ongemakkelijk is, maar we weten dat het virus al op deze wereld is, dus waarom zou je risico's nemen?"

Ik weet niet hoe het met iemand anders zit, maar mijn masker afzetten stond nooit bij mij op de agenda.

Terwijl de andere kamers worden gekozen, schraap ik mijn keel. "Ik heb een vrijwilliger nodig."

Veertien wenkbrauwen en een halve doorlopende wenkbrauw komen in koor omhoog.

"Weten jullie nog hoe Maxwell Dylan in slaap kon laten vallen?" vraag ik.

Er wordt met tegenzin geknikt.

"Ik wil dat ook doen... bij een van jullie."

Stilte.

Ik zet mijn handen op mijn heupen. "Je gaat toch al slapen."

Ariël stapt naar voren. "Goed dan. Ik zal je proefkonijn zijn."

Ik grijns maniakaal onder mijn masker en volg Ariël naar haar kamer.

"Vind je het erg om buiten te wachten?" zegt ze tegen Valerian.

Als hij het erg vindt, dan zegt hij het niet.

Zodra ze de deur in Valerians gezicht sluit, kleedt Ariël zich uit en onthult een lichaam dat zelfs voor een uber indrukwekkend is. Over een onbereikbare standaard van schoonheid gesproken. Ik heb niet echt een slecht gevoel van eigenwaarde, maar als ik lang genoeg naar haar staar, dan zal ik het zeker ontwikkelen.

Met een gaap kruipt ze onder de dekens. "Dit zou echt kunnen lukken. Soms heb ik moeite om in slaap te vallen."

"Oké," zeg ik. "Doe je ogen dicht."

Dat doet ze.

Wat nu? Ik had geen idee dat droomwandelaars konden doen wat ik nu ga proberen te doen. Nu ik weet dat het mogelijk is, heb ik nog steeds geen idee hoe.

Ik begin door aandachtig naar Ariël te kijken en haar met alles wat ik in me heb in slaap te wensen.

"Gaat dit lang duren?" zegt ze, weer geeuwend.

"Geen idee."

Ik strek mijn hand uit en stel me zo gedetailleerd mogelijk voor dat Ariël slaapt, een beetje zoals ik van een afstand droomwandel.

Niets.

Dan weet ik het. Voordat ik van veraf

droomverbindingen kon maken, had ik huid-op-huidcontact nodig. Misschien werkt deze kracht op dezelfde manier?

Ik ga voorzichtig naar het bed. "Vind je het erg als ik je aanraak?"

Ariël opent haar ogen. "Je hebt geluk dat ik Kit niet ben. Of Felix, wat dat betreft."

Glimlachend leg ik zachtjes mijn hand op haar pols en wens haar in slaap.

Er gebeurt niets. Ik probeer een verbeeldingsoefening te doen. Ik stel me zo levendig voor dat Ariël slaapt dat ik er in mijn herinneringsgalerij een schilderij van zou kunnen maken. Er gebeurt nog steeds niets. Ik sta op het punt om me uit frustratie terug te trekken als ik iets puur op instinct doe, een vreemde hint van een gevoel oproep, een gevoel dat me eraan herinnert dat ik een woord op het puntje van mijn tong hcb liggen.

Het werkt.

Ariël slaapt. Nee, ze slaapt niet alleen. Ik voel dat ze in de REM-slaapfase zit, waarin ze niet zou zijn als ze gewoon uit verveling in slaap was gevallen.

Met een slag van mijn vuist in de lucht, loop ik op mijn tenen de kamer uit.

Als ik nu eens wist wat ik had gedaan zodat ik het kon herhalen. Het zou het einde betekenen van subdromen, om zomaar een groot voordeel te noemen. En als ik dit snel genoeg doe, dan zou ik zelf een slaapgranaat zijn.

Ik loop mijn kamer binnen en zie Valerian met zijn hygieia-apparaat over mijn bed zwaaien.

Wauw. En hij wist niet eens dat ik hem zo super aardig bezig zou zien.

Ik loop naar hem toe, en leg de hand die Ariël heeft aangeraakt onder de steriliserende stralen.

Het probleem is dat ik te dicht bij Valerian kom en mijn verraderlijke hart zich versnelt. "Bedankt," zeg ik ademloos, naar het bed knikkend.

"Ik zal hetzelfde met je kleren doen nadat je ze hebt uitgedaan," zegt Valerian, zijn stem hees.

Ik stap achteruit en negeer de blos die zich over mijn huid verspreidt. "Leuk geprobeerd. Draai je om."

Met een zucht gehoorzaamt hij.

"Verlaat liever de kamer."

Hij loopt de deur uit.

"Hoe weet ik dat dit niet gewoon een illusie is?" vraag ik naar de lege ruimte om me heen. "Voor zover ik weet, sta je daar naar me te staren."

De lege lucht reageert niet, dus kleed ik me uit, leg mijn kleren op Valerians stoel en verberg me onder de zalig gesteriliseerde deken. "Je kunt terug naar binnen komen."

Valerian komt terug en reinigt zoals beloofd mijn kleren, eindigend met mijn ondergoed.

"Perv," mompel ik als hij het laatste artikel — mijn beha — aan het hoofd van mijn bed hangt. "Je vond het leuk om mijn ondergoed aan te raken. Geef het toe."

Zijn ogen krijgen rimpels boven het masker. "Dat geef ik toe en meer. Ik wil bijvoorbeeld dat mijn handen het werk doen dat je beha gewoonlijk doet. Ook wat je slipje doet."

Ik ben sprakeloos — en zo heet dat ik ter plekke kan ontbranden.

"Wat zou je zeggen als ik mijn kleren uitdeed?" vraagt hij zacht.

De hitte in me wordt intenser.

"Ik kan over elk deel van mijn lichaam hygieia halen en daar bij je komen liggen," zegt hij verleidelijk.

"Uhm, nee..." Ik schraap de heesheid uit mijn keel. "Dat doe ik niet met mensen die ik nauwelijks ken."

Hij loopt naar de stoel en gaat zitten. "Je kent me."

"Nee," zeg ik nadrukkelijk. "Ik weet niet waar je bent opgegroeid, of je broers en zussen hebt. Ik weet niet of —"

"Leuk geprobeerd," zegt hij in een perfecte imitatie van mijn toon. "Ik ben niet klaar om over Soma te praten. Als dat alles is wat je wilt, dan moet je gewoon gaan slapen."

"Goed dan." Ik sluit mijn ogen en draai me om en geef hem mijn rug.

Dan dringt er iets tot me door. Heeft hij net toegegeven dat Soma inderdaad is waar hij is geboren?

Ik lig daar maar, niet in staat om te slapen, mijn geest gaat alle kanten op. Uiteindelijk voel ik dat iemand in de verte in REM-slaap gaat. Fijn voor hen. Ik wil nu dromen.

Aangezien ik het kan, maak ik een connectie met wie het ook is. Dan gebruik ik Pom om mijn slaappaleis te bezoeken en te ontdekken dat het Stanislav is met wie ik net verbonden ben.

Geweldig. Mijn bereik om me op afstand te verbinden is verder dan ik dacht.

Aangezien ik hier ben, kan ik net zo goed een kijkje in de droom van de chort nemen. Ik heb nog nooit in zijn soort gedroomwandeld.

Ik maak mezelf onzichtbaar en duik erin.

HOOFDSTUK ZESTIEN

Stanislavs huidige droom is een herinnering. Hij staat voor een vrouw met een rond gezicht die de afstammeling moet zijn van degene die het originele model was voor de matroeschka-poppen. In de handen van Stanislav ligt een klein kitten van de Siberische variëteit. Hij is niet zo schattig als Pom, maar komt er extreem dichtbij in de buurt.

Het is duidelijk dat de chort het kleine schepsel niet wil laten gaan, dus de vrouw grijpt hem uiteindelijk met een brede grijns weg.

Hij marcheert naar de koelkast, opent hem, wijst naar de melk en zegt iets in het Russisch. Ze grijnst nog breder en knikt en antwoordt kalm in dezelfde taal. Stanislav pakt haar hand en leidt haar naar een aangrenzende kamer, waar hij naar een enorme bak kattenbakvulling wijst.

Ze knikt plechtig en stopt dan en pantomimes dan het kitten in de bak te doen.

"*Molodetz*," zegt Stanislav. Hij streelt dan de vrouw over haar wang en het kitten over de bovenkant van zijn kopje en loopt het appartement uit.

Ik besluit dat dit een goed moment is om hem te vertellen dat hij droomt, dus ik maak mezelf zichtbaar en doe precies dat.

"Wat doe jij hier?" vraagt hij zodra hij went aan het idee om in een droom met me te praten.

"Ik wilde je vragen hoe je je voelt." Ik neem ons mee naar een wit zandstrand. "Ik wilde je niet voor iedereen voor het blok zetten."

"Ik ben zo gezond als een vis." Hij trekt zijn schoenen uit en begraaft zijn voeten in het zand.

"Oké dan. Ik laat je met rust."

"Wacht. Je hebt mijn droom van net gezien, toch?"

Ik glimlach schaapachtig. "Yep. Het spijt me."

"Kun je de droom van mijn vriendin binnenlopen? Dat is wie de vrouw was. Ik wil weten hoe het met Murzik gaat."

"Is Murzik het kitten?" vraag ik.

Hij knikt, er komt een tedere uitdrukking op zijn gezicht.

"Helaas kan ik niet zomaar in een willekeurig persoon droomwandelen," zeg ik. "Ik moet eerst een connectie met hen maken, en dat vereist nabijheid."

"Ah," zegt hij, terwijl hij er extreem teleurgesteld uitziet. "Ga dan maar."

Ik zwaai en verlaat zijn droom.

Ik lig nog een tijdje langer in bed en maak connecties met de rest van onze groep, voor het geval dat. Maar ik val hun dromen niet binnen. Stanislav nam het goed op, maar ik weet niet zeker of sommige anderen dat zouden doen. Daarbij, Fabian, die een weerwolf is, zou veel te moeilijk zijn.

Eindelijk val ik in slaap.

Ik zit op een troon gemaakt van botten. Er is een leger van vampiers die aan mijn voeten knielen.

"Volgende," zeg ik keizerlijk.

Een vampier kruipt naar de troon, snijdt zijn polsen door met een ceremoniële dolk en spuit bloed in een glazen kelk.

Een bediende pakt de kelk en geeft hem aan mij.

Ik drink de vloeistof als een Slurpee. Een golf van plezier slaat met de kracht van een opiaatconcentraat in elke zenuwcel.

"Volgende," zeg ik opnieuw, mijn stem op de een of andere manier stabiel ondanks de gelukzaligheid.

Een andere vampieraanbidder doet een donatie.

Ik drink dit ook op. Het genot wordt sterker. Ik zeg keer op keer 'volgende'. Wanneer het genot in pijn vervaagt, merk ik iets vreemds op terwijl ik de kelk naar mijn lippen hef.

Geen harige armband.

Geen Pom.

Dit is een droom.

Duidelijk een droom, nu ik erover nadenk.

Ik dwing het genot om te verdwijnen.

Het genot gaat niet weg. Het wordt zelfs intenser. Het is minder als het effect van vampierbloed en meer als een orgasme, maar niet helemaal. Het voelt alsof mijn hele lichaam in een erogene zone is veranderd en iemand me overal streelt.

Wat de puck?

Ik verlaat mijn lichaam zoals ik het doe als ik hem wil genezen.

Het genot stopt niet.

Ik dupliceer mezelf en stop mijn bewustzijn in de twee lichamen. Ik voel nu in allebei het genot, maar het houdt niet op.

Terugkerend naar een enkel lichaam, probeer ik het genot met wat pijn te compenseren. Ik laat een dikke naald in mijn hand verschijnen en steek ermee in mijn handpalm.

Ik kan net zo goed proberen een orkaan te stoppen met een paraplu.

Puck. Wat een rare situatie.

Kan intens genoeg genot doden? En zo ja, zou dit een zeer ongebruikelijke vorm van een aanval van de Notenkraker kunnen zijn?

Pom verschijnt voor me, zijn vacht zwart en zijn gezicht bezorgd. "Wat gebeurt er?"

"Ik heb geen idee," probeer ik te zeggen, maar het komt eruit als een kreun.

"Ah, je wilt privacy," mompelt hij en hij verdwijnt.

Ik wil hem terugroepen, maar ik kreun weer.

Goed dan. Het is niet zo dat hij met zoiets als dit had kunnen helpen.

Hoe onmogelijk ook, het genot wordt weer intenser.

Dat doet het. Als dit een droomaanval is, dan zou wakker worden me er uit moeten halen.

Terwijl ik met mijn droomtanden knars, schud ik mezelf wakker.

Ik ben terug in de herberg, maar het genot is er nog steeds, sterker dan ooit. Het voelt nu alsof er energie in me stroomt — een energie die genot als bijwerking met zich meebrengt.

Al snel ontdek ik dat het hier in de echte wereld moeilijker is om mijn reacties onder controle te houden. Voorbeeld: er ontsnapt zonder mijn toestemming een kreun van mijn lippen. Dan nog een. Dan een schreeuw.

Ik ben me er vaag van bewust dat Valerian zich naar mijn zijde haast.

Kronkelend kreun ik harder.

Sterke armen slaan zich om me heen en er worden kalmerende woorden in mijn oren gefluisterd, maar de aanval van genot gaat door.

"Het komt goed met je," hoor ik Valerian fluisteren voordat er eindelijk kortsluiting in mijn hersenen ontstaat en ik mijn bewustzijn verlies.

HOOFDSTUK ZEVENTIEN

Ik kom op het bed weer bij, waar ik in een lepelhouding word gehouden. Valerians armen zijn om me heen geslagen, zijn handen liggen op mijn buik.

Oef.

Ik voel me beter.

Ik had nooit gedacht dat ik een *gebrek* aan genot een opluchting zou vinden, maar hier zijn we dan.

Een deel van me weet dat ik me uit Valerians greep moet wurmen, maar een veel groter deel van me heeft de troost nodig en vertelt dat eerste deel dus om te zwijgen en hiervan te genieten.

"Wat is er net gebeurd?" fluister ik — en realiseer me dat mijn keel hees is, vermoedelijk van al het kreunen en schreeuwen.

"Voelde je je echt goed zonder duidelijke reden?" vraagt Valerian, zijn adem kietelend langs de achterkant van mijn nek.

Ik adem uit en probeer niet op *dat* aangename gevoel te reageren. "Understatement van het jaar."

"Ik denk dat ik weet wat er is gebeurd," mompelt hij in mijn oor. "Het spel moet in handen van de spelers zijn."

Het spel. Natuurlijk. Hoe kon ik dat vergeten?

De laatste keer dat ik het controleerde, waren Bernie en Rattie aan het *Heldere dromer-project* blijven werken. In het spel ben ik de heldin die openlijk haar krachten gebruikt, en de hoop was dat het menselijke geloof erin me een sterkere droomwandelaar zou maken.

Het lijkt erop dat het spel is uitgebracht en ons idee heeft gewerkt. Toen bètatesters het spel voor het eerst hadden gebruikt, had ik er ook genot aan beleefd, alleen minder. Als de intensiteit van wat ik vanavond heb meegemaakt iets is om op af te gaan, dan was dit een belangrijkere boost.

"Wat nu?" vraag ik hees. "Wat kan ik doen dat ik eerst niet kon doen?"

"Geen idee." Valerians adem kriebelt weer in mijn oor. "Maar hopelijk kun je je moeder de volgende keer dat je het probeert wakker schudden."

Tuurlijk. Dankzij mijn van genot doordrenkte brein had ik daar nog niet aan gedacht, ook al was dat het hele punt van het project.

Ik bedek zijn handen met de mijne. "Ik wil snel terug naar Gomorrah."

Valerian verstijft, en ademt dan langzaam uit. "Het spijt me. Zelfs als we er niet om gaven dat deze wereld aan het virus zou sterven, dan zou Nulen opnieuw tegen ons vechten — en we zouden verliezen."

Ik doe mijn best om mijn teleurstelling te verbergen. "Natuurlijk. Ik moet eerst Necronia redden."

"Dat klopt. Bovendien kost het je waarschijnlijk een paar dagen om je nieuwe kracht je eigen te maken. Naarmate meer gebruikers het spel krijgen, zul je ook sterker worden."

Ik verstijf. Het ervaren van de boost is niet iets wat ik nog een keer wil beleven.

"Maak je geen zorgen," zegt Valerian zachtjes. "Ik denk dat je nu een bepaalde drempel hebt bereikt, het toevoegen van meer zal als een goed humeur aanvoelen, of misschien voel je zelfs helemaal niets."

Huh. Is dat waarom ik nu zo'n goed humeur heb? Of komt het door het lepeltje liggen?

Ik word door een onverwachte geeuw overvallen en ik hoor een zacht gegrinnik tegen mijn haar.

"Ga maar weer slapen. Je hebt het nodig."

Ik sluit mijn ogen, hoewel ik betwijfel of ik in slaap zal kunnen vallen na alles wat er is gebeurd — en dan heb ik het nog niet eens over zijn armen die om me heen zitten.

Fout.

De slaap is ogenblikkelijk, droomloos en extreem diep.

Als ik 's ochtends wakker word, ligt Valerian tot mijn grote teleurstelling niet meer als een lepel achter me. In plaats daarvan zit hij weer in zijn stoel en kijkt me met een onleesbare uitdrukking aan.

Heb ik van de krachtboost en zijn troost gedroomd?

Hij beweegt zich naar de rand van zijn stoel, zijn blik warmt een beetje op. "Hoe voel je je?"

Ik ga rechtop zitten en houd de deken tegen mijn borst. "Was het allemaal een droom?"

Een glimlach raakt zijn ogen. "Nee. Het is gebeurd."

Ik controleer of Pom om mijn pols zit.

Dat zit hij. Ik droom nu niet.

"Kijk weg," zeg ik en ik realiseer me dat mijn keel beter voelt.

Hij gehoorzaamt, en ik trek snel mijn kleren aan en ga dan naar de deur.

"Het ontbijt is al beneden," zegt hij. "Je bent als laatste wakker geworden."

Met een schuldgevoel bekijk ik de donkere kringen onder zijn ogen. "Heb je überhaupt wel geslapen?"

Hij schudt zijn hoofd. "Ik heb zoals beloofd de wacht gehouden."

"Dan kun je maar beter snel gaan slapen. Ik kan je uit ervaring vertellen dat slaaptekort geen pretje is."

Hij houdt zijn hoofd schuin. "Ik kan op het nest slapen. Maar je moet beloven dat je niet zonder mijn toestemming in mijn dromen sluipt."

Ik leg een hand op mijn hart. "Ik zweer dat ik niet zonder je toestemming in je dromen zal komen als je op het nest slaapt. Maar als je me niet snel binnenlaat, dan zal ik je uiteindelijk ergens anders zien slapen en dan zal ik niet in staat zijn om mezelf tegen te houden."

Hij knikt, zijn ogen glanzen. "Ik zal dat in overweging nemen."

Het ontbijt is identiek aan het diner, met bananenachtig fruit voor mij en twijfelachtige items voor de rest van het team. Terwijl we eten, vertelt Dylan ons dat ze in haar droom door Maxwell is bezocht. Hij en de anderen hebben Gomorrah veilig bereikt en de wetenschappers daar zijn begonnen om aan een remedie te werken.

"In de tussentijd houdt een genezer hem in leven," zegt Dylan terwijl we van de tafel opstaan. "Achteraf gezien hadden we er misschien ook eentje mee moeten nemen."

"Isis weigerde te gaan," zegt Valerian. "Hetzelfde geldt voor de anderen die we het hebben gevraagd."

"Hoe zit het met Kit en de rest?" vraagt Ariël. "Zijn ze Overgenomenen geworden?"

"Ja," zegt Dylan somber. "Maar met de juiste zorg kunnen ze een normaal leven blijven leiden."

Valerian houdt de deur voor me open. "Zolang ze maar achter slot en grendel slapen en ver bij Bailey vandaan blijven."

"Nou, ja," zegt Dylan. "Dat is niet wat ik bedoel."

Als we buiten zijn, zijn Nulens zombies er nog steeds. Ze begeleiden ons naar ons vreemde vervoermiddel, waar de dodenbezweerder zelf al in zijn zombiestoel zit te luieren.

Op verzoek van Dylan, maakt Nulen een bed van zombies voor Valerian. Valerian steriliseert voor mij een plek op de houten vloer, strekt zich dan uit op het bed en sluit zijn ogen.

Ariël komt naar me toe en knikt samenzweerderig naar Valerian. "Iemand heeft zich gisteravond serieus vermaakt," fluistert ze.

Ik geef haar een niet-begrijpende blik. "Ik weet niet waar je het over hebt."

Ze rolt met haar ogen. "Je gekreun en geschreeuw was luid genoeg om me wakker te maken."

Ik vecht tegen een blos. "Het is niet wat je denkt." Ik vertel haar wat er echt gebeurd is en ze lijkt me te geloven. *Nauwelijks.*

Als ze weggaat, onderzoek ik mezelf om te zien of ik me anders voel nu mijn kracht is versterkt.

Ik denk het niet, in ieder geval niet veel.

Ik raak Pom aan en ga de droomwereld in en experimenteer daar met mijn krachten.

Nog steeds geen verschil. Misschien kan ik nu meer slaapverbindingen per dag maken, maar dat is op dit moment niet iets wat ik nodig heb.

Terug in de wakkere wereld, voel ik het wanneer Valerian in de REM-slaap komt. Het gevoel dat me hierover informeert is nu sterker, maar kwalitatief niet anders.

Het vergt al mijn wilskracht om de verleiding te weerstaan om in hem te droomwandelen. Stom geweten. Als ik een sociopaat was, dan zou ik die belofte in een oogwenk breken.

Om mezelf af te leiden, observeer ik onze omgeving. We passeren een kolenmijn waar een zombie vastgebonden met dynamiet in stukjes wordt geblazen — vermoedelijk niet voor de lol, maar om vaste stenen in stukken te breken. Later passeren we nog een grote piramidebouwplaats, en daarna nog meer boerderijen. Op een gegeven moment zie ik in de verte een stoomlocomotief. Het zijn ongetwijfeld zombies die daar ook kolen in de oven gooien.

Ik word afgeleid van de bezienswaardigheden als Dylan Nulen iets vraagt. De dodenbezweerder antwoordt op een scherpe toon die Valerian wakker maakt en Dylan bleek maakt tot pre-vampierniveaus.

Fabian kijkt haar aan en fronst. "Waar ging dat over?"

Dylan werpt een heimelijke blik op Nulen. "Ik vroeg me af hoe zijn virus vordert, dus ik vroeg of hij hartkloppingen voelde of maagklachten had."

"En?" vraagt Fabian, zijn frons wordt dieper.

"Hij zei dat ik het nooit meer hoefde te vragen. En hij bedreigde me."

Fabian staat op het punt om in zijn wolvenvorm te veranderen wanneer Valerian een hand op zijn schouder legt en iets in zijn oor fluistert.

"Goed dan," gromt Fabian. "Vraag het de klootzak niet nog een keer. Het is tenslotte *zijn* gezondheid."

Dylan knikt.

Daarna rijden we nog een tijdje in stilte.

Uiteindelijk bereiken we een stad die minstens twee keer zo groot is als het dorp waar we zijn geweest. We lunchen in een andere herberg en hervatten onze reis.

's Avonds bereiken we een echte stad en eten we in de leukste herberg tot nu toe.

"Bedankt," zeg ik tegen Valerian nadat hij mijn bed opnieuw heeft gesteriliseerd.

Zijn ogen glinsteren boven het masker. "Laat me me niet omdraaien of de kamer verlaten, en we staan quitte."

De hitte overspoelt mijn wangen, waardoor ik dankbaar ben voor mijn masker. Erger nog, ik weet opeens niet meer wat ik met mijn handen moet doen — ze jeuken om mijn topje uit te doen.

"Hé, ik maak een grapje." Hij draait zich om en geeft me zijn rug. "We zullen dit oppakken als je er klaar voor bent."

Oef. Ik kan niet geloven dat ik echt overwoog om naakt te gaan voor zijn kijkplezier.

Wat is er met me aan de hand? Waarom vergeet ik steeds wat hij heeft gedaan?

Ik kleed me zo snel uit als ik kan en duik onder de dekens voordat hij ideeën krijgt, zoals zich omdraaien.

"Je kunt nu kijken," mompel ik.

Hij gaat in de stoel zitten, waar hij naar me knipoogt.

Gnuivend sluit ik mijn ogen.

Zoals gebruikelijk in de aanwezigheid van Valerian, ontgaat de slaap me een tijdje, maar uiteindelijk zweef ik weg.

Ik zit in de les Introductie tot Programmeren, en de professor slaat een toets op mijn bureau.

Puck. Ik dacht dat ik deze cursus had laten vallen, maar ik had het mis. Een paar minuten geleden, realiseerde ik me dat ik was vergeten om hem echt te laten vallen. Nu moet ik op de een of andere manier voor dit examen slagen, ook al heb ik geen enkele lezing bijgewoond of een pagina met cursusmateriaal gelezen.

De angst verspreidt zich door mijn hele wezen, ik open het papier en Pom springt eruit.

"Droom je dit weer?" Zijn vacht wordt lichtoranje. "Hoezo?"

Oh. Hij zit niet om mijn pols, dus dit is een droom — een droom die ik om de een of andere reden talloze keren heb gehad.

Vanuit mijn ooghoek zie ik de professor een gum naar me gooien.

Vreemd.

Instinctief duik ik onder het bureau — en het is goed dat ik dat doe. Op weg naar mijn hoofd wordt de gum een pitbull met schuim om zijn bek.

Wat de puck?

Van onder het bureau vandaan springend, kijk ik naar de professor — die in de gevreesde vorm van de Notenkraker verandert.

"Je bent moeilijk in een hinderlaag te lokken," zegt

het griezelige wezen met zijn melodieuze stem. "Het zal je echter niet redden."

Er verschijnt een pistool in zijn hand.

Door gebruik te maken van mijn eerdere oefening, wordt mijn lichaam van metaal.

Pang.

Mijn schouder schreeuwt van de pijn, maar de kogel valt aan mijn voeten neer.

"Oh, dat zal niet werken," zegt hij. "Ik weet hoe je er echt uitziet."

Hij doet iets en mijn metalen lichaam verandert weer in vlees.

Oh, puck.

Hij richt zijn pistool weer.

HOOFDSTUK ACHTTIEN

Ik knoei zo snel als ik kan met de chemie van het buskruit in het wapen van de Notenkraker.

Hij haalt de trekker over.

Het pistool klikt, maar er komt geen kogel uit.

Hij gooit het pistool naar mijn borst.

Ik stap opzij en maak zijn voeten zwaar terwijl ik de structuur van de vloer onder hem verzwak.

De Notenkraker valt door de vloer.

"Dit is te eng," zegt Pom en hij verdwijnt.

Ik verander mijn omgeving in die van de lobby in het prachtige Harpa-concertgebouw in Reykjavik in IJsland. Als de Notenkraker niet van de aarde komt — of wel, maar deze plek nog nooit heeft bezocht — dan heb ik misschien een voordeel.

Hij verschijnt niet.

Gelukt.

Ik probeer mezelf wakker te schudden.

Het werkt niet, en ik hoor al snel waarom. Het is

die vervloekte muziek – *Dans van de suikerfee* — die overal vandaan komt.

Hij moet hier zijn en hij verhindert me op de een of andere manier om wakker te worden.

Maar hoe? Ik zou nu krachtiger moeten zijn. Heeft de Notenkraker sinds onze laatste ontmoeting ook meer kracht gekregen? Dat lijkt me niet waarschijnlijk. Valerian had waarschijnlijk gelijk toen hij zei dat ik me de boost eigen moest maken die ik heb ontvangen.

Dat wil zeggen, ervan uitgaande dat ik deze ontmoeting overleef.

In een oogwenk verschijnt de Notenkraker tien meter van me vandaan en hij lanceert een boze tarantula naar mijn gezicht.

Ik spring naar de zijkant, ren tegen de muur op en verander de zwaartekracht en de tractie van mijn voeten als dat nodig is.

De Notenkraker achtervolgt me met het geklikklak van hout dat metaal en glas raakt.

Als ik de ramen naar de haven bereik, laat ik het glas onder mijn voeten smelten. Ik vlieg snel naar buiten, en land op het koude water van de Atlantische Oceaan.

De Notenkraker landt met gemak op het water in de buurt. Ik denk dat hij net zoveel heeft geoefend om op water te lopen als ik, of hij is er een natuurtalent in.

Zonder veel moeite gooit hij een schorpioen naar mijn hoofd.

Ik laat een katana in mijn hand verschijnen, een replica van degene waarmee ik laatst tegen zombies had gevochten. Met een *whoesh* snij ik de schorpioen doormidden en haal dan uit naar mijn tegenstander.

Mijn hoop is dat hij door over water te lopen en een close-upaanval te moeten verdedigen, niet de bandbreedte heeft om met onze omgeving te knoeien.

Mijn plan werkt bijna. De katana-aanval maakt contact, maar het metaal maakt alleen een ondiepe snee in het hout dat zijn borst is.

Tuurlijk. Hout is moeilijker om in door te dringen dan vlees.

Er verschijnt een sabel in de houten hand van de Notenkraker net op tijd om mijn volgende aanval af te wenden. Puck. Mijn eigen strategie werkt nu tegen me. Als ik z'n wapen probeer te smelten, werkt het niet.

Een close-upgevecht was een vergissing; in tegenstelling tot hem ben ik van vlees gemaakt.

Misschien kan ik hem van vlees en bloed maken om de score gelijk te maken? Hij gaf me een idee over hoe ik dat moet doen toen hij zei dat hij wist hoe ik eruitzag.

Ik zwaai met de katana. Hij ontwijkt en ontketent een spervuur van zijn eigen aanvallen.

Terwijl ik de aanval afweer, realiseer ik me dat ik een klein probleem heb als het erom gaat om hem van vlees en bloed te maken.

Ik heb geen idee hoe hij eruitziet.

Of weet ik het wel?

De laatste droomwandelaar die ik heb ontmoet was Maxwell, en hij leek me achterdochtig.

Zou dit Maxwell kunnen zijn?

Bij de volgende aanval zal ik hem dwingen Maxwells gestalte aan te nemen — verdrietige ogen, het masker en alles.

Nee. Hij is nog steeds in de Notenkraker-gedaante en moet weten wat ik niet heb gedaan omdat zijn toch al boosaardige grijns er oneindig veel boosaardiger uitziet.

Oké. Of dit is Maxwell niet, of ik heb niet begrepen hoe dit werkt. Of hij is gewoon krachtiger. Of ik moet weten hoe Maxwells gezicht eruitziet om dit goed te krijgen.

Ow!

Al mijn overpeinzingen hebben ervoor gezorgd dat ik mijn gevechtsconcentratie ben verloren, waardoor de Notenkraker een kans kreeg om mijn rechter onderarm open te snijden.

Ik negeer het bloeden en weer nog een dozijn aanvallen af terwijl ik probeer om de omgeving opnieuw te beheersen. Het is alleen dat de walvis die ik probeer op te roepen, niet van onder het water zwemt, en het water zelf wil onder de voeten van de notenkraker ook niet in magma veranderen.

Pucking puck.

Mijn spieren zijn moe van alle hectische Kendobewegingen die ik gebruik. Als ik niet snel iets doe, dan zal ik een fatale fout maken en dan zal het afgelopen zijn.

Nee. Niet als Valerian me in de buitenwereld bewaakt.

Niet als ik een echte kans heb om mam wakker te maken.

Ik verlaat mijn lichaam en gebruik een troef die ik voor het juiste moment heb bewaard. In plaats van tijd te verspillen aan het genezen van mijn wond, dupliceer ik mezelf en spring ik in beide lichamen.

De ik die achter de Notenkraker staat, haalt uit naar de pols die de sabel vast heeft en snijdt moeiteloos door het hout. De menselijke ogen van de Notenkraker worden groter — en dat is wanneer ik allebei mijn ikken de schok laat geven om wakker te worden.

Deze keer werkt het.

Een enkele ik opent mijn ogen op het bed in de herberg.

Ik ga hijgend rechtop zitten.

Valerian springt overeind. "Wat is er aan de hand?"

Ik veeg het koude zweet van mijn voorhoofd, en vertel het hem.

"Die klootzak," zegt hij door opeengeklemde tanden als ik klaar ben. "Daarom moeten we een leider van een van de Icelus-cellen vangen. Ze ontmoeten elkaar via deze droomwandelaar, dus ze moeten zijn identiteit kennen."

"Tenzij hij zich zelfs bij hen vermomt," zeg ik, nog steeds geschokt.

Hij wuift afwijzend. "De ene leider zou ons naar de andere leiden, totdat we hem uiteindelijk zouden vinden."

"De Notenkraker zei dat hij wist hoe ik eruitzag. Dat verkleint onze lijst met verdachten drastisch."

"Juist." Zijn donkere wenkbrauwen fronsen, en Valerian past zijn masker aan. "Ofwel Icelus heeft een dossier over je, of iemand die je kent, is een droomwandelaar die dat feit verbergt."

"Of het is Maxwell," zeg ik.

"Hij heeft je gezicht niet gezien, dus hij weet niet *echt* hoe je eruitziet."

Oh ja. Ik had het masker op toen ik hem ontmoette. Maar wacht — "Hij had me in Dylans dromen kunnen zien. Of als jij een verbinding met hem hebt."

"Zeer onwaarschijnlijk. Maxwell haat Icelus nog meer dan ik."

"Hoe weet je dat?"

"De doorlichting," zegt Valerian. "Tijdens de doorlichting had Maxwell zich onder glamour laten brengen door een oude vampier en werd hij grondig ondervraagd. Ik weet geen enkele manier om dat voor de gek te houden."

De adrenaline verlaat mijn lichaam en de vermoeidheid begint. "Prima," zeg ik met een halve geeuw. "Maar ik kan het gevoel niet van me afschudden dat er meer met Maxwell aan de hand is dan op het eerste gezicht lijkt."

Valerian kijkt me aandachtig aan. "Denk je dat je weer in slaap kunt vallen?"

"Ik kan het proberen." Ik sluit mijn ogen.

Een paar minuten later ben ik weg.

Bij het ontbijt vertelt Dylan ons dat ze Maxwell weer in haar dromen heeft gezien en hij vertelde haar dat het werk aan de remedie doorgaat. Hij zei ook dat hij in zijn contacten van alle samenwerkende Andere Werelden had gedroomwandeld, en het nieuws dat hij daar kreeg, is gemengd. Het dodelijke Icelus-virus is nergens opgedoken, wat goed is, maar de dreiging van de Overgenomenen verspreidt zich exponentieel overal, wat niet zo goed is.

"Dat vertelt me dat de cel van Icelus waar we achteraan zitten de drijvende kracht is achter de verspreiding van de plaag." Valerian gebaart met een ontbijtworst dat van een lokaal wezen gemaakt is. "Als we hen stoppen, stoppen we dat ook."

"En dan hebben we 'alleen' nog te maken met legioenen van de Overgenomenen," zegt Itzel.

We denken gedurende de rest van het ontbijt allemaal over Itzels punt na, maar niemand komt met iets dat goed genoeg is om met de groep te delen.

De rest van de dag is identiek aan de vorige: we rijden door het platteland en zijn getuige van steeds ingenieuzere toepassingen voor zombie-arbeidskrachten. De volgende dag worden de wegen beter en in de namiddag zien we een stad die zich in de verte van horizon tot horizon uitstrekt.

Nulen zegt iets.

"Dat is Necropolis," vertaalt Dylan. "Onze bestemming."

De stad ziet er naarmate we dichterbij komen steeds vreemder uit. Er zijn vliegende wezens die de lucht doorkruisen, hoge bomen die op de een of andere manier deel uitmaken van de skyline en wolkenkrabber-hoge gotisch uitziende gebouwen.

Al snel is het echter niet de stad die ieders aandacht trekt. Waar we naar staren, is het werkelijk verbijsterende aantal zombies dat ons in de weg staat.

Niet duizenden, maar miljoenen, ze omringen Necropolis als een ondoordringbare muur. Hun gezichten zijn bedekt met dezelfde maskers als Nulens zombies, maar deze exemplaren waren duidelijk grotere en vlezigere mensen toen ze nog leefden.

"Het neusje van de ondode zalm," zegt Ariël vol ontzag.

"Het beste onder de zombies." De toon van Felix weerklinkt die van haar.

De rest blijft stil.

Wanneer we de zombiemuur naderen, maken de doden een pad voor ons vrij en sluiten er rangen achter ons zodra we erdoor zijn.

"Nog minder kans om nu terug te gaan," mompelt Fabian.

"Geweldig," zegt Itzel op die mopperende manier die ze voor de meeste situaties op Necronia heeft aangenomen. "We zijn nog meer genaaid dan eerst."

Een verdere discussie wordt overstemd door een vreselijk krijsend geluid als de poorten van Necropolis door duizenden zombiearmen uit elkaar worden getrokken.

In de stad zien we dat we niet de enigen zijn die zombies voor transport gebruiken: veel inwoners van

Necropolis lijken hetzelfde te doen. Sommigen rijden op zombies, zoals uit de kluiten gewassen kinderen, terwijl anderen in een eenpersoons draagstoel of hangmat zitten.

Wat anders is in deze stad, is dat er geen mensen lijken te zijn — alleen in leer geklede dodenbezweerders.

Als ik het Dylan vraag, overlegt ze met Nulen en bevestigt mijn veronderstelling.

Necropolis is een stad waar alleen dodenbezweerders zijn.

We rijden door de straten tot we een somber uitziend gebouw bereiken. Een zombie opent een deur voor ons terwijl Nulen iets tegen Dylan zegt.

"Hij vraagt ons om hier te wachten," vertaalt Dylan. "Hij gaat de situatie aan het Parlement uitleggen."

Felix schraapt zijn keel. "Ziet hij er voor iemand anders paarsrood uit?"

We staren allemaal met verschillende mate van bezorgdheid naar de dodenbezweerder.

Puck. Hij ziet er inderdaad paarsrood uit — zoals Pom zou doen als hij gelijke delen gelukkig en boos was.

"Er is niet veel dat we voor hem kunnen doen," zegt Valerian en hij stapt het huis binnen.

We volgen zijn voorbeeld, en zodra we allemaal binnen zijn, sluit de deur van het huis en vergrendelt zich van buitenaf.

"Hebben we huisarrest?" vraagt Ariël.

"Het is meer een gevangenis," zegt Felix terwijl hij om zich heen kijkt.

Hij heeft gelijk. Onze omgeving doet meer aan een vochtige kerker dan aan een huis denken.

Zoals hij gewoonlijk doet, loopt Stanislav zo ver mogelijk weg van iedereen — omdat we nog steeds niet weten of hij geïnfecteerd is en zo. "We krijgen tenminste een uitstel van de constante aanwezigheid van zombies," zegt hij, terwijl hij op een stoel in de hoek gaat zitten.

"En er zijn normale meubels," zegt Itzel, terwijl ze op een oud uitziende stoel ploft.

Valerian veegt spinnenwebben en stof weg uit een andere stoel, haalt er hygieia overheen en gebaart me dan om te gaan zitten.

Dankbaar knikkend, doe ik dat.

"Ik denk dat we wachten," zegt Ariël tegen niemand in het bijzonder.

Dus we wachten weer in een gespannen stilte.

En wachten.

En wachten nog een beetje langer.

Op een gegeven moment moet ik gebruiken voor wat doorgaat als het toilet in dit huis — en nog een keer ervaar ik dankbaarheid voor Valerians hygieia-apparaat.

Na ongeveer vier uur heb ik zowel dorst als honger. Een uur later begin ik te klagen, en kort daarna moet ik Felix uitleggen dat ik liever sterf van de dorst dan het water van twijfelachtige drinkbaarheid te drinken dat uit de kraan in het vieze toilet komt.

Twee uur later vangt Valerian een deel van het water op, zwaait het hygieia-apparaat eroverheen en overtuigt me om te drinken.

Vier uur later heb ik geen dysenterie ontwikkeld, maar ik heb genoeg honger om aan mijn eigen arm te knagen.

"Moet ik een deur of een raam breken?" vraagt Fabian geeuwend.

"Laten we het nog een tijdje volhouden," zegt Valerian. "Er zijn buiten miljoenen zombies. We hebben niet echt een kans."

En het eindeloze wachten gaat door, met meer geeuwen, gevolgd door dutjes.

"Je zou ook moeten slapen als je kunt," zegt Valerian tegen me. "Ik zal een oppervlak voor je schoonmaken."

Dat doet hij, en ik val in slaap — gelukkig zonder bezoek van de Notenkraker.

Als ik wakker word, is onze situatie onveranderd, is mijn honger sterker dan ooit en staat de kwestie van uitbreken bovenaan ieders agenda.

Net op het moment dat Fabian naar voren loopt om de sterkte van de deur te testen, klikt het slot.

We springen allemaal overeind, onze ogen zijn aan de deur gekluisterd als die opengaat.

De persoon die binnenkomt is niet Nulen. Het is een knappe jonge vrouw met zware oogschaduw en een zwarte lijn horizontaal over haar gezicht onder haar ogen getrokken. Haar leren outfit heeft een versleten uitstraling, alsof ze hem bij een kringloopwinkel voor dodenbezweerders heeft gekocht. De helft van haar haar is gitzwart, terwijl de andere helft wit is gebleekt en het wordt allemaal door een bril op haar hoofd tegengehouden — een accessoire dat niet misplaatst zou zijn bij een steampunk-conventie.

"Jij bent Nulen niet," zegt Dylan tegen haar en ze vergeet over te schakelen naar het Necroniaans.

"Verbazingwekkende observatiekrachten", zegt de vrouw in ongeaccentueerd Amerikaans-Engels. "Wil iemand iets zeggen wat nog duidelijker is?"

"Wie ben je?" flap ik eruit.

"Waar is Nulen?" zegt Valerian tegelijkertijd.

"Mijn naam is Rowan," zegt de nieuwkomer. "Nulen is dood."

"Dood?" roepen we in koor.

"Nou, ja," zegt ze. "Ik dacht dat jullie het wel zouden weten, aangezien het Parlement ervan overtuigd is dat het jullie kwade plannen waren die hem hebben gedood."

HOOFDSTUK NEGENTIEN

Iedereen begint meteen te schreeuwen, terwijl Dylan in het Necroniaans brabbelt.

Rowan fronst naar haar. "Heb je me niet een seconde geleden je eigen taal horen spreken?"

Dylan krimpt ineen. "Sorry. Alle stress wordt me een beetje te veel."

Fabian loopt naar haar toe en legt een geruststellende hand op haar schouder.

Rowan krabt aan de gebleekte kant van haar hoofd. "Stress is klote. Ik heb gehoord dat wanneer een octopus gestrest is, ze zichzelf zal opeten, en helaas niet op een vieze manier."

"Dat is niet echt accuraat," mompelt Dylan binnensmonds terwijl ik vanbinnen grijns. De dodenbezweerder lijkt mijn vaak ongepaste gevoel voor humor te delen.

"Ik heb zelf een vraag," zegt Rowan, Dylan

negerend. "Hoe zit het met de maskers? Zijn jullie allemaal kabouters?"

"Ik ben de enige kabouter," zegt Itzel. "Wat de anderen betreft is het een lang verhaal, dat zal moeten wachten tot je een aantal van onze vragen hebt beantwoord."

"Juist, nu we het daar toch over hebben." Rowan verschuift van de ene voet naar de andere. "Ik heb niet veel antwoorden voor jullie. Ik ben hier alleen omdat ik jullie taal spreek — en omdat het Parlement niet al te verdrietig zou zijn als je me zou doden." Ze kijkt ons aan. "Met dat in gedachten, wat dachten jullie ervan om me niet te vermoorden? Alsjeblieft?"

Iedereen blijft haar met vragen overladen, maar ze spreken te snel om iets te begrijpen, en Stanislav en Fabian spreken misschien zelfs hun moedertaal.

Rowan schraapt luid haar keel en eindelijk wordt het stil. "Ik zou niet aanraden om het Parlement te laten wachten."

"Willen ze met ons praten?" vraagt Dylan.

"Oké. Ik denk dat ik jou juffrouw Hoe duidelijk wil je het hebben zal noemen." Rowan werpt een blik op Fabian en vervolgens op Dylan. "Of is het *mevrouw* Hoe duidelijk wil je het hebben?"

"Waarom wil het Parlement met ons praten?" vraag ik. "Of is dat ook duidelijk?"

Rowans uitdrukking wordt serieuzer. "Van wat mij is verteld, is Nulen tijdens het uitleggen van jullie bezoek aan hen overleden. Ze hebben zijn lijk daarna ook ondervraagd. Ik heb geen details gekregen; het is niet alsof ik moet weten wie jullie zijn om je naar hen toe te brengen. Of hoeveel gevaar ik loop. Of —"

"Als Nulen hen alles heeft verteld, dan zouden ze blij moeten zijn dat we hier zijn," zegt Dylan.

"Het klinkt alsof iemand wil worden omgedoopt tot juffrouw Naïviteit." Rowan kijkt Fabian aan. "Of is het mevrouw?"

Ariëls mooie ogen worden zo smal als spleetjes. "Haar naam is Dylan. En weet je nog dat je ons hebt gevraagd om je niet te doden?"

Meer geïntrigeerd dan geïntimideerd kijkt Rowan naar Ariël. "Met die bravoure, neem ik aan dat jouw naam niet juffrouw Lekker Sexy Lijf is? Want dat is wat ik in mijn hoofd heb."

Ariël staat op van haar stoel en geeft haar stoel wat een lichte kneep lijkt te zijn.

Met een luide krak breekt het hout in kleine splinters.

Rowans ogen worden groter. "Je bent een van die Sterke mannentypen, nietwaar?"

"Een uber," zeg ik. "En ik zou haar niet kwaad maken. Of wie van ons dan ook."

Als om mijn woorden te benadrukken, verplettert Fabian ook zijn stoel, terwijl Stanislav zijn hand door de zijne steekt.

Valerian moet haar ook iets indrukwekkends laten zien, want haar ogen worden groter en ze mompelt, "Is het mogelijk om deze kracht te leren?"

Een glimlach raakt de ogen van Felix als hij doodleuk zegt, "Niet van een Jedi."

Rowan grijnst. "Ik mag je. Hoe heet je? Het enige wat ik tot nu toe heb is Dunne Doorlopende Wenkbrauw de Tweede Junior."

Hij rolt met zijn ogen. "Ik ben Felix." Hij wijst naar zijn kamergenoot. "Dat is Ariël. En dat zijn Valerian, Bailey, Itzel, Stanislav en Fabian." Hij wijst ieder van ons op zijn beurt aan.

"Nou," zegt Rowan, "nu ik jullie namen ken, voel ik me meer geïnvesteerd in jullie lot — dat met elke verspilde seconde erger wordt."

"Juist," zeg ik. "Zullen we gaan?"

"Hakuna Matata," zegt Rowan en ze gaat door de deur naar buiten.

"Vertrouwen we haar?" vraagt Dylan.

Iedereen schudt zijn hoofd.

"Vertrouwen we dit Parlement?"

Het schudden is deze keer nog krachtiger.

"Geweldig," zegt Dylan. "Maar ik denk dat we toch moeten gaan."

We verlaten één voor één de gevangenis. Eenmaal buiten zie ik Rowan naast een groep mistroostige zombies staan, plus een wezen dat me aan de opossum van de aarde doet denken, alleen griezeliger en schattiger tegelijkertijd.

"Zeg hallo tegen mijn kleine vriend," zegt Rowan, terwijl ze mijn blik volgt.

Het schepsel haast zich naar me toe en grijnst met een mond vol tanden naar me.

Ik doe een stap achteruit.

"Oh, maak je geen zorgen. Frank zal je geen pijn

doen," zegt Rowan. "Hij is onder mijn controle, net als de rest van de helpers. Nietwaar, Frank?"

Frank haast zich terug naar Rowans zij en ziet er overdreven zombieachtig uit.

"Heb je een dood huisdier?" vraagt Dylan.

"Weet je zeker dat je het toch niet erg vindt als ik je juffrouw Hoe duidelijk wil je het hebben noem?" Terwijl ze Fabians samengeknepen blik opvangt, voegt ze er snel aan toe, "Of het kan natuurlijk mevrouw Hoe duidelijk wil je het hebben zijn."

Onze vertaler gnuift zichtbaar. "Ik sta erop dat je me Dylan noemt. Maar sta me toe om meer dingen duidelijk te maken. Heb je op aarde gewoond?"

Rowan veegt denkbeeldig stof van haar leren jas. "Wat gaf het weg: mijn vaardigheden met de taal of mijn verbazingwekkende beheersing van de Amerikaanse popcultuur?"

"Maar is jouw soort niet verbannen?" vraagt Dylan.

"Ik was incognito," zegt Rowan. "Ik hield me gedeisd. Deed alsof ik een mens was. Ik heb geen lijken opgewekt en ze op 42nd Street laten rondslenteren. Dat soort dingen."

"Hebben we geen haast?" vraagt Valerian ongeduldig.

"Juist." Rowans gezicht wordt serieus, een uitdrukking waarvan ik vermoed dat die niet veel te zien is. "Volg mij."

Ze loopt stevig noordwaarts, en wij volgen.

Over haar schouder vraagt Rowan, "Wil je dat ik gids speel?"

Niemand geeft antwoord.

"Dat" — ze wijst naar een prachtig kasteelachtig bouwwerk links van ons — "is de kerk van Mor. Hij is de god waar iedereen hier in gelooft. Oh, en ze aanbidden hem hard, dus zeg geen dingen als *Mor wees vervloekt*, of *in naam van Mor*, of *Mor neem me*, enzovoort. Zeker niet waar iemand van het Parlement bij is. Ze vinden dat niet prettig. Ik spreek uit ervaring."

Stanislav kreunt. "Hou je ooit je mond?"

Rowan draait zich om en kijkt hem aandachtig aan. "Er is iets mis met je ogen. Ik kan er mijn vinger niet helemaal op leggen."

De chort gnuift en Rowan gaat verder met het uitleggen van de lokale religie, die onder andere predikt dat wanneer een ziel het lichaam verlaat, de juiste manier om de overgebleven huls te vereren, is om er een helper van te maken.

"Wat handig," zegt Felix. "Ik wed dat mensen je gewillig lijken brengen om in zombies te veranderen."

"Gebruik het z-woord niet waar het Parlement bij is," zegt Rowan. "Dat vinden ze ook niet prettig."

Er steken twee knappe vrouwen in mooie leren kleding de straat over en ze geven Rowan het boze oog. Als ze hen negeert, zeggen ze iets in het Necroniaans — en hoewel ik geen linguïst ben, vang ik een duidelijke nare ondertoon op.

Rowan grijnst en reageert met iets dat net zo hatelijk is.

De twee vrouwen upgraden hun boze ogen naar een doodsblik. Eén gaat zelfs zo ver om in Rowans richting te spugen — een gebaar dat wat mij betreft in het hele Cogniversum verboden zou moeten zijn.

Frank, de rare opossum, haast zich naar de spuger en bijt onmiddellijk in haar teen.

De vrouw schreeuwt iets, grijpt haar vriendin en rent weg.

"Waar ging dat over?" vraagt Felix aan Dylan.

"Iets over een persoon genaamd Keyser die een enorme fout maakt. Waar zij" — Dylan knikt naar Rowan — "met iets antwoordde dat jargon moet zijn geweest wat ik niet herkende."

Rowan trekt haar neus op. "Ze hadden het over hun man en mijn verloofde."

Felix staart met open mond naar de ontsnappende vrouwen. "Hebben jullie op deze wereld polygamie?"

"Polygynie, om precies te zijn," zegt Dylan.

Rowans bovenlip komt omhoog terwijl ze naar Dylan kijkt. "Je bent zo nuttig. Mor verbiedt dat we de verkeerde term gebruiken."

"Maar is het waar?" eist Felix, en ik herinner me dat Oezbekistan, het land op aarde waar zijn familie vandaan komt, iets in die richting zou moeten hebben. Of had — het weinige wat ik hierover weet is van Ariëls geplaag.

Rowan ontbloot haar witte tanden. "Om het in termen te zeggen die je kunt begrijpen, leden van het Parlement en andere krachtige mannelijke dodenbezweerders nemen meerdere vrouwen onder het voorwendsel van een eugenetica-achtig programma om het aantal krachtige dodenbezweerders in het algemeen te vergroten. Voor goed en kwaad, is mijn eigen potentieel als dodenbezweerder hoog — wat naar verluidt belangrijker is dan, laten we zeggen, intellect of uiterlijk. Dus ja, ik heb aan het kortste eind getrokken. En nee, ik kan niet meerdere echtgenoten hebben; dat zou sommige geesten imploderen."

Ariël staart haar gefascineerd aan. "En je aanstaande man heet Keyser?"

"Ja. Ik weet het. Zoals in *The Usual Suspects*," zegt Rowan. "Je staat op het punt hem te ontmoeten. Hij is niet zo cool als zijn naam zou impliceren. Eerder een soort van het tegenovergestelde."

Niemand spreekt terwijl we nog een paar blokken lopen — dat wil zeggen, totdat Valerians LEGO-letters verschijnen, vermoedelijk voor iedereen behalve Rowan:

Als het fout gaat, gijzelen we een of meer leden van dit Parlement en zorgen we dat we van deze wereld af komen.

Fabian balt zijn vuisten. Ik denk dat hij beseft dat met ons huidige gebrek aan wapens, hij de gevaarlijkste in de groep is.

We stappen op een groot rond plein waar een groot gebouw in het midden staat en tien herenhuizen langs de omtrek van het plein staan.

"Dit is het Decagoonplein. De vergaderzaal van het Parlement zit daar binnen." Rowan wijst naar het middelste gebouw. "En elk lid van het Parlement woont in een van hen." Ze gebaart naar de omliggende herenhuizen.

Terwijl we naar het middelste gebouw gaan, hoor ik Dylan met Fabian praten over het woord *decagoon*. Ze noemt praktische parels van wijsheid als 'een decagoon is een figuur met tien rechte zijden en hoeken', en 'de naam "decagoonplein" is een contradictio in terminis', en last but not least, 'elk herenhuis bevindt zich in een hoek die precies 144 graden is'.

De grootste zombies die ik tot nu toe heb gezien, openen de deuren van het middelste gebouw voor ons en Rowan leidt ons door een chique gang met muren versierd met griezelige kunst à-la de maskers van de zombies.

"Hierdoorheen is de vergaderruimte van het Parlement," zegt Rowan, naar een reeks sierlijke deuren knikkend. Ze kijkt weer naar Stanislav. "Serieus, wat is er met je ogen aan de hand?"

Ik volg haar blik en zie waar ze het over heeft.

Mijn hartslag schiet omhoog.

Er is een kleine verzameling van rood vocht in de traanbuisjes van de chort te zien.

Stanislav moet me witter zien worden omdat hij zijn ogen afveegt en vol afschuw naar zijn vingers staart.

Het is bloed.

HOOFDSTUK TWINTIG

Ik begin te hyperventileren terwijl er een miljoen gedachten door mijn hoofd gaan.

Ik wil vluchten. Verder wil ik Valerians hygieia-apparaat pakken en gebruiken totdat de batterijen leeg zijn — ook al begrijpt het rationele deel van me dat we onze maskers om precies deze reden hebben. Zowel mijn masker als die van Stanislav zouden moeten voorkomen dat virussen erin of eruit gaan, dus er is dubbele bescherming.

In feite zou iedereen — behalve Stanislav — in orde moeten zijn, zelfs Rowan zonder masker.

Toch is het moeilijk om niet door te draaien. Stanislav heeft slechts een korte tijd geen masker opgehad, maar hij heeft al zijn eerste symptoom.

Het virus is zeer besmettelijk.

Ik ben ook niet de enige die flipt. Iedereen in het team heeft een wilde blik in zijn ogen en hun voorhoofd is klam. De enige persoon die er meer verward dan bang uitziet, is Rowan. Ze staart naar het bloed op Stanislavs vingers en vraagt, "Is dat normaal voor jouw soort?"

Stanislav negeert haar. Ik neem aan dat hij in shock is.

"Wat doen we nu?" Dylans stem is nauwelijks harder dan een gefluister.

Er verschijnen direct LEGO-letters in de lucht:

We kunnen niet veel doen. Laten we met dit Parlement praten.

"Serieus, wat is er aan de hand?" eist Rowan.

"Lang verhaal," zegt Valerian. "Blijf zo ver mogelijk bij Stanislav uit de buurt."

"Uh-huh, natuurlijk." Ze staart ons aan en als er geen uitleg komt, slaakt ze een zucht. "Goed dan. Klaar om te gaan?"

Bij onze knikjes laat Rowan haar zombies de deuren voor ons openen.

Stanislav gaat de kamer binnen. Rowan wacht een paar seconden om hem ver genoeg weg te laten komen en volgt dan — met de rest van ons achter haar aan.

We belanden in een ruimte die groot genoeg is om in te voetballen, met een plafond van achttien meter hoog.

Rowans zombies sluiten de deuren achter ons.

Net als het omliggende plein is deze kamer decagoonvormig en in elk van de tien hoeken staat een enorme troon met een gemaskerde figuur.

"Deze helpers waren reuzen toen ze leefden," fluistert Rowan, voor het geval we dat niet konden raden door de grootte van de zombies. "De maskers zijn ontworpen om op elk lid van het Parlement te lijken."

Natuurlijk hebben de maskers de kenmerken van mensen afgebeeld, een beetje zoals de maskers van de sekswerker-zombies dat hadden.

"Dus de leden van het Parlement zijn hier niet persoonlijk?" vraag ik, terwijl mijn ogen van reus naar reus gaan.

"Nee," zegt Rowan. "Elk Parlementslid kijkt door de ogen van de helper die voor zijn gebruik is bestemd en hoort door zijn oren. Zie het als een videoconferentie, alleen ontworpen om je klein en onbeduidend te laten voelen."

Felix fluit. "Zoom is hierbij niets."

Puck. Daar gaat Valerians plan om een van deze mensen te ontvoeren als het misgaat. Ondanks dat Rowan zegt dat ze met een van hen verloofd is, is het duidelijk dat haar ontvoeren niet veel goeds zou doen; zoals ze zei, lijken ze niet te geven om wat er met haar gebeurt. Als ze dat deden, dan zouden ze haar hebben gevraagd om een zombie te gebruiken in de plaats van in het echt met ons te dealen.

Het beste wat we nu kunnen hopen is dat de dingen niet verder misgaan dan ze al hebben gedaan.

Een van de gigantische zombies staat op en zegt iets met een dreunende stem.

"Moet ik vertalen?" vraagt Rowan aan Dylan.

Dylan haalt haar schouders op.

Rowan neemt het als een instemming en wijst naar

de zombie met een masker met een havikachtige neus. "Dat is Keyser, en hij staat erop dat ik het woord 'eis' gebruik als ik jullie vraag waarom jullie naar deze 'prachtige' wereld zijn gekomen."

We kijken allemaal naar Dylan.

"Dat is ongeveer wat ik hoorde," zegt Dylan. "Behalve dat het origineel meer verheerlijkingen en bloemrijke taal had."

Valerian stapt naar voren. "We zijn gekomen om te helpen. Een organisatie genaamd Icelus probeert overal in het Cogniversum angst te wekken. Hun agenten zijn op deze wereld en proberen jullie burgers met een dodelijke ziekte te besmetten."

Rowans schouders spannen zich aan. "Is dat waar de maskers voor zijn?"

"Precies," zegt Dylan.

Rowan draait zich naar haar om. "En *dat* is het lange verhaal? Ik had daar tijd voor kunnen maken — vooral omdat het je twee seconden heeft gekost om het uit te leggen." Ze draait zich om om met steeds groter wordende ogen naar Stanislav te staren. "Is hij —"

"Dat hebben we op hetzelfde moment als jij ontdekt," zegt Dylan. "Hij heeft het van Nulen gekregen. Jij zou veilig moeten zijn, want hij heeft een masker op."

Keysers dreunende stem verdrinkt elke verdere discussie.

"Hij eist te weten waar we het over hebben," zegt Rowan.

Valerian zet zijn voeten breed. "Vertaal wat ik zei, maar geen woord over Stanislav."

"Gehoorzaam hem niet en ik scheur je aan flarden," voegt Fabian eraan toe, zijn Duitse accent is sterker dan ooit.

"Als je het zo aardig vraagt, hoe kan ik dan weigeren?" zegt Rowan en ze begint te vertalen, waarbij Dylan naar elk woord luistert.

Ik voel me een beetje schuldig over de bedreiging van Rowans leven, maar wanhopige tijden en zo.

Het antwoord van Keyser is kort en luid.

"Je liegt," vertaalt Rowan. "Ik neem aan dat je wilt dat ik de bijbehorende beledigingen oversla."

Valerians handen ballen zich terwijl hij naar de reus opkijkt. "Je hebt Nulen met je eigen ogen aan het virus zien sterven."

"Ze zagen hem door de ogen van hun helpers, maar ik zal het vertalen," zegt Rowan en spreekt een paar seconden Necroniaans.

Het antwoord van Keyser is iets langer, maar niet minder boos.

"Hij staat erop dat je Nulen met je verachtelijke buitenaardse krachten hebt gedood," vertaalt Rowan.

"Waarom zouden we hierheen komen, ons aan jullie genade overgeven en dat doen?" schreeuwt Valerian.

Een reus met een kleine sik antwoordt deze keer.

"Zelfs als er een virus is, hoe weten we dan dat de organisatie waar je het over hebt bestaat? Hoe weten we dat je de ziekte niet hebt meegebracht?" Rowan werpt een heimelijke blik op Stanislav terwijl ze dit laatste stukje zegt. "Het belangrijkste is, wat wil je?"

Valerian kijkt naar Stanislav, dan naar de huidige staande reus. "Ik wil dat je de Icelus-agenten vangt en ze aan ons geeft. In ruil daarvoor zorgen we voor de genezing van het virus."

"Wacht, wat?" zegt Felix. "Willen we Icelus niet zelf vangen?"

"Deze dodenbezweerders lijken buitenstaanders te veel te haten om ons dat te laten doen," zegt Valerian en Rowan knikt ter bevestiging. "Wat nog belangrijker is, we moeten Stanislav zo snel mogelijk terugbrengen naar Gomorrah. Hoezeer ik Icelus ook haat, ze zijn zijn leven niet waard."

"Het moet leuk zijn om vrienden te hebben," mompelt Rowan. Luider, vraagt ze, "Kan ik nu vertalen?"

"Alsjeblieft," zegt Valerian.

Rowan spreekt Necroniaans.

De reuzen beginnen onderling een discussie.

Terwijl ze doorgaan, wordt Dylan witter. Ik denk dat we de vertaling niet leuk zullen vinden als het komt.

Inderdaad, Rowan geeft ons een ongemakkelijke blik wanneer de reuzen stoppen met praten. "Sommigen van hen zeggen dat je deal zo schandalig is, dat ze niet inzien waarom je hierheen zou komen om hem te maken," zegt ze. "Keyser, aan de andere kant, zegt dat je ofwel gek of heel slim bent — en hij heeft om een stemming gevraagd om jullie lot te bepalen."

"Een stemming?" Ariël past haar masker aan.

"Als de meerderheid van hen opstaat, dan word je gedood," zegt Rowan, terwijl ze onze ogen niet ontmoet. "Anders willen ze meer over jullie deal horen."

Hoe leuk. Mijn lot hangt weer samen met de stemming van een regerend gezelschap. Ik krijg zeker de volgende gratis.

Keysers reus staat op.

Degene met een kleine sik volgt.

Dan nog een. En nog een.

Als de vijfde opstaat, wordt iedereen gespannen.

Als er nog één zich bij hen aansluit, zal dat een meerderheid tegen ons zijn.

De zesde reus staat op.

Puck.

We zijn officieel de sigaar.

HOOFDSTUK EENENTWINTIG

Iemand klopt luid op de deuren die naar de vergaderzaal leiden. Het patroon van het gebons is vreemd, zoiets als *Da-Da-Da-DUM*.

De gigantische zombies en de rest van ons kijken naar de deur.

Het gebons herhaalt zich en gaat weer *Da-Da-Da-DUM*.

Wacht eens even. Is dat niet hoe het *Motief van het Lot* van Beethovens *Vijfde symfonie* gaat? Mijn armen prikkelen van het kippenvel. Dit moet de cryptische voorspelling van Nostradamus zijn die eindelijk in het spel komt. Wat betekent dat ik de detective moet spelen — wat dat ook betekent.

Keyser blaft naar Rowan en even later laat ze haar zombies de deuren openen.

Er haast zich een man de ruimte binnen. Hij ziet er somber uit, met zwarte kringen onder zijn ogen. Meer in het bijzonder, zijn huid is paarsrood, en er lopen straaltjes bloed over zijn gezicht.

Rowan trekt zich wijselijk terug van de man. Zonder haar masker is ze in levensgevaar.

De nieuwkomer negeert ons en houdt aarzelend een monoloog in het Necroniaans.

Er verschijnen LEGO-letters in de lucht voor me:

Speel je de detective?

Dus Valerian heeft ook het verband opgemerkt met de woorden van Nostradamus. Mooi. Even was ik bang dat de adrenalinepiek me dingen liet horen die er niet waren.

Ik knik naar hem, sluit dan mijn ogen en doe mijn best om 'de detective te spelen'.

Maar ik weet niet waar ik moet beginnen, en de aanwezigheid van nog een slachtoffer van het virus zorgt ervoor dat ik schreeuwend weg wil rennen.

Wacht eens even.

Het virus.

Ik wed dat het spelen van de detective impliceert dat ik moet uitzoeken wie of waar Icelus is.

Ervan uitgaande dat ze überhaupt op deze wereld zijn.

Nee. Dat moeten ze wel zijn. Nulen was ziek toen we hem ontmoetten, dus hij moet voordat we aankwamen door iemand besmet zijn geraakt, wat bewijst dat Icelus op deze wereld aanwezig is. Er zijn niet veel detectivevaardigheden voor nodig om *dat* uit te vogelen.

Maar... toen we hem ontmoetten, had hij alleen het

eerste symptoom. Dat betekent dat hij onlangs geïnfecteerd was geraakt. Het Parlement gelooft ons niet over het virus, dus ze hebben er geen meldingen van gehad, wat ook op een recente aankomst op deze wereld wijst.

Dus wat vertelt het me dat Nulen een van de eerste gevallen was? Nog niet veel, maar wacht even. Terug naar Icelus die op deze wereld is... Bewaakte Nulen de hub niet met een kracht van zombies om aankomsten te voorkomen?

Er gaat nog meer kippenvel langs mijn ruggengraat omhoog. Dat is precies wat hij deed. Dat betekent een van twee dingen: of Nulen heeft Icelus-agenten binnengelaten en werd tijdens het proces door hen geïnfecteerd, of iemand anders heeft ze binnengelaten en die iemand anders heeft Nulen ziek gemaakt. Gezien het feit dat Nulen dood is, is de tweede optie de enige nuttige optie. Wat betekent —

De nieuwkomer stort in, schijnbaar halverwege de zin.

"Dood," zegt Rowan somber. "Ik kan het voelen."

De zes leden van het Parlement gaan weer zitten.

Een van degenen die niet heeft gestemd om ons te doden — een reus met een masker met een cartoonachtig sterke kin — begint te spreken.

"Hij wil dat ik de boodschapper terughaal," zegt Rowan. "Als dat soort dingen je gaat laten kotsen, stel ik voor dat je wegkijkt." En terwijl ik toekijk, schiet Rowan op de dode man met een stroom van veelkleurige energie.

Even later staat de boodschapper weer op zijn voeten.

De parlementsleden bestoken hem met vragen en de boodschapper antwoordt in een robotachtige monotone stem.

"Wat zei hij?" sis ik naar Dylan.

Dylan lijkt in shock te zijn, dus Rowan antwoordt in haar plaats. "Er was in de provincie waar hij vandaan komt een uitbraak van het virus. Mensen en dodenbezweerders sterven in groten getale."

"En waar heeft het Parlement het nu over?" vraagt Valerian.

"Shegan vraagt de boodschapper of jullie acht in de provincie zijn gezien," vertaalt Rowan. Nadat de boodschapper zombie iets antwoordt, voegt ze eraan toe, "Blijkbaar niet."

"Natuurlijk niet," zeg ik. "Nulen heeft ons rechtstreeks van de hub hierheen gebracht."

Rowan grinnikt humorloos. "Dom konijn — had je verwacht dat het Parlement logica zou gebruiken?"

"Soort van," zeg ik. "Kun je iets voor me vertalen?"

Rowan knikt.

"Was Nulen de enige persoon die de hub tegen nieuwkomers bewaakte?"

"Daar kan ik zelf antwoord op geven," zegt Rowan. "Er is een heel team van ons dat die specifieke taak deelt. Op dit moment zou ik aan de beurt zijn, maar ik ben dankzij al deze toestanden die jullie hebben gecreëerd niet op mijn post. Bedankt daarvoor — en ik meen het."

Mijn hartslag versnelt van opwinding. "Hoelang blijven jullie op jullie post?"

"Een paar dagen," zegt ze. "Dat hangt van het weer en dergelijke af."

"En wiens beurt was het vlak voor Nulen?"

"Die van Exozar," zegt Rowan.

"Dan zegt de logica dat deze Exozar met Icelus samenwerkt," kondig ik triomfantelijk aan voordat ik mijn gevolgtrekkingen uitleg.

Net als ik klaar ben, eist het Parlement om te weten waar we het over hebben, en Rowan brengt ze op de hoogte.

Terwijl ze spreekt, kijkt Dylan haar bewonderend aan, maar het is onduidelijk waarom.

Nadat Rowan klaar is met uitleggen, spreekt Shegan zich uit.

"Als je bewijs kunt krijgen van wat je zegt, zullen ze je deal accepteren," vertaalt Dylan.

Keyser spreekt als volgende — en hij praat een tijdje.

Rowan rolt met haar ogen als hij klaar is. "De grote humanitaire die mijn toekomstige echtgenoot is, zegt dat jullie niet te vertrouwen zijn en dat het bewijs wat hem betreft niets zou bewijzen. Hij zegt ook dat het virus niet zo'n groot probleem is; het zal gewoon het aantal beschikbare helpers laten groeien, waardoor de kwaliteit van ieders leven wordt verbeterd. Hij zegt ook dat we helpers kunnen gebruiken om getroffen gebieden in quarantaine te plaatsen — wat ongetwijfeld een eufemisme is voor 'alles tot de grond toe plat branden' en in tegenspraak met zijn punt over 'meer helpers' is."

Shegan spreekt weer.

Rowan knikt goedkeurend. "Deze redelijkere kerel zegt dat het hun taak als heersers is om alles te doen wat ze kunnen om mensen te genezen. Hij maakt zich ook zorgen dat het virus zich, dankzij deze boodschapper, nu door Necropolis verspreidt. Ten slotte zegt hij dat ze hierover moeten stemmen."

Jippie. Nog een puckstemming.

Het Parlement geeft toe en Rowan legt uit dat als de meerderheid van de reuzen blijft zitten, we het bewijs mogen verzamelen dat we nodig hebben. Anders blijft de standaard uitspraak staan — als in, we worden gedood.

We kijken allemaal met ingehouden adem toe.

Keyser staat op.

Een collega van hem doet hetzelfde.

Dit is het.

De geschiedenis staat op het punt om zich te herhalen.

HOOFDSTUK TWEEËNTWINTIG

Er staan geen reuzen meer op.

De stemming is zojuist in ons voordeel verlopen.

Een opgeluchte uitademing ontsnapt aan mijn lippen als Shegan snelvuur Necroniaans tegen Rowan spreekt, die knikt en op een respectvolle toon antwoordt.

"Ik moet het onderzoek leiden," vertaalt ze. "Laten we gaan voordat ze van gedachten veranderen."

We haasten ons de kamer uit en gaan zwijgend door de gang.

Als we de lobby binnenkomen, kijkt Dylan Rowan aan. "Je had je nek niet uit hoeven te steken."

"Waar heb je het over?" vraagt Felix.

"Toen ze hen vertelde dat Exozar schuldig was, zei ze dat ze ook achterdochtig tegenover hem was — dat hij zich de laatste tijd vreemd gedraagt," legt Dylan uit.

"Als in, ik loog," zegt Rowan. "Exozar en ik hebben elkaar al maanden niet gesproken."

Dylan knikt. "En nadat ze dat had gezegd, vertelde Keyser haar om er zeker van te zijn dat ze meent wat ze zegt en hij maakte duidelijk dat ze door dit te doen haar lot op één lijn brengt met het onze."

"Ik begin het gevoel te krijgen dat hij me zelfs als zevende vrouw niet wil," zegt Rowan treurig. "Ik weet niet of ik moet juichen of beledigd moet zijn."

Ariël staart de dodenbezweerder aan alsof ze haar voor het eerst ziet. "Dat had je niet moeten doen. Onze kansen zijn niet goed."

"Maar bedankt," zeg ik haastig. "Ik wed dat je bij de stemming hebt geholpen."

"Ja, nou, ik was niet zo zelfopofferend als je zou denken. Ik kan net zo goed logica gebruiken als iedereen — en het zegt dat mijn lot al verbonden is met dat van jullie." Ze knikt naar Stanislav. "Om preciezer te zijn, met de zijne."

"Je denkt dat de boodschapper je ziek heeft gemaakt, dus je wilt de remedie," zegt Stanislav, terwijl hij zijn licht bloedende ogen afveegt.

Rowan knikt. "Bingo."

"Die ruimte was groot en je stond ver weg van de boodschapper," zegt Dylan geruststellend. "Je virale lading zou klein zijn geweest en de kans op infectie onbeduidend."

Stanislav steekt zijn bebloede vingers op. "Is dat niet wat je mij in de hub hebt verteld?"

"En ik had geen ongelijk," zegt Dylan. "Gezien hoelang het duurde voordat je je eerste symptoom ontwikkelde, was de virale lading die je moet hebben ingeademd inderdaad klein."

Hij staart haar boos aan. "Maar ik ben nog steeds ziek."

Rowan buigt zich voorover en krabt haar dode huisdier onder zijn kin. Voor een zombie ziet Frank er te veel uit alsof hij van de aandacht geniet — maar wat weet ik van dergelijke dingen?

"Er is iets belangrijkers dat we moeten bespreken," zegt Rowan nadat ze klaar is met haar huisdierentherapie. "Hoe kunnen we erachter komen of Exozar wel of niet schuldig is?"

Iedereen wisselt geschrokken blikken uit. Dat wil zeggen, iedereen behalve Valerian, die naar mij kijkt.

"Als je me toegang tot hem zou kunnen geven, dan zou ik zijn schuld kunnen bepalen," zeg ik, terwijl ik mijn best doe om zelfverzekerder te klinken dan ik me voel.

Felix en Ariël zien er nog steeds verward uit, dus ik zeg, "Ik zou nu de detective moeten spelen, en in het verleden was dat altijd met behulp van mijn krachten."

Rowan laat haar zombies de deuren openhouden als we weggaan. Als we buiten zijn, zegt ze, "Wat is je kracht?"

Ik leg uit over droomwandelen terwijl we onze weg naar het zuiden banen, met Rowans helpers die achter ons lopen als figuranten in een horrorfilm.

"Nieuwe vraag," zegt Rowan als we naast een saai gebouw stoppen dat griezelig veel op het gebouw lijkt waarin we gevangen zaten. "Hoe zal je zijn dromen begrijpen als je geen Necroniaans spreekt?"

Ik grijns onder mijn masker. "Goed punt. Jij of Dylan zullen bereid moeten zijn om met me mee te gaan."

"Rowan biedt zich aan," zegt Valerian resoluut. "Ze is meer vertrouwd met de lokale gebruiken en dergelijke, dus ze zal een betere vertaler zijn."

Er verschijnen LEGO-letters in de lucht als hij spreekt, en ze zeggen:

We kunnen op deze manier twee dodenbezweerders controleren voor de prijs van één.

Ik knik. "Dan wordt het Rowan."

"En ik denk dat Rowan het daarmee eens is," zegt ze droogjes. "Hoewel het woord 'aanbieden' in het Engels duidelijk iets anders betekent dan in het Necroniaans."

"Is dit het huis van ons doelwit?" vraag ik, naar de saaie structuur voor ons kijkend.

"Ja, dat zijn de vertrekken van Exozar," zegt Rowan. "Wat nu?"

Valerian kijkt naar de deur. "Kun je ervoor zorgen dat hij hem voor je opent?" vraagt hij Rowan.

"Tuurlijk," zegt ze.

Valerian wendt zich tot mij. "En zou je die slaap-op-afstand-truc kunnen doen die Maxwell onlangs op Dylan uitvoerde?"

Ik bijt op mijn lip. "Misschien. Toen ik Ariël die keer in REM-slaap duwde, raakte ik haar huid aan. Maar dat was voor de powerboost…"

"Ik begrijp het niet," zegt Rowan.

"Klinkt alsof we een plan B nodig hebben," zegt Dylan, haar negerend.

"Plan B is dat ik de man knock-out sla," zegt Stanislav. "En hem dan vastbindt, zodat Bailey hem zoveel kan aanraken als ze nodig heeft."

"Hem waar aanraken?" vraagt Rowan met een grijns, maar ze wordt opnieuw genegeerd.

"Ik hoop echt dat we geen toevlucht hoeven te nemen tot plan B," mompel ik binnensmonds. "Ik wil geen vreemde aanraken die het virus zou kunnen verspreiden." Of wat dat betreft, welke vreemde dan ook. Of zelfs mensen die ik ken.

"Ik zal zijn huid met hygieia schoonmaken als we uiteindelijk die route bewandelen," zegt Valerian. "Dat zal alles doden." Hij kijkt Dylan aan, die krachtig knikt.

Ik wil nog steeds niemand aanraken, dus ik ga mijn best doen om plan A aan het werk te krijgen.

"Hebben we geen manier nodig om ervoor te zorgen dat hij ons team niet als een bedreiging ziet?" vraagt Felix.

"We kunnen jullie allemaal als helpers vermommen." Rowan gebaart naar haar zombies.

"Ik doe geen masker op dat op een lijk heeft gezeten," zeg ik huiverend. "Er is een grens."

"Dat hoef je niet te doen," zegt Rowan. "Volg mij."

Ze leidt ons een paar blokken verder, waar we een lege winkel binnengaan die tot de rand gevuld is met gloednieuwe maskers en verschillende kleding, allemaal voor zombies ontworpen. We kiezen maskers die groot genoeg zijn om over onze huidige te passen

214

en gewaadachtige kleding om onze niet-Necroniaanse kleding te verbergen.

Nadat Valerian mijn keuzes heeft gesteriliseerd, zet ik het masker op.

De rest van het team doet hetzelfde en we zien er uiteindelijk uit als een stel zombies — een behoorlijk griezelige ontwikkeling.

"De helpers dragen deze maskers om de familie van de overledene de pijn te besparen om hun geliefden te zien rondlopen," legt Rowan uit terwijl we teruglopen. "Ik weet niet zeker wie heeft besloten dat dit ontwerp zo verontrustend moet zijn en waarom."

Als we terug zijn op onze oorspronkelijke bestemming, bekijkt Rowan ons grondig van top tot teen. "Trek geen aandacht naar jezelf," zegt ze. "Als Exozar zijn zinnen erop zet, kan hij erachter komen dat jullie geen helpers zijn."

Ik denk dat ik mijn deel snel moet doen.

"Klaar?" vraagt Rowan.

Ik knik en ze klopt op de deur.

Er gaat een minuut voorbij.

De deur gaat open. Een bleek, verward hoofd gluurt naar buiten en zegt iets in Necroniaans. Rowan antwoordt op dezelfde manier. De man stapt naar buiten en ze beginnen te praten.

Ik sluit mijn ogen en concentreer me. Ik doe geen moeite om mijn doelwit in slaap te wensen of verbeeldingsoefeningen te doen. In plaats daarvan probeer ik te repliceren wat ik bij Ariël op instinct heb aangedaan.

Er gebeurt niets.

Misschien helpt de wens en verbeelding?

Ik doe beide terwijl ik op zoek ben naar de op-het-puntje-van-mijn-tongsensatie. Nog steeds geen resultaat. Ondertussen hoor ik het gesprek tussen de dodenbezweerders uitdoven.

Ik open mijn ogen en zie Rowan een blik op Stanislav werpen, die in de buurt van Exozar staat.

Stanislav begrijpt wat ze wil en slaat met zijn vuist tegen Exozars kin.

Bam.

Stanislavs sterke armen vangen Exozar voordat hij valt.

"Eindelijk," zegt Rowan. "Ik had echt geen dingen meer om tegen de man te zeggen."

Kreunend sleept de chort de dodenbezweerder naar binnen, en de rest van ons volgt.

"Laat mijn helpers de rest doen," zegt Rowan. Ze laat haar zombies Exozar op zijn bed leggen, een touw lokaliseren en zijn armen en benen vastbinden. "Jouw beurt," zegt ze tegen me als het vastketenen is voltooid.

Trouw aan zijn eerdere belofte, steriliseert Valerian een stukje huid op de pols van Exozar.

Ik raak het gebied voorzichtig aan en doe mijn best om een sterk verlangen om te kokhalzen te onderdrukken terwijl ik het vereiste gevoel zoek.

Het kost me een paar minuten, maar uiteindelijk krijg ik dat gevoel.

Ik duw metafysisch.

Eindelijk. Exozar is in REM-slaap.

Ik schakel om en val in zijn droom. Zodra ik in mijn paleis verschijn, verlaat ik mijn trance.

Er is nog een stap voordat ik er goed in kan duiken.

"Jouw beurt," zeg ik met een lage stem tegen Rowan. "Oh, en je wil hier misschien niet naast scherpe objecten staan."

Rowan strekt zich uit op de vloer aan de voet van het bed. Ze kijkt Valerian bijtend aan als hij haar pols met het hygieia-apparaat reinigt.

Ik ga naar haar toe en maak weer contact met de huid. Rowan trekt een gek gezicht en sluit haar ogen. Ik sluit ook de mijne en zoek in mezelf. Het gevoel is deze keer iets makkelijker te vinden; oefening baart kunst en zo. Als ik hem heb, duw ik, en Rowan is onmiddellijk in REM-slaap.

Ik grijns. Ik heb officieel een nieuwe droomwandelaarskracht onder de knie. Althans, de versie waarin ik aanraking nodig heb.

Zonder mijn hand te verwijderen, ga ik in Rowans droom.

Tijd om te kijken of onze vermeende bondgenoot te vertrouwen is.

HOOFDSTUK DRIEËNTWINTIG

Terwijl ik me in de lobby van mijn droompaleis bevind, staar ik met een mengeling van angst en verwarring naar de scène voor me.

Twee meter bij me vandaan staat een bevroren Notenkraker, met een pikzwarte Pom die boos naar hem opkijkt.

Wat de puck?

"Pom!" roep ik. "Ga bij hem vandaan."

De Notenkraker verdwijnt en Pom draait zich naar me toe; de vacht op de toppen van zijn oren gaat van zwart naar bietenkleur. "Dat had je niet mogen zien."

"Wat niet?" vraag ik, hoewel een deel van me het al weet.

"Dat was niet de echte Notenkraker," zegt Pom, die mijn vermoeden bevestigt. "Hij maakt me gewoon zo bang, ik dacht dat ik blootstellingstherapie kon gebruiken om dapperder te worden." De bietenkleur gaat van zijn oren naar de rest van zijn lichaam.

Ik glimlach en ga door zijn vacht. "Het is moedig van je om het zelfs maar te proberen. Vooral in je eentje."

Poms oren krijgen een bruine tint. "Meen je dat?"

"Tuurlijk. Meestal moet ik mijn klanten dwingen om blootstellingstherapie te proberen, en als ze het ermee eens zijn, dan moet ik bij elke stap die ze nemen hun hand vasthouden."

Hij omhelst mijn been en grijnst. "Dank je wel. Misschien ga ik met je mee in wat je hier ook kwam doen — hoe eng het ook is."

"Goed idee."

Ik vertel hem niet dat mijn onderzoek waarschijnlijk geen angstaanjagende dromen zal onthullen. Laat hem geloven dat hij dapper is. Bovendien weet je nooit wat er uit het onderbewustzijn van andere mensen kan komen.

Pom zit op mijn schouder en ik maak ons onzichtbaar voordat ik naar de toren van slapers teleporteer. Ik lokaliseer de nissen van mijn nieuwe verbindingen met de twee dodenbezweerders — en ga naar die van Rowans. "We beginnen met haar."

———

Een man met een Necroniaans zombiemasker achtervolgt Rowan door de straten van Manhattan. Hoewel dit geen herinneringsdroom is, bewijst het wel dat ze in New York City is geweest.

Ik laat de achtervolger verdampen, meer omwille van Pom dan om die van Rowan.

Terwijl Rowan stopt met rennen en in verwarring rondkijkt, debatteer ik over hoe verder te gaan. Wat ik ga doen werkt het beste als ik een soort alibi heb om te controleren. Het beantwoorden van een vraag als "hoort deze persoon bij Icelus?" is veel moeilijker en dus tijdrovend. In principe moet ik Rowan — en later Exozar — in verschillende droomscenario's plaatsen, en als ze de details uit hun herinneringen invullen, zie ik misschien iets belastends.

Of ik kan er getuige van zijn dat ze sokken breien.

Het ergste is dat ik nooit iets met honderd procent zekerheid kan bewijzen. Zelfs als ik dagen doorbreng zonder een belastende herinnering te ontdekken, kan het gewoon te wijten zijn aan pech.

Ach ja. Het enige wat ik kan doen is mijn best doen.

Ik begin met de simpelste truc die ik ken. Ik laat een willekeurige vreemdeling op straat het woord 'Icelus' fluisteren en kijk naar Rowans gezichtsuitdrukking.

Ze ziet er even verward uit. Dan neemt haar geest het over en wandelt ze een nabijgelegen bioscoop in om een kaartje te halen voor een film in *The Fast and the Furious*-franchise.

Ik schakel over op mentale communicatie en zeg tegen Pom, *tot nu toe ziet dit er niet verdacht uit.*

Ik denk niet dat deze vrouw kwaadaardig is, antwoordt Pom als een stem in mijn hoofd. *En mijn intuïtie is nooit verkeerd.*

Ik zet onze veiligheid in de echte wereld niet in op

iemands intuïtie, dus verander ik de omgeving in een magazijn, een omgeving waar ik me kan voorstellen dat er duistere gesprekken zouden kunnen plaatsvinden.

Rowans geest genereert niets verdachts als reactie.

Ik zet haar op nog een paar duistere plaatsen, met een soortgelijk gebrek aan resultaten.

Na meer zinloos graven, herinner ik me een extra aanwijzing die ik in dit geval heb. De Notenkraker is iemand die weet hoe ik eruitzie — en als hij de Icelus-droomwandelaar is, dan kennen Icelus-leden hem misschien in de echte wereld.

Opgewonden laat ik Rowan droomversies ontmoeten van iedereen die ik maar kan bedenken, van verpleegsters in mams ziekenhuis tot al mijn revalidatieklanten.

Niets.

Dan krijg ik een idee. Als Rowan in Icelus zit met Exozar, dan kan het samenvoegen van hen in een droom herinneringen opleveren aan hun samenzwering.

Als Rowan niet oplet, verander ik haar huidige omgeving van een steegje naar Exozars huis, en voeg dan Exozar zelf toe.

Rowans onderbewustzijn neemt het over en plotseling ziet de kamer er anders uit, hoewel het duidelijk is dat we nog steeds op Necronia zitten.

Ik denk dat dit Rowans eigen woonkamer is. Haar huisdier, Frank, is er ook, en Exozar glimlacht en wijst naar het wezen.

Ze spreken even Necroniaans.

Puck. Valerian en ik hadden hier niet over nagedacht. Achteraf gezien had ik Dylan er ook bij moeten halen. Hoewel het vrij duidelijk is dat het gesprek over het huisdier gaat; ze kijken nergens anders naar.

Terwijl ik toekijk, hurkt Exozar neer en voert hij het schepsel een paar lokale noten. Hij wordt beloond met een likje van Frank en een grijns van Rowan.

Dit moet uit een tijd zijn dat Frank nog leefde — dat of ik heb net iets nieuws geleerd over het zombiedieet.

Ik denk dat ze in orde is, informeert Pom me mentaal.

Je hebt waarschijnlijk gelijk, antwoord ik.

Omdat we nog steeds in een herinneringsdroom zitten, laat ik het uitspelen.

Exozar vertrekt en Rowan speelt nog een tijdje met Frank.

Wij zouden meer moeten spelen, zegt Pom in mijn hoofd.

Ik aai zijn harige voet. *Je hebt gelijk. Zodra ik niet meer in levensgevaar ben, maken we van spelen een normaal iets.*

De deur waar Exozar door naar buiten ging, gaat weer open en er komt een nieuw persoon binnen.

De havikachtige neus en de andere gelaatstrekken komen overeen met die op het masker dat een gigantische zombie droeg toen we voor het Parlement stonden.

Natuurlijk. Dit is Keyser, Rowans verloofde.

En hij ziet er niet blij uit. Het tegenovergestelde zelfs.

Rowan draait zich om en vraagt hem iets, haar toon is speels.

Hij schreeuwt naar haar.

Haar ogen vernauwen zich, en ze schreeuwt terug.

Zijn neusgaten bewegen en hij snauwt iets — het is duidelijk een belediging.

Rowan ziet eruit alsof ze geslagen is.

Frank komt naar voren en gaat op Keyser af en ontbloot zijn zeer scherpe tanden.

Keyser schreeuwt weer en schopt het arme schepsel als een voetbal terwijl Rowan met een kreet naar voren schiet.

Frank slaat tegen de muur en glijdt in een slappe hoop naar beneden.

Poms voeten graven pijnlijk in mijn schouder.

Rowan rent naar haar pluizige vriend, haar gezicht een masker van zoveel verdriet dat ik mezelf bijna zichtbaar maak en haar een knuffel geef. Ik kan me niet eens voorstellen wat ze voelt. Als ik ooit Pom zou verliezen...

Nee, ik kan er niet eens aan denken.

Keyser ziet er niet berouwvol uit en schreeuwt nog een keer en gooit op weg naar buiten de deur dicht.

Rowan knielt naast haar huisdier, tranen stromen over haar gezicht.

"Alsjeblieft, alsjeblieft, alsjeblieft," fluistert ze in het Engels. "Wees niet dood."

Er is geen reactie van het schepsel, en van de

manier waarop Rowans gezicht betrekt, is het duidelijk dat haar smeekbede niet werd beantwoord. Ze buigt zich over het huisdier, snikt, schommelt heen en weer en mompelt een mix van Engelse vloeken en hard klinkende Necroniaanse woorden.

Dan houdt haar gesnik op en zet ze haar kaak in een koppige lijn. "Ik breng je terug," fluistert ze hees. "Het zal ons kleine geheimpje zijn."

Ze staat op, strekt haar handen uit en wijst naar het kleine lijkje. Een verblindende energiestraal schiet uit haar vingertoppen, een die er heel anders uitziet dan wat ze gebruikte toen ze de boodschapper eerder opwekte.

Frank beweegt zich.

Ze knielt weer over hem heen en aait zijn vacht, een waterige glimlach verschijnt op haar gezicht.

Franks blik is niet gefocust, maar hij is duidelijk niet meer dood.

"Godzijdank," roept Pom uit. "Ik was bang dat ze hem voorgoed kwijt was."

Gast, je sprak hardop, antwoord ik mentaal.

Rowan kijkt op van Frank en veegt de vochtigheid van haar wangen. "Is hier iemand?"

Ik overweeg of ik moet antwoorden.

"Kunnen de boeken waar zijn?" vraagt ze aan Frank. "Straft Mor me al voor mijn zonde?"

Frank antwoordt niet, maar ik heb nu mijn beslissing genomen, dus ik maak mezelf zichtbaar en schraap mijn keel.

Ze kijkt me met wilde ogen aan. "Bij Mor, waar kom jij vandaan?"

"Je droomt," zeg ik kalmerend. "Weet je nog hoe ik je in Exozars dromen zou trekken om me te helpen vertalen? Nou, hier ben ik, en ik betrapte je op het herbeleven van een pijnlijke herinnering, dat is alles."

Ze wrijft over haar voorhoofd. "Heb je alles gezien?"

Ik knik somber. "Het spijt me van Frank."

"Mij ook," zegt Pom.

Haar blik schiet naar mijn schouder en haar ogen worden groter tot komische niveaus.

Ik leg in de eenvoudigste bewoordingen die ik kan uit wat Pom is. Als ik klaar ben, kijkt Rowan me smekend aan. "Vertel alsjeblieft aan niemand wat je hebt gezien."

"Ik weet eigenlijk niet zeker wat ik heb gezien," zeg ik. "Is Frank een ongewone zombie of zo?"

Rowan bukt zich vorover en pakt het opossum- achtige wezen van de vloer. "Hij is helemaal geen zombie."

"Ik bedoelde een helper," zeg ik.

"Hij is ook niet echt een helper." Ze streelt Franks vacht. "Alleen de krachtigste dodenbezweerders kunnen doen wat ik heb gedaan, en het is ons allemaal verboden om het te doen. Meestal, wanneer we een lichaam verheffen, is de ziel — of het bewustzijn — weg van de resulterende entiteit, waardoor de dodenbezweerder de controle heeft. Maar het *is* mogelijk om met een zeer vers lijk iets anders te doen. Je brengt gewoon het leven terug zonder de controle te nemen. Het is verboden, maar ik ben een vreselijk excuus voor een dodenbezweerder." Ze kijkt naar de deur en ik krijg het gevoel dat dat een van de dingen moet zijn die Keyser tegen haar schreeuwde.

"Voor zover ik weet," vervolgt ze, "is Frank het enige wezen dat op deze verboden manier is teruggebracht. Als de anderen erachter zouden komen, dan zouden ze me vermoorden en Frank vernietigen."

Pom kijkt Frank behoedzaam aan. "Is hij nog dezelfde als voor hij stierf?"

Rowan wendt haar blik af en zet haar huisdier neer. "Er *zijn* veranderingen geweest. Maar ik praat er liever niet over."

"Het geeft niet," zeg ik voordat Pom kan aandringen. "We moeten in Exozars dromen springen."

Ik teleporteer ons naar de toren van slapers en laat Frank achter.

"Wauw." Rowan draait zich om waar ze staat, naar onze omgeving starend. "Waar is dit?"

Ik leg het zo goed als ik kan uit en vertel haar hoe het onderzoek zal verlopen.

"Wacht," zegt ze. "Dat heb je bij mij gedaan, hè?"

"We hebben elkaar net ontmoet," zeg ik onbeschaamd.

"Oké. Maar zal Exozar me niet zien? Of het horen wanneer ik voor je vertaal?"

Ik zeg mentaal, *Wat dacht je ervan om zo te praten?*

Ze ziet er niet zo geschokt uit als ik had verwacht.

"Dat is cool," is het enige wat ze zegt. "Hoor je mij hetzelfde doen?"

Pom giechelt. "Je praat nog steeds hardop."

"Ik probeerde iets," zegt Rowan defensief. "Wat dacht je ervan om me te vertellen wat ik moet doen?"

"Probeer een droom te hebben waarin je telepathisch met me kunt praten," zeg ik. "Ik zal je helpen."

Ze spant zich in totdat haar gezicht rood wordt en Pom haar behulpzaam informeert dat ze eruitziet als iemand die droomt over poepen in plaats van in gedachten te spreken.

En nu? vraagt Rowan mentaal.

Daar heb je het, antwoord ik op dezelfde manier terug. *In dromen wordt het onmogelijke mogelijk.*

Ik was de eerste die dit voor elkaar kreeg, zegt Pom.

Dat was je. Ik kietel zijn poot. *Maar gedurende de tijd dat we in Exozars dromen zijn moet je stil blijven, of je moet achterblijven. Oké?*

Afgesproken. Pom springt op mijn andere schouder.

Ik pak Rowans hand, maak ons allemaal onzichtbaar en raak Exozars voorhoofd aan.

Even later zitten we in de droom van de dodenbezweerder.

HOOFDSTUK VIERENTWINTIG

IEW. EXOZAR HEEFT EEN NATTE DROOM.

Dit is niet eng, maar ik ben weg, vertelt Pom me, en ik kan zijn poten niet meer op mijn schouder voelen.

Nou, dit is ongemakkelijk, kondigt Rowan aan.

Je meent het. De vrouw die voor Exozar op haar knieën zit, is niemand minder dan Rowan zelf.

Ze moet dat deel nu pas opmerken omdat ze eraan toevoegt, *dit is nooit echt gebeurd, maar het geeft wel een nieuwe draai aan de uitdrukking 'in je dromen'.*

Yep. Ik kan bevestigen dat dit geen herinnering is.

Omdat Exozars aandacht op de naakte Rowan gericht is, verander ik de omgeving van die van een slaapkamer naar een schaduwrijk pakhuis.

Misschien droomt hij dit omdat jij de laatste persoon was die hij zag voordat hij in slaap viel? vraag ik.

Ik denk dat hij me al een tijdje ziet zitten. Daarom opende hij zo gemakkelijk de deur voor ons. En dat is deels waarom Keyser zo jaloers was toen hij ons op die noodlottige dag betrapte. Hij moet Exozar op straat zijn gepasseerd en hebben geraden waar hij vandaan kwam.

Ik negeer wat ze vervolgens zegt, omdat Exozar van genot kreunt, wegloopt van zijn geliefde en zich aan begint te kleden.

Als hij wegkijkt van de naakte en gelukzalige droom Rowan, ruil ik haar in voor een gebroken houten mannequin.

Ik kan niet geloven dat hij die verandering niet heeft opgemerkt, klaagt de echte Rowan. *Misschien vindt hij me niet zo leuk als ik dacht.*

Dit is gewoon hoe dromen werken, stel ik haar gerust.

Ik wacht een paar tellen, maar Exozars onderbewustzijn vult geen details in. Als hij duistere gesprekken met Icelus heeft gehad, dan gebeurde dat niet op een plek als deze.

Dan bedenk ik me iets. In tegenstelling tot Rowan, weet ik van één plek waar Exozar Icelus minstens één keer zou moeten hebben ontmoet. In afwachting glimlachend, verander ik de omgeving naar de Necronia-hub — met de kloof, zombies en alles.

Nu het lastige gedeelte.

Om Exozars onderbewustzijn echt te prikkelen, laat ik een gestalte uit de poort stappen waar wij vandaan zijn gekomen. Ik geef deze mysterieuze persoon geen onderscheidende gelaatstrekken of iets dergelijks — de hoop is dat Exozar dat zal doen.

Eureka. De nieuwkomer ontwikkelt plotseling een bleek dun gezicht, een puntige kin en pikzwarte ogen.

Een andere persoon volgt hem uit de poort, dan een heleboel meer.

Ze zijn allemaal in zwart lederen outfits gekleed en ze zien er allemaal opgelucht uit als Exozar naar hen toe komt.

"Percival," zegt Exozar tegen de puntige kin en volgt het op met een Necroniaanse uitdrukking.

Percival moet de naam van die man zijn, vertaalt Rowan. *Exozar is blij om hem 'weer' te zien.*

Percival haalt een rugzak van zijn schouders en rommelt erin. Hij pakt een fles ter grootte van een liter en overhandigt deze aan Exozar met een paar woorden in het Necroniaans.

Percivals accent is nauwelijks merkbaar, zegt Rowan. *Hij zegt dat de fles vampierbloed bevat en dat hij een glas per dag moet drinken om het virus op afstand te houden.*

Huh. *Zou deze cel van Icelus vampiers kunnen zijn?* vraag ik, terwijl ik behoedzaam naar de fles kijk.

Ik betwijfel of er een vampier op deze wereld zou verschijnen, vooral als ze incognito proberen te blijven, antwoordt Rowan mentaal. *Elke dodenbezweerder die de titel waard is, zou ze van een kilometer afstand voelen. Om nog maar te zwijgen over hoeveel vampiers bang zijn voor ons vermogen om ze over te nemen en ze ons bevel te laten uitvoeren. Er is een reden waarom ze ervoor hebben gezorgd dat we niet welkom zijn op werelden zoals de aarde.*

Exozar pakt de fles en zegt iets.

Hij vraagt of vampierbloed is hoe de rest van Percivals team zichzelf in leven zal houden terwijl ze mensen infecteren, vertaalt Rowan.

In het Necroniaans sprekend blijft Percival in zijn rugzak rommelen.

Hij zegt dat zijn team allemaal pre-vampiers zijn, zegt Rowan. *Hun immuunsysteem kan dit virus voor onbepaalde tijd op afstand houden, daarom zijn ze gekozen om het te verspreiden.*

Pre-vampiers. Ik zat er niet ver naast. Ik bekijk de bleke gezichten van de nieuwkomers. *Ik neem aan dat jouw soort ze niet kan detecteren of de controle over kan nemen.*

Nee, antwoordt Rowan. *Pas als ze zijn veranderd.*

Percival geeft Exozar iets dat op een kruising tussen een spuit en een werppijl lijkt. Nadat de dodenbezweerder het apparaat heeft onderzocht, haalt Percival er nog een hoop tevoorschijn en hebben ze een kort gesprek.

Percival zegt dat het vampierbloed het moeilijk zal maken om te slapen, maar dat het voor Exozar van cruciaal belang is om na een nacht met een volle maan rond het middaguur te dromen, legt Rowan uit. *Blijkbaar zit er in die dingen een medicijn dat dit kan vergemakkelijken — het enige probleem is een bijwerking van nachtmerries.*

Ah, dus het is dat Koshmar-vergif weer, degene die je een nachtmerrie laat zien gebaseerd op wat er gebeurde vlak voordat je een dosis kreeg. Het werd door wijlen dr. Cipactli, ook bekend als de Hogepriester van de Gomorraanse Icelus-cel, op mij gebruikt. Valerian had verteld dat Icelus er veel toepassingen voor had, en hier is er een. Ik denk dat ze nu een snelwerkende versie hebben en ze deze een beetje gebruiken zoals ik van plan ben om mijn nieuwe kracht te gebruiken om mensen in REM-slaap te brengen.

Percival schreeuwt iets tegen een van zijn pre-vampiermetgezellen. De man komt naar hem toe en gaat op de grond liggen. De gizmo op zijn gezicht richtend, drukt Percival op de bovenkant van het apparaat en er ontsnapt met een sis een geurloze spray.

Het lijkt onmiddellijk in werking te treden: de ogen van de pre-vampier beginnen snel achter hun oogleden te bewegen.

Weet je, zegt Rowan, *gisteravond was het volle maan, en het is nu ongeveer middag.*

Puck. Als ze hem nodig hadden om te slapen om de reden dat ik denk —

Als om mijn zorgen te bevestigen, hoor ik de gevreesde muziek van de *Dans van de suikerfee.*

Onmiddellijk en zonder uitleg schud ik Rowan wakker. Dan doe ik hetzelfde met mezelf — en verdwijnen we net op het moment dat de Notenkraker in Exozars droom verschijnt.

HOOFDSTUK VIJFENTWINTIG

We zijn terug in Exozars slaapkamer.

Rowan ziet er gedesoriënteerd uit en gaat rechtop zitten.

"De Notenkraker. Hij zit op dit moment in zijn dromen." Ik wijs naar het hoofd van Exozar.

Valerian vernauwt zijn ogen. "Dat hint ernaar dat hij schuldig is."

"We hebben geen hints nodig," zegt Rowan. Alle tekenen van slaperigheid zijn van haar gezicht verdwenen. "We zagen dat hij een ontmoeting met de pre-vampiers van de Icelus-groep had. Hij is zo schuldig als —"

"Wacht," zeg ik terwijl ik een hand opsteek.

Er is iets mis, maar ik weet niet wat.

Fabians oren prikken. "Ik hoor schuifelende voetstappen in de andere kamer."

Tegelijkertijd begrijp ik precies wat me dwarszit.

Het is een specifiek gevoel — of gebrek daaraan.

"Exozar is wakker," roep ik uit en ik weet eindelijk wat het probleem is.

Hoewel de ogen van de dodenbezweerder nog steeds gesloten zijn, heb ik niet langer het gevoel dat hij in REM-slaap zit. De Notenkraker moet hem wakker hebben gemaakt met een schok.

Alsof ze erop hebben gewacht dat ik dat zou zeggen, komt er een handvol zombies de kamer binnenstormen, ongetwijfeld onder de controle van Exozar.

Stanislav zwaait met een vuist naar het gezicht van Exozar, maar de dodenbezweerder rolt van het bed, schreeuwt van de pijn terwijl hij op de grond valt en onder het bed rolt voordat iemand hem kan bereiken.

Ariël geeft het bedframe een harde schop. De houten structuur stort in op Exozar en we horen de dodenbezweerder kreunen van de pijn.

"Dit is niet goed," zegt Felix met een angstige stem.

Ik volg zijn blik.

Puck. Dat is een groot understatement.

Aan een van de aanvallende zombies zit dynamiet vastgebonden en een ander heeft net de lont aangestoken.

Voordat mijn leven voor mijn ogen voorbij kan flitsen, schiet Rowan veelkleurige energie naar de zombiebom. De zombie stopt waar hij is en trekt zich snel van ons terug. Een collegazombie schopt echter tegen het been van de dynamietdrager, breekt het als een takje, en een andere zombie breekt het andere been terwijl nog twee de gewonde zombiebom op de grond gooien.

"Rennen!" Rowan rent naar de deur.

Fabian grijpt Dylan, gooit haar als een zak over zijn schouder en sprint achter Rowan aan. Stanislav grijpt Felix en Itzel, en Ariël grijpt mij, we schieten uit het huis voordat ik zo veel kan denken als 'heilige uber.'

Zodra we buiten zijn, zet ze me op mijn voeten en schreeuwt ze dat ik moet rennen.

Ik begin instinctief te sprinten, stop dan en draai me om. Mijn ogen worden groot van afschuw als ik opmerk dat een lange, breedgeschouderde figuur achter me mist.

Valerian.

Hij is er niet.

Hij is nog steeds in dat huis — en er kan niet veel meer van die lont over zijn.

HOOFDSTUK ZESENTWINTIG

Ik ga weer richting het huis, maar sterke armen grijpen mijn schouders en trekken me tot stilstand.

"Laat me los!" schreeuw ik, met Ariël worstelend.

Ze luistert niet.

Na wat aanvoelt als de langste seconde van mijn leven, vliegt Valerian het huis uit.

Boem.

De explosie laat hem de lucht in vliegen.

Ik draai me uit Ariëls greep en sprint naar hem toe. Maar voordat ik bij hem kan komen, gaat hij rechtop zitten, en veegt het vuil en grind van zijn kleren.

"Gaat het?" hijg ik en ik hurk naast hem.

Hij knikt en staat op. "Ik had geluk." Hij kijkt naar het huis wat in brand staat en vloekt binnensmonds. "Daar gaat onze kans om Exozar te ondervragen."

Exozar, juist. Ik sta op en probeer mijn hectische hartslag onder controle te krijgen. Met Valerian is alles in orde. Hij heeft het gehaald. We hebben het allemaal gehaald. Toch is mijn hand onstabiel als ik mijn haar terugduw en mijn masker aanpas. Dat moment dat ik dacht dat hij het niet zou halen —

Nee, ik ga niet die kant op. Ik moet me op de situatie concentreren. Exozar moet dit met opzet hebben gedaan, zichzelf opofferend voor Icelus — of om te voorkomen dat hij voor informatie wordt gemarteld.

"Misschien kunnen we zijn lijk ondervragen?" vraag ik aan Rowan als ze naar ons toe komt. Oef. Eindelijk is mijn stem stabiel.

Ze schudt haar hoofd. "Ik heb iets van hem nodig om hem te herrijzen."

Een dodenbezweerder die in het rood gekleed is, rent langs ons heen in de richting van het huis. Achter hem staat een groep van ongeveer twintig zombies, die ook rood dragen.

"De brandweer," zegt Rowan, en inderdaad, de zombies gooien al emmers water en zandzakken naar het brandende huis.

Zodra het vuur is gedoofd, gaan we de schade beoordelen.

Er zijn geen waarneembare stukken meer van Exozar, noch kunnen we de fles met het vampierbloed vinden, of de Koshmar-spuiten, of enig ander bewijs.

Rowan schopt tegen een verkoolde en verminkte soeppan. "Ik denk dat we moeten hopen dat het Parlement ons op ons woord gelooft."

Stanislav grijpt naar zijn borst. Als hij ziet dat ik staar, trekt hij zijn hand weg.

Puck.

"Heb je hartkloppingen?" vraag ik voorzichtig.

"Geldt dat niet voor iedereen?" antwoordt hij grimmig. "We werden bijna in stukken geblazen."

Dylan kijkt hem bezorgd aan, maar negeert het voor nu.

"Laten we teruggaan naar het Parlement," zegt Valerian. "Hoe eerder we uitleggen wat er is gebeurd, hoe eerder we terug kunnen gaan."

Ervan uitgaande dat we terug *kunnen* gaan. Ik zeg het echter niet, omdat het duidelijk is uit ieders grimmige gezichten dat ze hetzelfde denken.

Terwijl we naar het Parlementsgebouw lopen, vertel ik iedereen wat Rowan en ik hebben ontdekt.

"Het verbaast me niet dat Icelus pre-vampiers achter de verspreiding van het virus laat zitten," zegt Valerian. "Vampiers en pre-vampiers haten de dodenbezweerders, dus ze hebben een extra motief om deze specifieke wereld te willen vernietigen."

"Laten we hopen dat de haat wederzijds is," zegt Ariël. "Het zou de kans kunnen vergroten dat het Parlement voor ons achter Icelus aangaat, ook al kunnen we geen bewijs leveren."

"Oh, het is wederzijds," zegt Rowan. "Maar mag ik een domme vraag stellen? Wat is Icelus eigenlijk?"

Valerian vertelt haar over Collywobbles en dat Icelus een organisatie is die hem aanbidt, terwijl de

Overgenomenen mensen zijn die door hem zijn overgenomen terwijl ze een zeer specifieke nachtmerrie droomden. Hij waarschuwt haar om mensen geen dromen met haar te laten delen.

"We moeten dat advies naar zoveel mogelijk Andere Werelden verspreiden", zegt Felix. "Over nachtmerries praten kan net zo onbeleefd worden als het pronken met je teennagelschimmel aan de eettafel."

Dylan grinnikt. "Ik zal dit de volgende keer dat ik hem in mijn dromen zie aan Maxwell vertellen. Ervan uitgaande dat hij niet zelf tot dezelfde conclusie is gekomen."

We betreden het Decagoonplein en marcheren het Parlementsgebouw binnen.

"Doe de helpermaskers af en de kleding uit," zegt Rowan. "Ze vinden de vermommingen misschien niet prettig."

We gehoorzamen en laten alles in de gang achter voordat we de vergaderzaal binnengaan.

Rowan wandelt naar het midden van de kamer en vertelt vol vertrouwen haar verhaal.

Keyser begint onmiddellijk te schreeuwen, terwijl Shegan met een kalmere stem spreekt. De rest van het Parlement zit er ergens tussenin. Wanneer de meest vocale parlementsleden kalmeren, spreekt Rowan nog wat meer, en de reacties herhalen zich.

"Mijn aanstaande man heeft duidelijk zijn middagdutje nog niet gedaan," zegt Rowan tegen ons wanneer het Parlement weer tot rust komt. "Hij is prikkelbaarder dan een cactus."

Dylan rolt met haar ogen. "Wat ze probeert te zeggen is dat hij ons niet gelooft, en haar ook niet."

"Shegan gelooft het wel," zegt Rowan. "Een aantal van de anderen misschien ook."

Ik vind het niet prettig waar dit heen gaat.

"Waarom zouden we liegen?" vraagt Ariël geïrriteerd. "En nog belangrijker, waarom zou je zo'n verhaal verzinnen?"

"Vergeet het opgeblazen huis niet," zegt Felix.

Rowan zucht. "Ik heb al die punten naar voren gebracht. Laten we hopen dat dat ons helpt als ze stemmen."

Ik wist het.

Nog een stemming.

Schiet me nu maar neer.

HOOFDSTUK ZEVENENTWINTIG

Keyser staat op van zijn stoel.

Ik knars met mijn kiezen.

Een lange tweede seconde gaat voorbij.

Keyser kijkt verward om zich heen.

Geen enkel ander lid van het Parlement is opgestaan.

Rowan grijnst van oor tot oor en zegt iets in Necroniaans.

Keysers reus stort terug in zijn troon en er volgen gedurende een paar seconden monologen. Dan hangen zijn ledematen levenloos, alsof een poppenspeler de controle over zijn marionet heeft opgegeven.

Rowan rolt met haar ogen en richt zich tot de andere reuzen.

Shegan geeft haar een kort antwoord en ze gaan een paar minuten over en weer.

"Laten we gaan," zegt Rowan tegen ons en loopt naar de deur.

"We worden niet gedood, toch?" vraagt Itzel.

Rowan wacht tot we in de gang zijn. "We worden niet alleen niet gedood," zegt ze trots, "maar nadat Keyser zijn woedeaanval had gehad en was vertrokken, kreeg ik de kans om namens jullie te onderhandelen."

"Ze heeft hen ertoe gebracht om van Icelus hun topprioriteit te maken." Dylan kijkt Rowan goedkeurend aan. "Ze gaf ze vervolgens een aantal verstandige quarantaineprocedures om te volgen terwijl ze op de remedie wachten, en ze gaf ons zelfs toegang tot de persoonlijke voorraden van het Parlement voor onze reis."

Rowan laat haar zombies de deuren voor ons openhouden en nadat we zijn vertrokken, zegt ze, "Ik neem aan dat we zonder te stoppen naar de hub willen reizen?"

Dylan richt haar ogen op Stanislav. "Tijd staat niet aan onze kant."

Knikkend leidt Rowan ons naar een opslagfaciliteit, waar ze bijzonder sterk uitziende zombies rekruteert en ons een vlotachtig platform geeft dat twee keer zo groot is als het platform dat Nulen gebruikte om ons naar Necropolis te brengen.

Ze legt het platform neer in een nabijgelegen tuin en vraagt ons naar voedselvoorkeuren. Tot mijn opluchting knippert ze niet eens met haar ogen bij mijn verzoek om overvloedige hoeveelheden van het bananenachtige fruit en gedestilleerd water.

"Kun je ons ook echte bedden bezorgen in plaats van de gebruikelijke zombieopstandingen die onderweg voor meubels doorgaan?" vraagt Valerian. "Of op zijn minst één echt bed, voor Bailey."

Geweldig. Ik begin als een prima donna te klinken.

Rowan heeft ook geen probleem met dit verzoek, en dankzij de zombiewerkkracht, vertraagt het verkrijgen van de bedden en stoelen ons maar een paar extra minuten.

Uiteindelijk hebben we alles, zelfs een leren luifel voor de zombies om boven ons hoofd te houden in geval van regen.

Rowan geeft ons een sprekende blik. "Als je niet graag op een po gaat die door een helper wordt vastgehouden, gebruik dan nu de faciliteiten en doe je best om niet te veel te drinken."

"Ze heeft het tegen jou," fluistert Felix en knipoogt samenzweerderig naar me.

Ik knijp in zijn zij en veroorzaak een luid geschreeuw, maar ik maak wel gebruik van de nabijgelegen toiletten, zoals geadviseerd.

Iedereen gaat op zijn stoel zitten en we gaan op weg.

Terwijl we door de straten van Necropolis navigeren, volgen dodenbezweerders ons met nieuwsgierige ogen. Na een paar minuten zien we een dode vogel langs de kant van de weg, het soort dat zombieversterkingen voor Nulen hadden gebracht toen we voor het eerst op Necronia aankwamen.

"Arm ding," zegt Rowan en ze schiet met veelkleurige energie op het dode wezen.

De vogel vliegt omhoog en gaat op het platform naast Rowan zitten, vlak naast Frank.

Ik moet toegeven, haar kracht is best nuttig.

"Je hebt het daar geweldig gedaan," zegt Valerian tegen Rowan wanneer we door de Necropolis-poorten gaan en ons een weg banen door de zombiemuur die de stad omringt.

Ze lacht. "Dank je. Ik moet toegeven, ik heb geprobeerd om aan jullie goede kant te komen voordat ik om een gunst zou vragen."

We kijken haar allemaal met verschillende mate van behoedzaamheid aan.

"Jullie hebben allemaal Keyser ontmoet." Ze springt uit haar stoel en begint op het houten platform te ijsberen.

Ik trek mijn neus op. "We hebben het ongenoegen gehad om kennis met hem te maken, ja."

"Nou, niet met hem trouwen is voor mij geen optie," zegt ze. "Naar een andere wereld met dodenbezweerders verhuizen ook niet. Ze zijn allemaal met Necronia bevriend en zouden me voor een grote jongen als Keyser lokaliseren." Ze stopt met ijsberen en kijkt me smekend aan. "Ik hoopte dat je een goed woordje voor me zou kunnen doen bij de autoriteiten op aarde, zodat ik zou mogen emigreren."

Huh, oké. Ik kijk naar Valerian. "Als iemand dat zou kunnen laten gebeuren, dan zou jij het zijn."

Hij fronst naar Rowan. "Dat is een enorme vraag. Waarom onderhandelde je niet over je vrijheid van Keyser toen je met het Parlement sprak?"

Ze bekijkt het hout aan haar voeten. "Het gaat niet alleen om het huwelijk. Ik ben verwend geraakt toen ik op aarde leefde. Ik zou je uren kunnen vervelen door over alle vrijheden te praten die ik zou willen hebben, maar als ik eerlijk ben, wil ik net zo graag verhuizen omdat ik van alles op de aarde hou — haar menselijke culturen, het internet, muziek, films, videogames..."

"Geen enkele dodenbezweerder heeft ooit mogen doen waar je het over hebt," zegt Valerian. "Vampiers zijn een krachtige stem onder de Cognizanten op aarde. En ze leven zo'n lang leven, sommigen van hen hebben grieven met jouw soort uit persoonlijke ervaring."

Ze zucht. "Ik wist dat het een gok was."

Ik maak een mentale notitie om namens Rowan met Valerian te praten. Ik mag haar, en haar verzoek lijkt me niet zo onredelijk — behalve voor het deel waar ze naar de aarde wil, in plaats van een meer beschaafde wereld, zoals Gomorrah.

Rowan gaat weer zitten en we rijden een tijdje op de mooie weg zonder te praten. Ik moet er even tussenuit zijn geweest, want als ik me weer op het pad voor me concentreer, zie ik een groep mensen in de verte.

Ik spring uit mijn stoel en ga naar Rowan toe. "Wat denk je dat daar aan de hand is?" vraag ik, naar de menigte knikkend.

Onze zombievogel neemt vlucht en duikt naar beneden om de nieuwkomers te bekijken — en terwijl dat gebeurt, fronst Rowan.

"Het is Keyser," zegt ze. "Hij wacht daar met een delegatie krijger-helpers. We zouden kunnen proberen eromheen te gaan, maar het is misschien verstandiger om te horen wat hij te zeggen heeft."

Valerian staat al op en tuurt aandachtig naar het obstakel. "Denk je dat het Parlement van gedachten is veranderd?"

"Dat betwijfel ik." Rowan laat de zombievogel aan haar voeten landen. "Dit gaat misschien alleen over mij — in dat geval ga ik vrijwillig met hem mee en dring er dan bij het Parlement op aan om jullie met grote spoed een dodenbezweerdersgids toe te wijzen."

Ik wil haar niet aan die dieren vermoordende bruut teruggeven, maar aan de andere kant kan een vertraging Stanislav zijn leven kosten.

Te oordelen naar de uitdrukkingen van mijn vrienden, hebben ze vergelijkbare gedachten.

We gaan verder richting Keyser en zijn helpers, en het is pas als we vlak naast hen zijn dat ik besef dat hij hier helemaal niet voor Rowan is.

Ik realiseer me ook dat we in grote problemen zitten.

Het zijn Keysers ogen.

Ze hebben dat veelbetekenende magma in zich — net als die van de rest van de Overgenomenen.

HOOFDSTUK ACHTENTWINTIG

Puck. Hij moet dat dutje genomen hebben dat Rowan kort had genoemd en er nooit goed uit ontwaakt zijn. Exozar — of een van Icelus — moet de virale nachtmerrie met hem hebben gedeeld, en hier zijn we dan.

"Misschien kan hij in die staat zijn krachten niet gebruiken?" zegt Felix met trillende stem.

Dat geluk hebben we niet. Zijn krijgerzombies — grote, vlezige individuen — mobiliseren en haasten zich naar ons toe.

Valerian stapt naar voren en beschermt me met zijn lichaam. "Mijn illusies werken niet," zegt hij gespannen. "Hij kijkt door zombie-ogen, als een gewone dodenbezweerder."

Rowans zombies laten ons rijplatform naar de grond zakken en ze haasten zich naar Keysers troepen.

Het wordt al snel duidelijk dat we een tweeledig

probleem hebben met deze vorm van verdediging: we hebben om te beginnen minder zombies, en elk van Keysers grotere exemplaren is er twee, zo niet drie, van ons waard.

Zombiearmen worden uit hun gewrichten gescheurd en er worden zombiehoofden mee ingeslagen. De geluiden van scheurend vlees en brekend bot zijn misselijkmakend, net als de aanblik van al het bloed.

Dylan verheft haar stem om boven het lawaai te worden gehoord. "Keyser uitschakelen is onze enige optie."

Rowan grijnst en mompelt, "Mevrouw Hoe duidelijk wil je het hebben, doet het weer." Maar ze laat haar dode vogel vlucht nemen en naar het hoofd van Keyser vliegen.

Ik kijk met ingehouden adem toe. Als dit werkt, dan winnen we.

Helaas schiet Keyser op de vogel met zijn dodenbezweerdersmojo, en het ding vliegt terug naar ons. Rowan schiet weer op de vogel en neemt hem over. Keyser worstelt de controle terug — en ze blijven over en weer gaan.

"We moeten hem afleiden," zegt Dylan.

Fabian trekt zijn broek uit voordat hij in een enorme wolf verandert. Zijn shirt scheurt in het proces in stukken, maar hij springt al met sierlijke wolfu-aangedreven bewegingen in het strijdgewoel van de zombies.

De vlezige zombies zwermen om hem heen — en betalen er duur voor.

"Hij zal er te lang over doen om erdoor te komen," zeg ik. "Itzel, kun je je ding doen?"

Er vormt zich een bliksembal in Itzels handen en hij vliegt naar Keyser.

Een vlezige zombie gooit zichzelf voor zijn meester en vangt het projectiel in de borst.

Itzel gooit nog een bliksembal.

Een andere zombie offert zichzelf op.

In de verte verzamelt zich een menigte. Te oordelen naar hun kleding, zijn ze menselijk, dus ik betwijfel of ze ons zouden helpen, zelfs als ze dat zouden willen. In feite, gezien het feit dat onze vijand in het Parlement zit, is er een grotere kans dat ze *hem* zouden helpen als ze konden.

Itzel schiet weer zinloos.

Fabians klauwen scheuren door Keysers zombies als gerecycled vloeipapier, maar er is er maar één van hem en tientallen van hen.

"Ben je in staat om te vechten?" vraagt Valerian aan Stanislav.

Met een reeks Russische vloeken snelt de chort naar voren. Hij veroorzaakt lang niet zoveel schade als de weerwolf, maar wanneer een zombie naar hem uithaalt, vinden ze onstoffelijkheid waar vlees zou moeten zijn.

"Kun je met de Mordamvogel afrekenen?" schreeuwt Rowan naar Ariël.

Ariël knikt grimmig.

Rowan stopt het dodenbezweerdersgetouwtrek van de vogel en richt haar vingers op een bijzonder gespierde zombie in de buurt van Keyser.

Haar plan is duidelijk, ze gaat proberen Keysers eigen zombie hem knock-out te laten slaan.

De vogel duikt op Rowan af.

Ariël springt met supersnelheid en kracht de lucht in en pakt de vogel aan zijn staart.

Pucking puck. De veren trekken uit de staart van de vogel en blijven in de hand van Ariël achter terwijl de snavel van de vogel tegen Rowans voorhoofd slaat.

Ariël vloekt bitter als Rowans ogen achter in haar hoofd rollen en ze instort.

Dylan sprint ernaartoe en knielt naast de dodenbezweerder. Frank, Rowans zombie huisdier, sist naar Dylan, maar laat haar dicht bij zijn meesteres komen.

Keyser laat de vogel weer omhoogvliegen, maar Ariël springt op en grijpt hem weer, dit keer aan de zijkant. Niet in staat om met zijn vleugels te klapperen, blijft de vogel waar hij is. Het uitstel duurt maar een seconde. Keyser schiet één voor één op onze zombies en ze beginnen van kant te wisselen.

"Geef me dat ding," blaft Valerian naar Ariël, en dat doet ze — maar de vogel is zo groot en sterk dat ik Valerian moet helpen om hem geïmmobiliseerd te houden. Hijgend worstel ik met zijn klauwende voeten terwijl hij zijn vleugels in toom houdt, waardoor hij niet kan vliegen.

In de tussentijd lanceert Itzel nog een bliksembal die een zombie voor zijn meester vangt. Itzel zakt zelf in elkaar, omdat ze haar kracht te veel heeft gebruikt.

Ariël springt van het platform het gevecht in, maar naarmate meer en meer van onze zombies van kant wisselen, hebben zij, Fabian en Stanislav het moeilijker om ze op afstand te houden.

Er springen tien zombies op ons platform.

Felix rent met zijn vuisten omhoog naar hen toe, en wordt onmiddellijk knock-out geslagen.

Valerian en ik wisselen een grimmige blik uit, laten de stomme vogel los en nemen vechthoudingen aan.

De vogel vliegt in de richting van Keyser. Een zombie sluit de afstand tussen ons en haalt uit naar mijn hoofd. Ik buk en geef een onberispelijke uppercut tegen de kaak van mijn tegenstander. Mijn knokkels prikken, maar de zombie vertoont geen teken dat hij de klap heeft gevoeld.

Een andere zombie sluit zich aan bij het toch al hopeloze gevecht. Ik omzeil haar stoot en haal uit naar de benen van de eerste zombie. Hij springt over mijn been en pakt mijn rechterhand. Zijn vriend doet hetzelfde met mijn linkerhand.

Niet goed.

Een derde zombie valt me aan en trekt mijn masker af. Ik slik lucht in, alleen om te beseffen dat het masker de stank van de strijd enorm heeft gedempt. Kokhalzend probeer ik niet te hyperventileren terwijl de zombie mijn masker naar beneden gooit en erop stampt totdat het bijna nutteloos is.

Ik zwaai heen en weer en schop naar mijn tegenstanders. Twee zombies duiken op mijn benen af, grijpen ze vast en houden ze op hun plaats. Aan mijn linkerkant slaat Valerian een zombie op het hoofd met een arm die hij van een andere aanvaller moet hebben afgerukt. Een armloze zombie — vermoedelijk de eigenaar van Valerians geïmproviseerde club — slaat met zijn resterende hand naar Valerian.

Nog een dozijn zombies vallen Valerian aan en ik verlies hem een paar angstaanjagende seconden uit het oog. Het enige wat ik hoor zijn plofjes vlees die vlees slaan. Ik vecht harder. Om de een of andere reden is de gedachte dat hij omkomt oneindig veel erger dan de gedachte dat ik in deze puinhoop sterf.

Sommige zombies schuiven opzij en ik zie hem — gebruind en gehavend, maar levend. Mijn adem ontsnapt van opluchting. Twee zombies houden zijn linkerarm vast en drie zijn rechter, waarbij elk van zijn benen ook door een paar zombies vastgehouden wordt.

Voor een man zonder bovennatuurlijke snelheid of kracht, houdt hij zich zeker staande.

De zombie die mijn masker vernietigde, haalt uit naar Valerian en geeft zijn masker dezelfde behandeling. Puck. Het stelen van de maskers is opzettelijk.

Er is een vlaag van beweging van waar Dylan boven Rowan staat, maar voordat ik kan zien wat er daar gebeurt, blokkeert een schaduw de lucht en trekt mijn aandacht.

Ik kijk zo ver mogelijk omhoog en ontwricht bijna iets in mijn nek.

Het is de vogel, en hij heeft Keyser in zijn klauwen.

Puck. Hij heeft een manier gevonden om Fabian, Stanislav en Ariël te omzeilen.

De vogel zet Keyser voor me neer en we kijken elkaar aan.

Mijn hartslag schiet omhoog.

Zijn ogen zijn niet alleen vurig. Ze zijn omrand met bloederige tranen.

Wie van hem een Overgenomene heeft gemaakt, heeft er ook voor gezorgd dat hij besmet is met het virus.

Ik trek aan de zombiehanden die me met hernieuwde kracht vasthouden, maar ik kan net zo goed proberen een betonnen muur te verplaatsen.

Keyser sluit de kleine afstand die er tussen ons was, maakt een walgelijk haviksgeluid in zijn keel en spuugt een grote prop slijm recht in mijn gezicht.

Ik krimp reflexief ineen, sluit mijn ogen en voel de kleverige vloeistof elke centimeter van mijn gezicht bedekken. Mijn maag draait zich om en mijn huid prikt alsof het van mijn lichaam weg wil kruipen. Dit is erger dan de duik in het riool waar ik bijna werd opgegeten. Ik vind dit zo smerig dat ik denk dat ik misschien in shock raak, van het type dat mensen krijgen als ze een ledemaat verliezen.

Ik open mijn oogleden op tijd om Keyser weer naar me te zien spugen. Het landt op mijn kin en druppelt naar beneden en stuurt een golf van gal door mijn keel.

"Een pijnlijk einde voor jou, kind van Soma," zegt Keyser met een blije stem, terwijl hij de kleine hoop doodt die ik had dat de bloedspatten onder zijn ogen niet het symptoom van het virus was.

HOOFDSTUK NEGENENTWINTIG

Voordat ik van de smerige aanval kan herstellen of zijn woorden kan verwerken, wendt Keyser zich tot Valerian, die een stevig gevecht aangaat met de zombies die hem proberen vast te pinnen. Als ik me de bedoeling van Keyser realiseer, stroomt al het bloed uit mijn gezicht.

"Nee!" schreeuw ik — op hetzelfde moment dat Keyser hetzelfde vreselijke haviksgeluid maakt en in Valerians onbeschermde gezicht spuugt.

"Ik ben jou ook niet vergeten," zegt de dodenbezweerder glunderend.

Mijn hartslag nadert de lichtsnelheid en mijn zicht is rood van woede. Ik span me in tegen de zombiehanden die me op zijn plaats houden, maar tevergeefs.

Als ik los was, dan zou ik Keyser met mijn blote handen in kleine stukjes scheuren. Dat zou ik echt doen.

Door een waas van woede vang ik nog een teken van beweging in de buurt van Dylan.

Het is Rowan. Ze zit rechtop en kijkt om zich heen, haar blik wazig.

Als ze Keyser ziet, schiet ze veelkleurige energie op een van de zombies die Valerians rechterarm vasthoudt. Die zombie laat Valerian los en slaat een vuist in Keysers gezicht.

De vogel neemt vlucht en duikt naar Rowan. Ze schiet er dodenbezweerdersenergie op, terwijl haar zombie Keyser in zijn maag slaat. Er suist hoorbaar lucht uit Keysers longen.

Ondertussen rukt Valerian aan zijn gedeeltelijk bevrijdde rechterarm en draait hem uit de greep van de andere zombies. Met een moorddadige blik in zijn ogen slaat hij Keyser tegen zijn slaap.

De vogel komt naar voren, grijpt Keyser met zijn klauwen en neemt vlucht. Als ze zo'n tien meter van de grond af zijn, schiet Keyser met zijn energie op de vogel. Als Overgenomene lijkt hij zich niet bewust van pijn te zijn, waardoor hij onmogelijk snel kan herstellen.

Rowan schiet ook op de vogel en trekt de controle lang genoeg weg om de vogel te dwingen zijn klauwen te openen. Keyser stort naar beneden. Met een wanhopige draai in de lucht neemt hij de vogel over en laat hem achter zich aan vliegen, maar Rowan steelt de vogel terug en laat hem omhoogvliegen.

Ze pingpongen zo totdat Keyser met een luide plof

op zijn rug landt, zijn armen en benen in onnatuurlijke posities gespreid.

Schokkend genoeg leeft hij op de een of andere manier nog steeds en heeft hij de controle over zijn zombies.

Frank verlaat Rowan voor het eerst sinds het begin van de strijd en haast zich naar Keyser en bedekt het gezicht van de dodenbezweerder met zijn harige lichaam. Keysers armen moeten te gebroken zijn om zich te bewegen, omdat hij daar gewoon ligt als het opossumachtige schepsel hem langzaam in de vergetelheid smoort.

Nu Keyser zich er niet mee kan bemoeien, neemt Rowan de zombies om ons heen over. Ze begint met degenen die Valerian vasthouden. Zodra hij vrij is, rent hij naar me toe en trekt de handen van de zombies weg die me vasthouden.

"Bedankt," zeg ik hijgend, wanneer de laatste zombie van me af is.

"Hier." Valerian trekt zijn mouw eraf, veegt het ranzige spuug van mijn gezicht en houdt het hygieia-apparaat er drie keer zo lang boven.

In mijn ooghoek zie ik Rowan de zombies overnemen waar onze vrienden tegen vechten. Mijn volledige aandacht gaat echter uit naar Valerian. Hij reinigt zichzelf op dezelfde manier, trekt me dan naar zich toe en houdt me stevig vast, zijn sterke handen strelen mijn rug alsof ik zijn kat ben.

Ik ben dankbaar voor de vriendelijkheid. Hoewel ik

voornamelijk gevoelloos ben, voel ik de afschuw geleidelijk naar binnen kruipen en sla ik mijn armen om Valerians middel en druk me harder tegen hem aan.

Een flits trekt mijn aandacht en ik draai me om in Valerians omhelzing om Fabian terug te zien in zijn menselijke vorm — en hij is helemaal naakt. Terloops lokaliseert hij zijn broek op het platform en komt naar ons toe om te zien hoe het met de rest van ons gaat.

Ik stap uit de omhelzing van Valerian en begin naar Felix toe te gaan, maar Ariël controleert hem al.

"Het gaat goed met hem," zegt ze, als ze mijn bezorgde gezicht ziet.

"Met haar ook," meldt Stanislav, terwijl hij bij de nog steeds bewusteloze Itzel knielt.

Ariël, Fabian en Stanislav lijken, afgezien van enkele kleine snijwonden en blauwe plekken, ook ongedeerd te zijn.

Fabian tuurt met een frons in de verte. "We kunnen beter gaan. De toeschouwers komen hierheen."

En inderdaad, de mensen die de strijd van veraf aan het bekijken waren, beginnen dichterbij te komen.

Rowan, die een zombie heeft die haar helpt overeind te komen, kijkt de naderende menigte met een sombere uitdrukking aan. "Frank," roept ze. "Genoeg!"

Zich van het gezicht van Keyser losmakend, snelt haar huisdier zich naar Rowan en hij lijkt een zelfvoldane uitdrukking op zijn harige gezicht te hebben.

"Is hij dood?" vraagt Ariël, terwijl ze naar Keyser kijkt.

In plaats van te antwoorden, schiet Rowan met haar dodenbezweerdersenergie op Keyser en zijn ogen gaan weer open.

De vurige gloed is weg.

"Oh, mooi," zegt Ariël. "Het zou klote zijn als een lijk zelfs nadat hij een zombie was geworden, een Overgenomene bleef."

Rowan lijkt zich in te spannen, maar zombie-Keyser lijkt niet op te kunnen staan.

"Te gebroken," zegt ze tussen haar tanden door. Ze laat dan een paar zombies het lijk van Keyser oppakken en op het platform plaatsen waar we ons allemaal hebben verzameld. De rest van haar helpers tillen ons platform op en beginnen te rennen, waardoor de menigte mensen achter ons blijft.

Na een paar minuten komt Itzel bij, net als Felix, en Ariël en Dylan geven wat eerste hulp.

Terwijl ik dit allemaal in me opneem, staat Valerian naast me en streelt mijn rug — wat misschien de enige reden is dat ik het bij elkaar hou.

"Ik begrijp iets niet," zegt Ariël, terwijl ze van Keyser naar Frank kijkt. "Waarom heeft hij je huisdier niet overgenomen om zichzelf te redden?"

Rowan ziet er ongemakkelijk uit en deelt niettemin het geheim over Frank — hoe ze het meest heilige taboe van haar soort doorbrak en een atypische zombie met vrije wil heeft gecreëerd.

"Oh, nu snap ik het," zegt Felix met een flauwe

glimlach. "Frank is een afkorting voor Frankenstein, nietwaar?"

"Dat zou betekenen dat ik mijn creatie vrees en haat," zegt Rowan. "Maar ik hou van mijn fuzzy-wuzzy."

"Hou dit alsjeblieft geheim," zeg ik tegen iedereen. "Als de rest van de dodenbezweerders erachter komen, is Rowan de sigaar."

"Oh, daar is het toch te laat voor," zegt Rowan. "Ik heb mijn verloofde vermoord. Een lid van het Parlement. In het bijzijn van getuigen. Ik ben al meer dan de sigaar."

"Je hebt zijn lichaam." Ariël knikt naar het gereanimeerde lijk van Keyser. "Geen lichaam, geen misdaad."

"Nee, ik ben zo goed als dood," zegt Rowan. Ze loopt dan naar haar stoel en stort er in neer.

"Ik wil je niet nog meer onrust bezorgen, maar je kunt maar beter uit de buurt blijven van Bailey en Valerian," zegt Dylan zachtjes tegen Rowan. "Ze kunnen besmet zijn."

Kunnen besmet zijn. Mijn hart slaat een slag over en mijn benen beginnen te trillen terwijl ik ondiepe ademhalingen naar binnen zuig. Ik heb heel hard geprobeerd niet over de implicaties na te denken dat mijn masker weg is en dat speeksel wat op mijn gezicht is beland, maar ik kan het niet langer negeren.

"Ssst, niet in paniek raken." Valerian trekt me naar zich toe, maar ik begin alleen maar erger te beven, en kort daarna pakt hij me op en draagt me naar het bed dat het verst weg is van dat van Rowan.

Ik ga in een bal op mijn zij liggen.

"Het komt goed," zegt Valerians stem in mijn oren. Hij moet zijn kracht gebruiken om het te laten klinken alsof het door een koptelefoon komt.

Als ik de wil kon oproepen om te spreken, dan zou ik hem zeggen dat het pucking niet goed komt.

Hij kan besmet zijn.

Ik kan besmet zijn.

Die twee gedachten zoemen rond in mijn hoofd als boze bijen.

Valerian mompelt geruststellende woorden die ik negeer. Op een gegeven moment moet hij moe worden van het praten en gaat naast me liggen, en slaat zijn armen om me heen.

Uiteindelijk verman ik mezelf genoeg om op te staan en mezelf te dwingen een paar stukjes fruit te eten. Ik denk dat ik nog steeds gevoelloos ben, en ik hoop dat te blijven.

Terwijl ik terug naar mijn stoel sjok, zie ik Stanislav. Hij houdt zijn buik vast en gooit een stuk gedroogd vlees van het platform.

"Wat is er aan de hand?" vraag ik.

Hij haalt zijn schouders op. "Dodenbezweerdersvoedsel is niet goed voor mijn spijsvertering."

Voordat ik verder kan pushen, draait hij zijn rug naar me toe en stampt hij naar de andere kant van het platform.

Ik laat hem gaan, hoewel ik niet geloof wat hij zei. Niet nadat ik hem eerder zijn borst zag vasthouden. De symptomen van het virus zijn, op volgorde, tranen van bloed, hartkloppingen, maagklachten en paarsrode huid.

Hij lijkt drie van de vier te hebben gehad.

Is het mijn verbeelding of is zijn huid zelfs al een beetje paars?

Ik haast me naar Valerian. "Kun je je krachten gebruiken om ons privacy te geven?"

"Ga op je stoel zitten," zegt hij en ik gehoorzaam.

Hij zegt Itzel dat ze ver bij ons vandaan moet blijven en gaat dan in zijn eigen stoel zitten. Plotseling verandert onze omgeving. Ik zit in dezelfde stoel, maar in het midden van een prachtige tuin vol met planten uit zowel Gomorrah en de aarde.

"Nu kunnen de anderen ons niet horen," zegt hij. "Tenzij je wilt dat ik iemand naar binnenhaal, dan wel."

Ik haal diep adem om kalm te worden. "Ziet Stanislav er voor jou paarsrood uit?"

Valerian kijkt in de richting van de kersenbloesemboom, zijn voorhoofd fronst. "Misschien."

"Kun je Dylan naar binnenhalen?" Ik buk me en pak een narcis. De bloem heeft de textuur en geur van het echte werk. Soms vergeet ik hoe indrukwekkend Valerians kracht echt is. Als ik deze bloem in een droom zou maken, dan weet ik niet zeker of ik hem zoveel details zou kunnen geven.

Een seconde later verschijnt Dylan in de tuin met

ons, haar stoel staat naast me, ook al staat hij in de echte wereld ongeveer zes meter verderop.

Ik vertel Dylan over mijn observaties van Stanislav, en ze ziet er steeds somberder uit terwijl ik alle symptomen opsom die ik heb waargenomen.

"Ik ben bang dat je gelijk hebt," zegt ze. "Zijn infectie lijkt te zijn gevorderd."

Valerians handen knijpen in de armleuning van zijn stoel. "Hoelang heeft hij nog?"

"Hangt in het algemeen van het chort-immuunsysteem af en het zijne in het bijzonder," zegt ze. "Ik weet zeker dat de inspanning van onze recente strijd niet heeft geholpen."

"Hebben we het over uren, dagen of weken?" pusht Valerian.

Dylan friemelt met haar masker. "Ik denk niet dat hij Gomorrah zal halen. Ik hoop dat de remedie eenvoudig te maken is, zodat ik het op de wereld kan maken waar we Maxwell hebben ontmoet. Het ziekenhuis naast de hub daar heeft een primitief lab."

Poms vacht is pikzwart op mijn pols terwijl ik hem aai om mezelf te kalmeren. "Ik dacht dat de remedie nog niet was ontwikkeld," zeg ik zachtjes en probeer niet aan de paniek toe te geven die in mijn borst klopt.

Ze zucht. "Ze hebben vooruitgang geboekt. De knapste koppen zitten erop. Hopelijk hebben ze het af tegen de tijd dat we het nodig hebben."

Dat zijn veel levensgevaarlijke uitkomsten die alleen op hoop berusten.

Hoewel ik het eigenlijk liever niet weet, vormt mijn mond de woorden. "Hoe zit het met ons?"

Valerian kijkt me scherp aan. "Weet je zeker dat je erover wilt praten?"

"Ik weet het liever," lieg ik.

"Vertel het ons dan zoals het is," zegt Valerian tegen Dylan. "Ik heb de blik op je gezicht gezien toen je Rowan vertelde dat we mogelijk besmet zijn. Je pokerface is waardeloos."

Dylan bloost. "Het spijt me. Ik wilde gewoon niet dat iemand in paniek zou raken. De trieste waarheid is dat jullie een enorme virale lading hebben ontvangen. Tenzij jullie immuunsysteem als dat van een pre-vampier is, zul je binnenkort symptomen gaan vertonen."

Ik bedek mijn gezicht met mijn handen terwijl mijn zorgvuldig gevoede gevoelloosheid plaats maakt voor ongebreidelde existentiële angst.

Ik ben er nog niet klaar voor om dood te gaan.

En ik ben er nog minder klaar om Valerian te laten sterven.

"Bedankt, Dylan," zegt hij. Zijn stem lijkt van een afstand te komen. "Ga nu maar slapen, oké? We willen het moment niet missen waarop Maxwell in je probeert te droomwandelen."

"Begrepen," antwoordt ze, en als ik mijn handen laat zakken, is Dylan weg en staat Valerian met een onleesbare uitdrukking op zijn gezicht naast me.

Er stroomt woede, scherp en irrationeel, door me

heen. "Hoe kan jij er zo goed onder zijn?" eis ik, opspringend. "Waarom flip je niet?"

Hij geeft me een scheve grijns. "Ik ben natuurlijk ook aan het flippen. Het hebben van de kracht van illusie helpt echter als je probeert er cool uit te zien." Als om zijn woorden te benadrukken, verschijnt er een stijlvolle zonnebril op zijn gezicht en zijn onopvallende reisoutfit verandert in een strak lichaamspak.

Een onwillige glimlach trekt aan mijn lippen. "Die outfit is meer sexy dan cool, weet je."

Hij grijnst naar me. "Zolang het je afleidt van ziektekiemzorgen, wat maakt het uit?"

Tot mijn verbazing leidt het me af. Zijn gezicht is al zo lang bedekt door het masker, dat ik het effect dat het op me heeft, was vergeten. Nu komt het allemaal keihard terug.

Wacht, wat denk ik in vredesnaam? Gaat mijn lichaam in een soort van 'voortplanting voor de dood'-modus? Het is duidelijk dat als je net zo verstoken ben van seks als ik, je prioriteiten niet op orde zijn.

"Er is meer dat we kunnen doen om je af te leiden," zegt hij, alsof hij mijn gedachten leest.

Ik staar naar zijn lippen en lik dan langzaam aan de mijne.

Zijn blik wordt donkerder en hij grijpt mijn hand vast en trekt me dichterbij.

Ik staar hem aan en ga met mijn vinger over zijn sensuele lippen. "Is dit de echte jij?"

"Een illusie," zegt hij hees. "Ondanks wat Dylan zei,

is er altijd een kleine kans dat ik ziek ben en jij niet. Ik zou het mezelf nooit vergeven als ik je zou besmetten."

Ik ben pervers teleurgesteld.

Hij leunt voorover en kust me. Hard.

Al mijn verontrustende gedachten verdampen als ik terug kus, mijn kern verandert in een geothermische bron terwijl zijn tong over mijn lippen streelt.

Hijgend laat ik mijn tong met de zijne dansen.

Of doe ik dat wel?

Ik trek me terug. "Je voelt dit niet echt, hè?"

Zijn sexy lippen komen omhoog. "Het is leuk om *jou* dingen te laten voelen. Trouwens, als ik je *echt* zou proeven, dan kan mijn vermogen om de illusie te behouden in gevaar komen."

Is dat een compliment? Het voelt zeker als een compliment.

"Waarom nemen we dit niet mee in de droomwereld?" Ik bijt op mijn onderlip. "Ik wil dat jij ook dingen voelt."

Zijn neusvleugels trillen. "Betekent dit dat je me hebt vergeven?"

Ik verstijf, ik was de wrok tot nu toe vergeten.

Heb ik hem vergeven? Ik denk het wel. Het lijkt kleinzielig om vast te houden aan woede gezien het gevaar waarin onze levens zich op dit moment bevinden — en alles wat hij heeft gedaan om me veilig te houden. Eigenlijk, als ik eerlijk ben, heb ik hem waarschijnlijk al vergeven toen hij de eerste keer dat hygieia-apparaat voor me gebruikte.

Er komt een andere gedachte bij me op. Heb ik mijn

wrok gebruikt om niet over mijn gevoelens voor hem na te denken? En wat zijn die gevoelens precies?

Nee, ik ben te overweldigd om over *die* vervelende vraag na te denken.

Zich realiserend dat hij op mijn antwoord wacht, zeg ik zachtjes, "Ik denk dat ik je heb vergeven." Als ik zijn arrogante glimlach zie, voeg ik er snel aan toe, "Maar ik wil nog steeds over Soma weten, vooral gezien —"

"Dat gedeelte over kind van Soma dat Keyser naar je uitspoog?" Zijn gezicht is nu ernstig. "Daar heb ik ook over nagedacht."

"En heb je het uitgevogeld?" vraag ik, zonder de moeite te nemen om de gretigheid in mijn stem te verbergen.

"Ik heb heel weinig van mijn herinneringen mogen behouden." Hij ziet eruit alsof het hem pijn doet om elk woord uit te spreken. "Alles wat met Soma te maken heeft, is geheim, dus als je het wilt verlaten en naar de Andere Werelden wilt gaan, zoals ik deed, dan is de prijs de herinnering aan Soma. Alleen een krachtige droomwandelaar kan een zwart raam breken, en de krachtigste van jouw soort woont op Soma, waardoor dit een perfect beveiligingssysteem is." Hij pauzeert en kijkt me aan. "Nou ja, bijna."

"Dus in een van die ramen zitten al je herinneringen aan Soma?" vraag ik verbijsterd. "Als in, je hele jeugd?"

"Ook mijn jongvolwassenheid," zegt hij met een huivering. "Maar bedenk eens hoe effectief het systeem is. Zelfs als ik zou worden gemarteld, dan zou ik niets over mijn thuis kunnen onthullen — niet dat ik dat zou doen. Ik mag me herinneren hoeveel ik ervan hield... en hoe graag ik het veilig wil houden."

Hij ziet eruit alsof hij pijn heeft, dus knijp ik in zijn hand — dat wil zeggen, totdat ik me realiseer dat hij dat ook niet kan voelen.

"Ik heb twee zwarte ramen gezien," zeg ik zachtjes. "Als de ene Soma is, hoe zit het dan met de andere?"

Hij trekt zijn hand weg. "Ik weet het niet. Het is duidelijk een belangrijk geheim, maar er zijn geen hints achtergelaten over wat het is."

"Misschien weet je meer als je je herinneringen aan Soma terugkrijgt?"

"Mogelijk. Ik heb echt geen flauw idee."

Ik raak hem — of zijn illusoire vorm — weer aan. "Waarom verwijder je de illusie niet en zal ik je echt aanraken, waardoor je in REM-slaap komt?"

Hij zucht. "Je moet rusten. Dus waarom spreken we niet het volgende af: ik ga slapen, en jij ook. Dan, als je op natuurlijke wijze droomt, breken we het Soma-raam."

"Ik weet niet of ik in slaap kan vallen met alles wat er is gebeurd," zeg ik.

Hij lacht berouwvol. "Daarom wilde ik je goed motiveren om te rusten."

"Gemeen. Waar is mijn bed?"

"Daar."

Het bed materialiseert zich in het midden van een bloemenweide, omringd door tweeënveertig verschillende soorten dahlia's. Ik loop op mijn tenen over de bloemen heen alsof ik ze echt kan breken. Als ik op het bed ga liggen en mijn ogen sluit, streelt het geluid van de zachte branding van de oceaan mijn oren.

"Wat als de Notenkraker me deze keer komt vermoorden?" vraag ik zonder mijn ogen te openen.

"Ik heb Fabian al gesproken," antwoordt de wind met Valerians stem. "Hij zal je indien nodig overmeesteren."

Goed dan. Ik doe mijn best om mijn ademhaling te kalmeren. De geur van zoute oceaanlucht spant samen met de zoete geur van bloemen om me te kalmeren.

Het duurt een uur of zo, maar uiteindelijk val ik in slaap.

HOOFDSTUK DERTIG

MET MIJN ARMEN UITGESTREKT, VLIEG IK IN DE LUCHT op Gomorrah, terwijl ik onderweg wolkenkrabbers ontwijk.

Wacht eens even. Wanneer heb ik leren vliegen? Dit moet een droom zijn.

Ik controleer mijn pols. Yep. Pom zit er niet.

Ik stop mijn vlucht en ga naar mijn droompaleis.

Pom is hier, zijn vacht is vrolijk paars.

"Hé, maatje," zeg ik. "Hoe gaat het met je?"

Ik vertel hem niet dat onze levens in gevaar zijn, maar er is een kans dat hij het weet via het onbevoegd in mijn hoofd rondsnuffelen.

"Ik ben net klaar met wat blootstellingstherapie." Zijn vacht wordt bruin. "Het gaat elke keer beter en beter."

Oef. Hij heeft het gevaar nog niet opgepikt. "Uitstekend. Wat dacht je ervan om er nog wat meer aan te werken terwijl ik een reis naar Valerians dromen maak?"

"Wil je privacy?" vraagt hij, terwijl de punten van zijn oren een jaloerse groene kleur krijgen.

"Het is niet wat je denkt," zeg ik, hoewel ik hoop dat we wel wat tijd vinden voor waar Pom op doelt. "Ik probeer een geheim van Valerian te weten te komen, en als hij je ziet, kan hij schichtig worden."

Poms vacht krijgt een lichtoranje tint. "Maar je zult me wel het geheim vertellen, hè?"

"Dat zal ik doen," zeg ik plechtig.

"Tenzij het smerig of eng is," zegt hij.

"Tuurlijk. Ik betwijfel echter of dat zo zal zijn."

Hij knikt, zijn oren flapperen en ik teleporteer naar de toren van slapers, meteen in Valerians nisje.

Hij is hier. Het is nu of nooit.

Ik druk mijn lippen op de zijne om contact te maken en duik erin.

———

Valerian is met een droomversie van mij aan het zoenen. Ze geeft zich helemaal, en hij ook. We zijn in zijn slaapkamer en allebei de ramen zijn zwart — waarvoor ik hier ben.

"Geweldig werk met de droom," zeg ik nadat ik genoeg heb gezien. "Ze zeggen dat als je iets oefent terwijl je slaapt, je er in de echte wereld beter in wordt."

Hij kijkt me aan — een tweede versie van mij vanuit

zijn perspectief — en herstelt met een recordsnelheid van zijn verbazing. "Denk je dat ik hier beter in moet worden?"

"Nee. Je bent een seksgod," zegt zijn droomversie van mij met een zwoele stem.

Hoewel jaloezie in dit geval om meerdere redenen geen zin heeft, vind ik het nog steeds pervers plezierig om haar te laten verdwijnen.

Valerian ziet er vaag teleurgesteld uit. Hij slaakt een zucht en wijst naar het zwarte raam dat het dichtst bij ons in de buurt is. "Dat is degene met de herinneringen aan Soma. Het is een van de weinige dingen die ik weet."

Ik loop naar het raam in kwestie.

"Wacht," zegt hij. "We willen het raam breken, zodat ik de herinneringen terug krijg als je klaar bent."

"Ik heb geen idee hoe ik dat moet doen," zeg ik.

"Ik wel." Hij komt naar me toe en pakt mijn hand, zijn aanraking geeft me warme tintelingen, zelfs in de droomwereld. "Neem me gewoon mee als je erin gaat."

Oh. Dat kan ik wel. Denk ik.

Ik laat ons allebei door het raam vliegen en hij knijpt in mijn hand terwijl ik contact maak met het zwarte glas.

Ik duik in ijzig zwart water.

Er worden meteen twee problemen duidelijk.

Ten eerste is er een touw om mijn middel

gewikkeld. Het bevestigt me aan een gammele boot, waarin een bewusteloze Valerian zit. Dit moet het neveneffect zijn van hem met me meeslepen.

Wat nog zorgwekkender is, is de grootte van het waterlichaam om ons heen. Het is ofwel een zee of een kleine oceaan — ik kan in geen enkele richting een kust zien. De laatste keer dat ik door zoiets probeerde te zwemmen, verdronk ik, en die keer hoefde ik geen boot met Valerian mee te slepen.

Aan de andere kant zou ik nu krachtiger moeten zijn. Misschien kan dat me een voorsprong geven?

Ik probeer mijn krachten te gebruiken, dwing mezelf om lichter dan water te worden, zodat ik kan drijven. Dit werkte eerder niet en nu ook niet. Ik wil de boot als een ballon laten vliegen, maar dat doet het niet.

Oké. Ik zal op de ouderwetse manier zwemmen.

Ik zwem voor wat voelt als een uur met een vrije slag, schakel dan over naar een schoolslag en zwem nog wat meer. Ik kan de kust nog steeds niet zien. Het touw maakt het lastig om een rugslag te doen, dus ik schakel over naar vlinderslag en zwem een tijdje op die manier.

Na wat voelt als een dag, doet elke spier pijn en de irritatie van de brandwonden van het touw knoeit met mijn concentratie.

Ik blijf zwemmen. Het wordt een meditatie, met mijn bewegingen als mantra. De ene arm na de andere. Ik denk alleen aan zwemmen. En zwemmen. En zwemmen. Mijn ademhaling wordt moeizamer, maar de kust is nog steeds nergens te bekennen.

Een deel van me wil opgeven en zinken, maar ik kan het niet. Als ik dat doe, dan word ik uit de droomwereld geschopt en zijn mijn krachten uitgeput. Wat nog belangrijker is, ik wil meer over Soma leren en Valerian zijn vermiste jaren teruggeven.

Op een gegeven moment worden de uitputting en pijn ondraaglijk, maar dan, tot mijn verbazing, krijg ik een tweede stoot energie.

Zijn het mijn nieuwe krachten die beginnen te werken? Misschien heb ik de balans van zuurstof in mijn lichaam gemanipuleerd om op de een of andere manier de verzuring in mijn spieren tegen te gaan. Of misschien heb ik net een manier gevonden om de endorfineproductie in mijn hersenen te stimuleren. Wat het ook is, ik klaag niet.

Ik zwem en zwem en zwem, en eindelijk zie ik in de verte een kust.

Terwijl ik lucht inadem, trap ik harder en negeer het feit dat de afstand die ik nog heb groter is dan welke ik ook heb geprobeerd om in eerdere zwarte ramen te zwemmen.

Net als ik eerder deed, herinner ik mezelf aan een eenvoudige waarheid: mijn spieren scheuren niet echt in stukken. Ik mis geen zuurstof. Mijn spieren zijn niet verzuurd, en het touw dat in mijn taille snijdt is niet echt. Dit is slechts een droomconstructie die het voor zwakkere droomwandelaars moeilijk maakt om toegang te krijgen tot de vergrendelde herinneringen.

Dat laatste helpt me op te vrolijken. Ik ben met de boost die ik heb gekregen zeker niet zwak.

De extra energie houdt tot halverwege mijn wanhopige sprint naar de kust stand. De pijn keert terug, oneindig veel erger, en mijn kracht verdwijnt. Toch weiger ik op te geven. Ik zwem alsof mijn leven ervan afhangt.

Alsof ik verdrink.

Dan verschuift er iets. Mijn armen en benen bewegen zonder mijn bewuste controle. Ik begin als een haai door het water te snijden en houd dit tot aan de kust vol.

Mijn voeten raken het zand en de oceaan om me heen verdwijnt.

Ik bevind me op een bekende open plek in het bos bevolkt door buitenaardse bomen, sommige lijken op koraalriffen, andere op baobabs. De surrealistische, met bossen gevulde hemel is ook bekend en impliceert dat deze planeet — of het ruimteschip — een pretzelvorm is in plaats van een bol. Of, zoals Itzel het uitdrukte, het is een structuur gemaakt van twee tegengesteld draaiende cilinders die bekend staan als de O'Neill-kolonie.

Deze open plek is ook de plek waar mam Asha heeft vermoord.

Als ik twijfels had of ik op Soma ben geboren, dan zijn ze nu weg.

Afgezien daarvan zijn er hier twee Valerians, en een van hen ziet er merkbaar jonger uit dan de mijne. De jonge Valerian is shirtloos — het staat hem geweldig — en hij vecht met een lange, opvallende vreemdeling, terwijl de gewone Valerian vlak naast me staat en vol ontzag naar het tafereel kijkt.

"Ik kan niet geloven dat ik dit ben vergeten," mompelt hij. "Ik weet dat zwarte ramen zo werken, maar nu ik hier ben, is het moeilijk te geloven dat ik me dit niet kon herinneren."

"Waarom vecht je tegen deze man?" vraag ik.

"Ik zou nooit tegen Kojo vechten," zegt hij met een flauwe glimlach. "We zijn gewoon aan het sparren."

Kojo. Waar heb ik die naam eerder gehoord? Ik krijg geen kans om het te vragen omdat de herinnering verandert.

Deze keer zijn Valerian en Kojo jonge tieners, die allebei een baobabachtige boom beklimmen.

Aha. Net als in mams zwarte raam, komen de herinneringen in willekeurige volgorde op ons af. Wat anders is, is dat deze herinnering zich snel afspeelt, zoals een enigszins versnelde video. Of misschien zijn de jongens gewoon snelle klimmers?

"Is het niet gevaarlijk om zo snel te klimmen?" zeg ik tegen de volwassen Valerian, die weer naast me staat. "Of is hier iets anders aan de hand?"

"De herinneringen zullen versnellen als mijn aanwezigheid de integriteit van het zwarte raam in gevaar brengt," zegt hij. "Wat ik wil weten is hoe ik me deze feitjes al kan herinneren. Ik denk niet dat ik dit wist voordat we begonnen."

"Integriteit?" vraag ik terwijl Kojo en tiener Valerian de top bereiken en op een dikke tak gaan zitten.

"Op een gegeven moment zal het zwarte raam breken," zegt mijn Valerian. "Daarna worden we eruit gegooid en heb ik de herinneringen terug."

Ik begin te antwoorden, maar de herinnering verandert weer.

Valerian ziet eruit als twee of drie, en is zo schattig als een peuter kan zijn. Zijn oceaanblauwe ogen zijn twee keer zo groot als hun huidige grootte, en zijn engelengezicht vertoont al een vleugje van de opvallende kenmerken van de volwassen Valerian.

Een vrouw houdt de peuter vast en je hoeft geen genie te zijn om te weten dat het zijn moeder is. Haar liefdevolle uitdrukking en hun gelijkenis maken dat duidelijk.

"Dit is mijn vroegste herinnering aan haar," fluistert mijn Valerian eerbiedig. "Ik denk dat ze op het punt staat te zingen."

Dat doet ze, en zelfs versneld, is het lied mooi en sereen. Al snel beginnen de oogleden van peuter Valerian te hangen en de herinnering verandert weer.

We zijn in een pijnlijk vertrouwde kamer.

Volwassen Valerian kijkt naar de mensen hier, en ik ook.

De jonge Valerian is ongeveer zes, en Kojo ook. Tot mijn schrik herken ik ze allebei op deze leeftijd. Ik heb ze in een ander zwart raam gezien — dat van mijn moeder.

Maar wat me het meest verbaast, is de aanblik van de twee meisjes die met de jongens spelen.

Een identieke tweeling.

Bailey en Asha.

Kleine ik en mijn dode zus.

HOOFDSTUK EENENDERTIG

Mijn ouders zijn er ook. Ik denk dat ik mams herinnering aan deze gebeurtenis heb gezien. De jonge Valerian was er; ik wist alleen nog niet dat hij dat was. Op dat moment dacht ik dat de jongen me bekend voorkwam.

Mijn adem stokt in mijn borst.

Valerian en ik kenden elkaar als kinderen. In de herinnering van mijn moeder speelde ik veel met hem.

Ik denk dat ik had moeten verwachten dat dit het geval zou kunnen zijn. Hij komt uit Soma. Ik had het vermoeden dat ik uit Soma kom. De mogelijkheid dat we elkaar in het verleden kenden, was er.

Ik wend me tot de volwassen Valerian, die met open mond naar de scène staart. "De eerste keer dat we elkaar ontmoetten, dacht ik al dat je me bekend voorkwam."

Hij knikt en kijkt nog steeds verbijsterd. "Ik voelde

hetzelfde. Ik heb het je zelfs verteld, weet je nog?" Hij richt zijn blik op de kleine ik. "Ik moet je hebben herkend, zelfs met het zwarte raam dat de herinneringen blokkeerde."

Ik kijk ook naar mijn jongere zelf.

Waarom kan *ik* me dit niet herinneren?

Ik kijk naar mijn moeder voor antwoorden, maar dat is nutteloos. Net als in haar versie van deze gebeurtenis, houdt ze gewoon de hand van mijn vader vast.

Ik richt mijn aandacht op de andere volwassenen in de kamer. Een man komt me bekend voor, net als toen ik dit voor het eerst in mama's raam zag.

Nu begrijp ik waarom dat zo is.

"Dat is je vader, hè?" Ik wijs naar de man. "Davu?"

Valerian knikt, zijn kaak staat strak. "Dat is hem."

"Het spijt me, Davu. Ik denk niet dat er een keuze is," zegt mijn vader terwijl ik me op het gesprek van de volwassenen afstem. "De voorspelling —"

"Was vaag," zegt Davu afwijzend. "Als —"

Kleine Valerian trekt aan zijn mouw. "Pap, mogen Bailey en ik naar de tuin?"

Davu knikt en de kleine ik en de jongen rennen de kamer uit en de herinnering stopt.

Deze nieuwe herinnering is van een verjaardagsfeestje.

Valerian, Kojo, mijn tweelingzus en ik spelen samen met nog een dozijn kinderen.

Ik volg de gebeurtenissen nauwelijks, deels omdat ik nog steeds aan het bijkomen ben van wat ik net heb ontdekt, en deels omdat de herinnering nog sneller wordt afgespeeld.

"Ik dacht dat je ouder was dan ik," zeg ik tegen de volwassen Valerian als er een nieuwe herinnering begint, een waarin hij zijn voortand verliest en als een schat in een klein doosje stopt.

"De tijd gaat op Soma sneller dan op Gomorrah," zegt hij. "Aangezien ik daar langer ben gebleven dan jij, leef ik al langer."

Er begint nog een andere herinnering, nu beweegt iedereen komisch snel. Daarin spelen Kojo, Valerian, Asha en ik verstoppertje en schreeuwen in versnelde chipmunk-stemmen.

Dan komt er een herinnering aan een begrafenis voorbij. "Mijn ouders," legt Valerian uit als ik hem vragend aankijk. "Het enige wat ik over mijn familie mocht onthouden was de naam van de groep die verantwoordelijk was voor hun dood." Zijn stem wordt heser. "Icelus."

De volgende herinnering gaat in een oogwenk voorbij en toont Kojo, Valerian, Asha en ik die blootsvoets buiten rennen.

"Het raam staat op het punt te breken," zegt Valerian, en er flitsen twee herinneringen voorbij in de tijd die hij nodig heeft om die zin af te maken. In het ene geval straft zijn vader hem ergens voor, en in het andere spelen hij en Kojo een sport waarvan de regels met deze snelheid onmogelijk te achterhalen zijn.

De volgende twaalf herinneringen gaan zo snel voorbij dat ik alleen maar snapshots zie. In de ene kust hij mijn vijfjarige zelf op de wang; in de andere houdt hij haar hand vast.

Geen wonder dat ik op hem reageer zoals ik doe. Hij was waarschijnlijk mijn eerste verliefdheid.

De wereld explodeert om ons heen en schudt me wakker.

Ik open mijn ogen in de echte wereld. Ik moet een tijdje geslapen hebben. Het was nog dag toen ik in slaap viel, maar het is nu zonsopgang.

Herinnerend wat ik net heb ontdekt, spring ik overeind.

Valerian komt al naar me toe, met zijn haar in de war en zijn ogen wild. "Ik herinner me alles."

Iets in zijn ogen stopt me waar ik ben.

Hij heeft druppeltjes rood vocht bij zijn traanbuisjes.

Tranen van bloed.

Ik wil schreeuwen, maar er komt geen geluid van mijn lippen.

Valerians gezicht wordt asgrauw.

Kan hij het vreselijke nieuws op mijn gezicht zien?

Maar nee. Hij wijst naar mijn ogen en ik weet waar hij naar kijkt zonder dat hij iets zegt.

Ik wrijf tegen de vochtophoping in de hoeken en kijk naar mijn trillende hand.

Er zit bloed aan mijn vingers. Net als Valerian heb ik bloederige tranen.

De schreeuw die ik onderdruk, wordt luider.

Valerian draait zich naar de andere kant van het platform. "Dylan!"

Ze rent naar ons toe, ziet onze ogen en bevriest. "De enorme virale lading," fluistert ze. "Ik hoopte dat ik het mis had over de implicaties."

"De remedie," blaft Valerian. "Weet je hoe je het moet maken?"

Ze krimpt ineen. "Maxwell zegt dat ze er bijna zijn, maar nog niet."

"Ga weer slapen en zeg hem dat hij een vampier ons in een nabije wereld moet laten ontmoeten," beveelt Valerian. "Dat of een persoon met een pot vampierbloed."

Dylan bijt op haar lip. "Ik denk dat ik weet waar je naartoe wilt en ik heb slecht nieuws. De experts op Gomorrah hebben veel tests op dieren uitgevoerd die besmet waren met het virus van Maxwell. Wanneer er vampierbloed wordt gegeven voordat er symptomen optreden, wordt het begin van de symptomen vertraagd. Maar als het wordt ingenomen nadat de symptomen zijn opgetreden, dan versnelt vampierbloed de progressie van de ziekte. Er is een reden waarom ze extreem dure genezers hebben die Maxwell in leven houden."

Valerians handen veranderen in vuisten. "We hadden Isis of een andere genezer aan deze expeditie moeten laten deelnemen."

Dylan trekt zich terug. "Isis weigerde, weet je nog?"

"Ik had haar met geweld kunnen meeslepen," gromt hij. Hij haalt diep adem en zegt op een kalmere toon, "Heb je tips om de progressie van de ziekte te vertragen?"

Dylan ziet er onzeker uit. "Iets dat kan helpen, is om het rustig aan te doen. Zoals we met Stanislav hebben gezien, verlaagt jezelf moe maken de afweer van je lichaam."

"Juist," zegt hij, terwijl hij nu al rustiger klinkt. "Wanneer kun je weer gaan slapen?"

"Ik ben net wakker geworden," zegt ze. Bij het vernauwen van zijn ogen voegt ze er snel aan toe, "Bailey kan haar krachten gebruiken om me op elk moment in REM-slaap te brengen."

"Bailey gaat het rustig aan doen," zegt Valerian. "Wat dacht je ervan om wat oefeningen te doen om jezelf te vermoeien, dan een zware maaltijd te eten en een siësta te proberen?"

"Tuurlijk, dat kan ik doen," zegt Dylan. "Ik heb Maxwell gewaarschuwd om —"

"Het spijt me dat ik stoor," zegt Felix met een ernstige uitdrukking. "Er is iets dat jullie moeten zien."

Hij wijst naar het bed van Stanislav.

Ik kijk ernaar — en zou meteen willen dat ik het niet had gedaan.

Stanislavs huid is diep paars met slechts een vleugje rood. Met gesloten ogen, slaat hij als een man bezeten door een demon met ADHD om zich heen.

Binnensmonds mompelt hij iets in het Russisch, maar het enige woord dat ik herken, is Murzik, de naam van zijn kitten.

"Hoelang is hij al zo?" vraagt Valerian. Zijn stem wordt hees terwijl hij naar de arme chort loopt.

Ik volg hem met lood in mijn schoenen.

"Weet ik niet," antwoordt Felix en voegt zich bij ons. "Ik zag het net."

Rowan, Ariël, Fabian en Itzel rennen ook naar ons toe en ontkennen dat ze iets weten wanneer Valerian dezelfde vraag naar hen blaft.

Stanislavs geseling vertraagt en hij begint iets in het Russisch te jammeren.

"Het doet pijn," vertaalt Felix, zijn stem is gepijnigd. "Hij kan het niet meer volhouden."

Ariël grijpt Stanislavs pols. "Vecht ertegen. Je bent een chort. Wat is een miezerig virus voor jou?"

"Kan ze ziek worden door hem aan te raken?" fluister ik in Dylans oor.

"Niet volgens Gomorraanse experts," fluistert Dylan terug. "Haar masker zal haar veilig houden."

Stanislav stopt met slaan. Binnen een paar seconden stopt hij ook met jammeren.

"Het spijt me," zegt Rowan, haar uitdrukking is plechtig. "Het is voorbij. Ik kan het voelen."

Ariël lijkt dat niet te accepteren. Ze controleert Stanislavs pols — alleen wordt zijn dode lichaam spookachtig en verdwijnt in haar greep, niets achterlatend, zelfs zijn kleren niet.

Ze trekt zich geschrokken terug en Felix legt een hand op haar schouder en knijpt zachtjes. "Chorts faseren een laatste keer als ze sterven."

HOOFDSTUK TWEEËNDERTIG

VALERIAN DRAAIT ZICH NAAR DYLAN, ZIJN GEZICHT EEN masker van woede. "Het is in één nacht gebeurd. Je zei dat hij het tot de volgende wereld zou redden!"

Dylan wankelt achteruit. "Dat hoopte ik. Het spijt me."

Fabian stapt tussen Valerian en Dylan, zijn uitdrukking is grimmig. "We zijn allemaal van streek," gromt hij. "Laten we niet vergeten dat het Icelus is waar we boos op zijn."

Valerian laat zijn gebalde vuisten los. "Ik bedoelde niet... Dit is veel om te verwerken."

Dat kan je wel zeggen. Tijdens onze reis was ik Stanislav aardig gaan vinden. Hij was helemaal niet zoals ik had verwacht dat de beruchte chorts zouden zijn — op een goede manier.

"Felix," zeg ik onstabiel, terugdenkend aan toen ik in Stanislav had gedroomwandeld. "Je moet het zijn vriendin vertellen."

"Natuurlijk," mompelt Felix.

Een druppeltje van iets glijdt over mijn wang — waarschijnlijk bloed — maar ik controleer het niet. "Zorg ervoor dat je haar vertelt om goed voor het kitten te zorgen. Ze zal begrijpen wat dat betekent."

Felix knikt somber.

"Er zal voor haar gezorgd worden," zegt Valerian. "Voor hen allebei."

Ariël kijkt om zich heen. "Wil iemand iets zeggen?"

Fabian draait zich om naar het nu lege bed. "Ik zal beginnen. Ik ken Stanislav van..." En terwijl hij doorgaat, drukt de realiteit van alle kanten op me.

Dit is een grafrede.

Stanislav is weg.

Mijn hart knijpt pijnlijk in mijn borst, mijn emoties gaan alle kanten op. Verdriet is er zeker, maar er is ook een flinke dosis schuldgevoel. Er is een egoïstisch deel van me dat het overlijden van Stanislav om de verkeerde redenen betreurt: nu zien we hoe onzeker de situatie van Valerian is. En die van mij.

"Je moet rusten," Valerians stem dringt door mijn mentale mist heen.

Hij pakt me bij mijn elleboog en leidt me weg van de geïmproviseerde begrafenis. Zodra mijn achterste boven de rand van het bed zweeft, begeven mijn knieën het. Ik beland in een ongemakkelijke positie, maar het kan me niet schelen.

Valerian zit naast me en geeft me een berenknuffel.

Zijn geur en warmte zorgen voor een klein beetje

opluchting — dat wil zeggen, totdat ik mezelf toesta om mijn situatie echt te beoordelen.

Ondanks een leven van obsessief gebruik van hygieia en desinfectiemiddel, van het opofferen van aanrakingen, kussen en zelfs knuffelen, ben ik ziek geworden. En niet alleen ziek. Geïnfecteerd met een dodelijk virus waarvoor nog geen remedie bestaat.

Phobetor is echt de god van de nachtmerries. Hij heeft een manier gevonden om mijn ergste nachtmerrie werkelijkheid te laten worden.

En wat een nachtmerrie is het. Ik kan bijna voelen dat het virus zijn onheilige genetische instructies in mijn cellen loslaat. Ik kan voelen dat mijn cellen overweldigd raken en voor de vijand beginnen te werken, enzymen creëren die de indringer helpen meer kopieën van zijn walgelijke zelf te maken. Ik kan me nieuwe kopieën van het virus voorstellen dat uit de cellen scheurt als nachtmerrieachtige wezens uit de *Alien*-film. Zelfs als ik dit denk, vallen er meer cellen ten prooi. En nog veel meer. Tot —

"Kijk me aan," eist Valerian.

Ik beweeg gehoorzaam mijn blik naar zijn gezicht.

"Alles komt goed." De woorden klinken meer als een bevel dan als een geruststelling.

Ik slik de enorme brok in mijn keel weg. "Hoe kan het in vredesnaam goed komen?"

"Dylan zal het recept voor de remedie in haar volgende droom krijgen," zegt hij zelfverzekerd. "Het zal gemakkelijk zijn om te maken. We zullen ons naar de volgende wereld haasten en ze zal daar de remedie maken, geen probleem."

Ik staar in zijn oceaankleurige ogen. "Als je probeert voor een ziener door te gaan, dan moet je waarzeggerij schunniger zijn."

Hij legt een vinger op zijn slaap en zegt met schijnconcentratie, "Ik zie je in een ander bed. Er is gekreun. Er is een vijver in de buurt."

Ik glimlach zwakjes. "Dat visioen is niet zo mysterieus. Er is een vijver in je appartement op Gomorrah."

Hij leunt naar voren, zijn ogen glinsteren. "Het verandert niets aan het feit dat er gekreun is in je toekomst." En terwijl hij de resterende afstand sluit, drukt hij zijn lippen op de mijne.

Heilige puck. Ik kus in de echte wereld — en het is magisch. Verbazingwekkend genoeg konden bacteriën en virussen niet verder van mijn gedachten zijn. In plaats daarvan zijn al mijn zintuigen op hem gericht, op de manier waarop zijn lippen voelen, hoe zijn adem warm en vaag zoet is... hoe angstige vlinders in mijn maag nu in een paringsdans met hun vleugels klapperen.

Ik verdiep de kus, pak zijn hand en schuif hem onder mijn shirt.

Hij verstijft en trekt zich terug.

Ik kijk hem verward aan.

"Dat kunnen we niet doen," zegt hij hees.

"Je kunt ons privacy geven met je krachten," protesteer ik.

"Dat is het niet. Je hebt rust nodig, en verder gaan zou precies het tegenovergestelde zijn."

Verder gaan.

Is dat wat ik wil?

Ongelooflijk, maar ja. Helemaal ja.

"Waarom ga je niet even liggen," zegt hij. "Ik ga kijken of Rowan haar zombies wat meer kan versnellen."

"Maar — "

Hij staat al op zijn voeten en loopt weg.

Ugh. Stomme Dylan en haar advies om rustig aan te doen. Als het virus me doodt, dan zal ik echt boos zijn dat ik het moment toen niet heb aangegrepen.

Mijn hart fladdert nog steeds als een blad in een tornado en ik haal een paar keer kalmerend ademhalingen — hoewel ik eigenlijk een koude douche nodig heb.

Mijn hartslag blijft hoog ondanks de ontspanningspoging.

Wacht eens even. Zijn hartkloppingen geen symptoom?

Nee. Echt niet. Te vroeg. Trouwens, op die manier ligt er nog een paniekaanval.

Ik kan mezelf beter afleiden — en ik weet precies wat ik moet doen.

Ik strek me uit op het bed, raak Poms vacht aan en ga de droomwereld in.

Zodra ik in mijn droompaleis verschijn, verlaat ik mijn lichaam, kalmeer mijn hartslag, en spring er weer in.

Pom verschijnt voor me, zijn uitdrukking is ingetogen.

Ik ben hierheen gekomen om eerlijk tegen hem te zijn, maar hij weet misschien al iets.

"Is alles goed?" vraagt hij in plaats van zijn meestal vrolijke hallo.

"Dat is het niet," zeg ik en vertel hem over de virussituatie.

Terwijl ik praat, wordt zijn vacht zwart.

"Het spijt me," zeg ik als ik klaar ben. "Achteraf gezien ben ik een vreselijke gastvrouw."

De punten van Poms oren worden rood. "Dat is stom. Zelfs met het virus in gedachten, zou ik niet de symbiont van iemand anders willen zijn."

"Bedankt." Ik pak hem van de vloer en druk hem tegen mijn borst. "Aan de andere kant heeft dit virus me laten zien hoe een echte parasiet is. Ik had je nooit iets anders moeten noemen dan een symbiont."

Pom wiebelt met zijn oren. "Ik heb geprobeerd het je te leren."

"Dat heb je gedaan," zeg ik. "En nu vertel ik je hoe ik me echt voel."

Hij wurmt zich uit mijn greep en landt gracieus op de grond. "Hoe zit het met Valerian? Heb je *hem* verteld hoe je je voelt?"

Ik aarzel en schud dan mijn hoofd. "Dat weet hij vast wel."

"Hoe? Ik denk dat zelfs jij het niet weet."

Ik zucht geërgerd. "Wat maakt het uit als we allebei
— "

"Je kunt soms zo dom zijn." Zijn vacht is nu
dieprood. "Soms maak ik me zorgen dat ik te veel van
je hersenen gebruik."

Ik vernauw mijn ogen tot spleetjes. "Wat bedoel je,
mijn hersenen gebruik?"

Zijn boze rode tint verandert in een schuldige
bietenkleur. "Nou, ja. Ik heb niet echt mijn eigen hoofd
in de echte wereld, of wel?"

"Dat heb je niet, maar — "

"Als onderdeel van onze symbiotische band met de
moofts, lenen we wat hersencellen om ons bewustzijn
te kunnen uitbreiden. Later stimuleren we
neurogenese om te compenseren voor de — "

"Weet je wat, ik denk niet dat ik het wil weten." Ik
sla mijn armen over elkaar. "Vertel me één ding... Als ik
tegen je praat, praat ik dan tegen mezelf?"

"Mijn neuronen hebben een zeer beperkte
interactie met die van jou." Zijn vacht is een
caleidoscoop van kleuren. "Ik ben een aparte entiteit,
die toevallig dingen met je deelt."

"Ja," zeg ik sarcastisch. "Dingen zoals mijn bloed en,
zo blijkt, mijn hersenen."

"Ik dacht dat je het wist. Hoe dacht je dat ik je
krachten kon gebruiken? Of je gedachten kon
opvangen?"

Ik knijp in de brug van mijn neus. "Je moet het deel
van mijn hersenen hebben gestolen dat
verantwoordelijk was voor het stellen van die vragen."

"Zoals ik al zei, neurogenese — "

"En zoals ik al zei, ik weet de details liever niet. Zullen we in plaats daarvan een spelletje spelen?"

Als ik zie hoe snel hij een gelukkig paars wordt, voel ik me schuldig dat ik hem dit niet vaker heb aangeboden.

Beter laat dan nooit.

We spelen elk spel waar ik ooit van heb gehoord, bedenken er zelf een paar en spelen die.

"Ik ben moe," zegt hij nadat ik hem drie keer heb verslagen bij onze nieuwste uitvinding: boter, kaas en eieren, maar op een driedimensionale reeks cellen, met behulp van kittens en puppy's in plaats van rondjes en kruisen.

"Wat dacht je ervan om te rusten?" zeg ik. "Ik zat eraan te denken om al mijn klanten een gratis therapiesessie te geven."

"Slim," zegt Pom wijs. "Ze zeggen dat het helpen van anderen je een beter gevoel kan geven."

"Fijn hoor. Dus altruïsme is egoïstisch."

Hij grijnst en doet zijn Cheshire-kat-verdwijning.

"Ik zou me beter kunnen voelen, dat is zeker," mompel ik en ik teleporteer naar de toren van slapers.

Natuurlijk. Net als ik in een goed humeur ben, ligt geen van mijn patiënten te slapen.

Goed dan.

Ik ga naar de herinneringsgalerij en herschep mijn eerste kus in elk sappig detail. Als ik het virus overleef, dan is dit een ervaring waar ik keer op keer van zal willen genieten.

Aangezien ik hier ben, speel ik enkele van mijn andere favoriete herinneringen af — vooral die met mama.

Arme mama. Pech heeft een gevoel van ironie. Net als ik hopelijk de kracht heb gekregen om haar uit haar comateuze toestand te halen, zal een virus me ervan weerhouden om dat te doen.

Nee, ik ga niet die kant op. Blijven hangen in een slechte uitkomst maakt geen deel uit van 'dingen gemakkelijk maken'.

Omwille van mama creëer ik de meest rustgevende omgeving om me heen die ik op kan brengen en mediteer dan voor wat aanvoelt als dagen. Uiteindelijk raak ik erg, erg verveeld om dingen rustig aan te doen. Tenminste, de droomwereld versie van rustig aan doen.

Hoe dan ook, ik moet controleren hoe het met Valerian gaat.

Dus geef ik mezelf een schok om wakker te worden.

Voordat ik mijn ogen opende, besef ik dat dit een slecht idee was.

Hier, in de echte wereld, klopt mijn hart onregelmatig in mijn borst.

Er bestaat nu geen twijfel over.

Het is een symptoom van het virus.

Ik open mijn ogen en zie Valerian op zijn bed liggen. Iemand heeft hem hier naartoe gesleept om naast de mijne te staan.

Valerian merkt dat ik kijk en gaat met een grom rechtop zitten.

Ik kijk naar het gebied van zijn borst. "Is je hart —"

"Dat van jou ook?" vraagt hij bezorgd.

Ik knik. "Ik denk ook dat ik honger heb."

Zijn gezicht wordt nog donkerder. "Weet je zeker dat het honger is?"

Ik onderzoek het knagende gevoel in mijn buik.

Puck. Dit kan het derde symptoom zijn. Als dat zo is, dan zal de paarse huid de volgende zijn, en daarna is het einde oefening.

"Er is goed nieuws," zegt Valerian, in de richting gebarend waar we naartoe gaan. "We zijn er bijna."

Ik ga rechtop zitten.

Yep. Ik herken de bergrug in de verte.

Maar gezien hoe snel het virus vordert met die krankzinnige virale lading die we hebben gekregen, halen we het misschien niet tot aan de poorten. En zelfs als we het halen, voor zover ik weet, heeft Dylan het geneesmiddel niet.

Als je het over de duivel hebt. Dylan komt met een opgewonden uitdrukking op haar gezicht naar ons toe gelopen. "Ik ben net wakker geworden. Maxwell heeft uitgelegd hoe ik de remedie moet maken. Het is heel eenvoudig. Ik kan het in dat lab in het ziekenhuis in de volgende wereld doen."

Oké. Nu hebben we een kans. Een kleintje, maar toch.

"Wat denk je dat de kansen zijn of we het zo lang

volhouden?" vraagt Valerian, die mijn zorgen weerspiegelt.

"Het is moeilijk om het met zekerheid te zeggen," zegt Dylan. "Ik hoop dat jullie het halen."

Ze hoopte ook dat Stanislav het zou halen, en dat liep niet zo goed af.

"Ik wil meer dan hoop," zegt Valerian. "Rowan," schreeuwt hij. "Kun je hierheen komen?"

Rowan haast zich met een nieuwsgierige uitdrukking op haar gezicht naar ons toe.

"Is er een manier waarop we deze rit wat meer kunnen versnellen?" vraagt Valerian.

"Ik heb alle helpers van de velden gestolen die we zijn gepasseerd," zegt Rowan. "Afgezien van hen helpen om dit ding zelf te dragen, weet ik niet zeker wat ik anders zou kunnen doen."

"Zouden er geen zombies bij de poort moeten zijn?" vraag ik.

Rowan wrijft over haar voorhoofd. "Doornroosje heeft een punt. Ik ga even kijken."

De dode vogel die Rowan eerder vond, vliegt weg en vliegt voor ons uit.

Terwijl ik wacht, onderzoek ik zorgvuldig Valerians huid.

Er is de geringste zweem van paars te zien — hoewel het de stress kan zijn die trucs met mijn zicht uithaalt.

Naar de achterkant van mijn hand kijken, levert hetzelfde resultaat op. Ik denk dat mijn tint een beetje paars is, maar ik weet het niet zeker.

Rowan fronst haar wenkbrauwen, haar blik is afstandelijk.

"Wat is er aan de hand?" vraagt Dylan.

Rowans toon is grimmig. "Laat me de vogel naar beneden laten duiken om het zeker te weten."

Ze concentreert zich voor de volgende minuut, dan werpt ze een gepijnigde blik op ons. "Het is Icelus. Ze blokkeren onze weg naar de hub."

HOOFDSTUK DRIEËNDERTIG

WE BEGINNEN HAAR MET VRAGEN TE BESTOKEN, MAAR ZE krimpt ineen en roept iets uit in het Necroniaans.

"Mor laat ze ontploffen," gromt ze in het Engels. "Blijkbaar zijn pre-vampiers deskundige springers. De helpervogel is gevangen."

"Wacht even," zegt Valerian. "Weet je zeker dat dit Icelus is waar we het over hebben?"

"Het was Percival de pre-vampier die de sprong maakte," zegt Rowan. "De anderen komen ook uit de droom van Exozar. Ik ben nog nooit ergens zo zeker van geweest."

"En ze hebben je vogel?" vraag ik, me ziek voelend. Afgezien van het gevaar van Icelus, voorspelt de vertraging niet veel goeds voor Valerian en mij. "Als in, weten ze dat we komen?"

"Ze weten misschien niet dat de vogel een helper was," zegt Rowan zonder veel vertrouwen. "Zodra ze hem pakten, trok ik mijn controle terug, zodat ze misschien dachten dat hij uit angst kraakte doordat hij gepakt was."

"Iedereen," schreeuwt Valerian. "We moeten praten!"

Fabian, Ariël, Felix en Itzel haasten zich en Rowan vertelt hun wat ze net heeft ontdekt.

Sommige van dezelfde vragen als net worden allemaal in één keer gesteld.

"Jongens, hou je mond," zeg ik streng. "We hebben een plan nodig, geen spel van twintig vragen — en ik denk dat ik er een heb. Felix, wat is het bereik van je krachten?"

Hij ziet eruit alsof er net een gloeilamp boven zijn hoofd is aangegaan. "Ik ga ermee aan de slag," zegt hij en hij schiet een boog van magenta energie in de verte.

Al snel glinstert er metaal in die richting, wat bewijst dat Felix en ik op dezelfde lijn zitten.

Rowan houdt haar hoofd schuin. "Is terughoudend zijn onderdeel van het plan?"

"Felix staat op het punt zich met zijn robotpak te herenigen," leg ik uit. "In het pak zitten onze wapens, inclusief gifgranaten. Mijn plan is geïnspireerd door wat Exozar ons heeft aangedaan. Je stuurt een zombie met een granaat naar binnen en —"

"Wanneer pre-vampiers sterven, veranderen ze in vampiers," zegt Ariël vol afkeer. "We zullen alleen maar met krachtigere vijanden worden geconfronteerd."

"Maar we hebben een dodenbezweerder." Ik knik naar Rowan. "Ze kan vampiers overnemen en hen dwingen haar bevelen op te volgen. Niet waar?"

"Het is een goed plan," zegt Rowan. "Tenzij de wind het gif naar ons toe blaast."

"De maskers blokkeren gif," zegt Itzel.

"Dat is geweldig voor mensen met maskers," zegt Rowan. "Hoe zit het met mij, Doornroosje" — ze kijkt mij aan — "en haar vriend?"

Mijn vriend?

"We hebben reservemaskers die bedoeld waren voor leden van het team die het niet hebben gehaald," zegt Itzel. "Die maskers passen misschien niet goed genoeg om lang te dragen, maar als je er een stevig tegen je gezicht houdt, blokkeer je het gif."

"Waarom zouden we dicht genoeg bij Icelus komen om überhaupt in gevaar te zijn voor het gif?" vraagt Felix.

Rowan krabt aan de gebleekte kant van haar hoofd. "Ik heb maar één keer een vampier overgenomen. Het was uit zelfverdediging toen ik op aarde was. Ik ben er vrij zeker van dat ik in de buurt moet zijn om dat te doen."

"Het maakt niet uit," zegt Valerian. "Pre-vampiers of vampiers — ik kan ons voor hun ogen onzichtbaar maken."

Rowan ziet er sceptisch uit, maar Valerian moet haar een snelle demonstratie van zijn kracht laten zien, omdat haar ogen groter worden en ze fluit omdat ze onder de indruk is.

"Ik vind dit een goed plan," zegt Fabian. "Vooral als Rowan een of meer van de Icelus met ons mee kan laten gaan naar Gomorrah om te ondervragen."

"Lijkt me haalbaar," zegt Rowan. "Tenminste, theoretisch gezien."

"Ik vind het plan ook goed," zegt Valerian en geeft me een goedkeurende blik.

Iets fladdert in mijn buik als reactie, waardoor de door virussen aangedreven maagklachten bijna verdwijnen.

"Dat lijkt niet op technologie van de aarde," zegt Rowan, naar de vier ledematen van de naderende robot kijkend.

"Ik heb Felix geholpen om dat te bouwen," zegt Itzel trots. "Veel van de delen komen uit Gomorrah."

"Kom op," zegt Felix. "Ik had het op aarde kunnen bouwen als —"

"Open het ding en laten we aan de slag gaan," zegt Valerian streng.

Felix ziet er schaapachtig uit, stopt de robot en laat hem zijn harnas openen.

Ariël rent er naartoe en grijpt eerbiedig de greep van het poortzwaard dat Chester haar had gegeven. Ze onderzoekt vervolgens de wapens en gooit ze in de rugzak, over het gebrek aan munitie mopperend.

Fabian haalt een Gomorraans pistool en Stanislavs sabel tevoorschijn en geeft beide aan Dylan. Als hun vingers elkaar raken, bloost Dylan.

Valerian neemt zijn sai terug en ik krijg mijn katana en Gomorraanse pistool.

"Je had niet moeten opstaan," zegt Valerian terwijl ik mijn wapens vastzet. "Doe eens wat rustiger aan."

Ik til mijn kin op. "Jij bent opgestaan, dus ik ben

opgestaan."

Hij schudt zijn hoofd, loopt naar zijn stoel en ploft er demonstratief op.

Ik mime zijn acties, en zodra ik dat doe, realiseer ik me hoe zwak het virus me al heeft gemaakt.

Zitten is een opluchting.

Felix haalt de rugzak van de robot en zet hem op de grond voordat hij het pak hem laat omhullen.

Itzel rommelt in de rugzak totdat ze drie maskers vindt die ongeveer de vereiste grootte lijken te hebben, samen met een set gereedschappen.

Als we de maskers passen, past er geen een.

"Daar zijn de gereedschappen voor," zegt Itzel ongestoord en ze begint met de maskers te rommelen.

Ondertussen haalt Fabian een gifgranaat uit de rugzak en geeft hem aan Rowan, die hem aan een zombie met bijzonder gespierde benen geeft.

"Hier," zegt Itzel en ze geeft me alleen de voorkant van een masker. "Houd hem strak tegen je gezicht."

Dat doe ik, en de geuren van de berglucht gaan weg.

Goedkeurend knikkend geeft Itzel de gehackte maskers ook aan Valerian en Rowan. Net als ik drukken ze de maskers tegen hun gezicht en houden ze hem daar, met hun spieren aangespannen.

Fabian kleedt zich uit, maar verandert niet in zijn wolvenvorm, waardoor het vrouwelijke deel van het team, vooral Dylan, wordt afgeleid.

De rest van de weg naar de kloof rijden we in gespannen stilte. Uiteindelijk komen we aan bij de ingang waar Felix eerder de robot achter had gelaten.

"Icelus zit hier doorheen," fluistert Rowan, naar de kleinere kloof wijzend.

"Is dit dichtbij genoeg voor je om ze over te nemen?" vraagt Valerian met zachte stem.

"Dat zou het moeten zijn," antwoordt ze. "Kun je ons vanaf hier onzichtbaar maken?"

"Nee," zegt hij. "Maar ik denk niet dat we dichterbij moeten gaan."

Rowan knikt en de granaatdragende zombie rent de kloof in. De rest van de zombies zetten ons platform neer en we maken onze wapens klaar, voor het geval dat.

Rowan fronst met haar wenkbrauwen. "Percival is er niet, maar de rest van hen is er wel."

We kijken rond in de kloof waar wij zitten. Het is groot genoeg voor iemand om zich achter de rotsen te verstoppen.

Onze zombies verspreiden zich.

"Ik ga ze naar hem laten zoeken," legt Rowan uit.

"Vergeet niet de granaat te gooien," zegt Valerian. "Als je de nieuw gevormde vampiers overneemt, heb je meer middelen om naar de vermiste Percival te zoeken."

"Al gedaan," zegt ze. "Ze stikken op dit moment."

Een paar minuten later rent een eskader vampiers uit de kloof — en ze zijn duidelijk onder haar controle.

Een schaduw bedekt de hemel voor een seconde.

Ik kijk scherp op en verwacht een andere vogel, maar het is een persoon die naar ons toe duikt.

"Percival!" schreeuw ik en ik wijs naar hem.

Alle hoofden kantelen achterover en volgen mijn blik. Ze moeten zich hetzelfde afvragen als ik: waar komt hij vandaan? Is hij van de klif boven ons gesprongen? Of is hij van achter een rots veertig meter verderop gesprongen?

In beide gevallen maakte Rowan geen grapje.

Deze pre-vampiers kunnen springen.

Ik richt mijn pistool en schiet.

Ik moet hem gemist hebben. Percival landt, zijn benen zijn op wonderbaarlijke wijze niet gebroken, en voordat iemand kan knipperen, gooit hij iets naar Valerian en Rowan.

Rowan zakt in elkaar, het masker in haar hand rolt naar de zijkant.

De vampiers die ze onder controle had knipperen en schudden hun hoofd in verwarring.

Niet goed.

Valerian valt ook op de grond, zijn masker rolt weg.

Puck!

Ik richt mijn pistool net als Fabian in zijn weerwolvenvorm verandert. Snel verander ik de instelling in niet-dodelijk; als ik Percival dood, dan maak ik nog een vampier voor ons om mee af te rekenen.

Ik schiet.

Ik moet weer missen.

Percival gooit iets naar me, net als Fabians klauwen naar zijn nek uithalen.

Ik voel een scherpe prik in mijn nek, dan wordt alles zwart.

HOOFDSTUK VIERENDERTIG

Ik kom weer bij op het moment dat Fabians klauwen Percivals keel missen. Of hun gevecht heeft zich herhaald, of wat Percival ook heeft gebruikt heeft geen effect op me gehad.

Ik heb echter geen tijd om er lang over na te denken, omdat de nieuw gemaakte vampiers hier zijn en hun aanval beginnen.

Vier springen naar me toe en ik zwaai mijn katana in brede cirkels om ze op afstand te houden. Een vampier uit de kerngroep springt naar Itzel, maar krijgt een bliksembal in zijn borst.

Twee vallen Ariël aan. Ze slaat er één, maar dat geeft de tweede een kans — en hij laat zijn tanden in Ariëls nek zakken.

Puck, nee.

Ariël valt op haar knieën, haar huid verbleekt bij elke slok bloed die de vampier steelt.

Ik haal uit naar een van de vampiers die me aanvalt, en in mijn ooghoek zie ik een vampier een arm van Felix zijn pak rukken.

Het geschreeuw van Felix laat mijn bloed bevriezen. In die metalen arm moet zijn eigenlijke arm hebben gezeten — er is geen andere manier om de fontein van bloed te verklaren die uit het kapotte pak stroomt.

Dit kan niet waar zijn.

Maar toch is het zo. Een andere vampier slaat een gat in Dylans borst, rukt haar hart eruit en zuigt hem leeg van bloed.

De vampiers die me aanvallen worden brutaler en ik haal met steeds bredere cirkels uit met mijn katana in een verwoede poging om ze op afstand te houden. Mijn armen zijn echter vermoeid en ik weet niet hoelang ik dit vol kan houden.

Dan zie ik in mijn ooghoek weer een verschrikking. Valerian slaat wild om zich heen, net als Stanislav aan het einde had gedaan. Zijn huid is diep paars met slechts een vleugje rood.

Nee. Alsjeblieft niet. Alles behalve dit.

Ik verdubbel mijn inspanningen tegen de vampiers, ook al neemt mijn kracht met elke seconde af. Ik kan Valerian niet laten sterven. Ik weiger dat. Hij moet leven. Hij moet het halen, zelfs als ik het niet haal. Hij kan niet op zo'n vreselijk manier sterven, zo —

Een pikzwarte Pom duikt op tussen mij en de vampier die het dichtst bij me staat.

"Je wilde dat ik ertussen kwam als je een

nachtmerrie had," zegt hij met flapperende oren. "Hier ben ik dan. Dit is een slechte."

Dan kijk ik naar mijn pols.

Pom is er niet.

Maar hoe?

Dan weet ik het. Het ding dat in mijn nek prikte was een injectiepijltje met dat Koshmar-medicijn. Natuurlijk. Ik heb gezien dat Percival hier een hoop van aan Exozar had gegeven. Blijkbaar heeft hij er een aantal voor eigen gebruik bewaard.

In het heetst van de strijd herkende ik de vervloekte injectoren niet voor wat ze waren.

Een zucht van opluchting suist uit mijn borst. Ariël en Dylan zijn niet vermoord. Valerian zit niet in de laatste stadia van het virus en Felix is niet zijn arm verloren — dat was allemaal een nachtmerrie.

Maar aan de andere kant, wie weet wat er in de buitenwereld gebeurt. Het is mogelijk dat ze dood zijn, alleen op een andere manier dan wat de drug me liet zien.

"Moet je jezelf niet wakker maken?" vraagt Pom, mijn gedachten herhalend.

"Nog niet," zeg ik en ik teleporteer naar de toren van slapers. "Ik moet Rowan en Valerian wakker maken. Hij kan ons onzichtbaar maken voor de vampiers en zij kan ze volledig overnemen."

Oef. Rowan en Valerian zijn hier. Even was ik bang dat ze met iets anders dan Koshmar waren geraakt — of erger nog, dat ze waren gedood terwijl ik droomde.

"Wat is dat?" vraagt Pom, met zijn oren omhoog. "Maak jij die muziek?"

Pucking puck!

Het is weer de *Dans van de suikerfee*.

"De Notenkraker," zeg ik met opeengeklemde tanden.

HOOFDSTUK VIJFENDERTIG

KLOOTHOMMEL. DE VIJANDELIJKE DROOMWANDELAAR had niet op een slechter moment kunnen aanvallen — en dat is waarschijnlijk het punt.

Aangezien het de laatste keer leek te helpen om naar een willekeurige locatie op aarde te gaan om hem te bestrijden, doe ik dat opnieuw, naar de ingang van het insectachtig uitziende operagebouw in Sydney, Australië, teleporterend.

Tegelijkertijd probeer ik mezelf wakker te schudden.

Het werkt niet, en de reden waarom is duidelijk. De Notenkraker verschijnt voor me, zijn clownnachtige geschilderde mond verdraaid in een grijns.

Puck. Hij kan nog steeds voorkomen dat ik wakker word.

Toen we elkaar de eerste keer tegenkwamen, was ik pre-boost en waren we gelijk op elkaar afgestemd. Toen we vochten nadat ik de boost had gekregen, bleven de dingen hetzelfde. Op dat moment dacht ik dat ik de boost me misschien gewoon nog niet eigen had gemaakt. Daar is nu genoeg tijd voor geweest, en ik moet een theorie overwegen die ik de laatste keer heb afgewezen: dat hij op de een of andere manier een boost heeft gekregen die overeenkomt met de mijne.

Er verschijnt een bazooka in zijn handen.

Ik rommel met het buskruit.

Hij moet dit op de een of andere manier gepland hebben, want wanneer hij de trekker overhaalt, suist er een raket uit.

Ik ontwijk.

De raket raakt het Opera House, en een enorme explosie maakt het met de grond gelijk.

Pom, die tot nu toe bij me is gebleven, verdwijnt zonder het woord *eng* te zeggen.

We vliegen naar de Sydney Harbour Bridge. Er springt beneden een orka uit het water. Het is onmogelijk dat zoiets groots zo hoog kan springen, dus normaliseer ik de zwaartekracht onder de orka net genoeg zodat zijn tanden me met een nanometer missen.

Ik bereik de brug, verander de zwaartekracht en verander de zolen van mijn schoenen in magneten, zodat ik aan de zijkant van de brug, parallel aan het water, kan rennen.

Geen van mijn capriolen vertraagt de Notenkraker. Hij heeft ofwel al eeuwen geoefend in droomvechten of hij heeft een geschiedenis die er bevorderlijk voor is, zoals ik met video game design.

"Hoe meer tijd je verspilt, hoe groter de kans dat Percival je in de echte wereld zal doden," zegt de Notenkraker in zijn griezelig melodieuze stem. "Dat wil zeggen, nadat hij klaar is met al je vrienden."

Ik draai me om en manifesteer een enorm aambeeld recht boven zijn hoofd, alsof we in een tekenfilm met Roadrunner zitten. "Ik ben er vrij zeker van dat Fabian en zijn wolfu al gehakt van die pre-vampiers hebben gemaakt."

Hij ontwijkt het aambeeld en gooit een wolk spinnen naar me toe. "Een pre-vampier? In je dromen. Percival is een van de oudste vampiers. Je weerwolf is zo goed als dood."

Oh, puck. Dat verklaart die superkrachtige sprong. Met een huivering herinner ik me wat Edith, een andere oude vampier, kon doen. Als Percival net zo krachtig is, dan zit Fabian inderdaad in de problemen.

Wij allemaal.

Als het doel van de Notenkraker was om me met deze openbaring van slag te brengen, dan werkt het spectaculair. Ik mis mijn kans om de spinnenhorde te vernietigen, en nu kruipen ze over me heen — en bijten ze.

Ik handel puur op instinct en duik in het water onder me; onderweg verander ik mijn lichaam in metaal. De Notenkraker weet hoe ik eruitzie en kan me terug veranderen, maar hopelijk niet voordat ik van zijn spinachtige vrienden af ben.

Met een luide plons raak ik het water en zink als het stuk metaal dat ik ben.

De spinnen verdrinken, zoals ik had gehoopt, maar mijn uitstel is kort. De Notenkraker duikt op en staat ondanks zijn houten lichaam op de oceaanbodem.

Met een beweging van zijn hand laat hij mijn lichaam weer van vlees en bloed worden.

Ik begin weer naar de oppervlakte te drijven, dus pas ik snel de dichtheid van het water om me heen aan, waardoor ik op mijn plaats kan blijven.

Met een grijns creëert de Notenkraker een gigantische luchtbel om ons heen, manifesteert dan een sabel in zijn hand en haalt naar me uit.

Mijn katana verschijnt net op tijd in mijn hand om af te weren.

Dit is niet goed. De laatste keer ging ons zwaardgevecht niet zo goed. Tenminste, niet totdat ik mijn geheime troef had gebruikt — de meervoudige lichaamstechniek.

In een oogwenk verlaat ik mijn lichaam, creëer ik een duplicaat van mezelf en spring ik in beide. De twee van mij heffen onze katana's op — en worden geblokkeerd door de twee sabels in de handen van twee Notenkrakers.

"Je kunt me één keer voor de gek houden," zeggen de Notenkrakers in koor. "Hou me voor de tweede keer voor de gek..."

Ik luister niet naar de rest. Ik laat een van mij de stoten van de twee Notenkrakers afweren, terwijl een andere ik haar lichaam verlaat en een derde kopie van mij maakt.

Het werkt — maar de Notenkraker doet hetzelfde,

en er zijn er nu drie van hem die er tegen drie van mij vechten.

Wanhopig maak ik een vierde exemplaar.

Dat doet hij ook.

Goed dan.

Elke versie van mij teleporteert naar een andere locatie op aarde — een naar de Big Ben, een naar de Eiffeltoren, een derde naar de Scheve Toren van Pisa en de vierde naar de Brandenburger Tor.

De Notenkraker voegt zich op elke locatie bij ons, zijn sabel slaat tegen onze katana's in een woedende aanval.

Elk van ons heeft hetzelfde probleem: onze uithalen doen zijn houten lichaam niet zoveel pijn als mijn gewone vlees.

Toch vechten we door.

Dat wil zeggen, totdat de Big Ben Notenkraker "Fuck dit," zegt. Hij verandert zichzelf in een kernbom en knalt met een paddenstoelwolk over heel Londen.

Puck.

De Big Ben-versie van mij is weg.

De rest van ons vecht harder, maar de Notenkraker houdt van zijn kernwapenstrategie, dus blaast hij zijn Eiffeltoren en Scheve Toren van Pisa op dezelfde manier op.

We zitten weer op één tegen één.

Als hij nog een keer zelfmoord pleegt, dan worden we in de echte wereld allebei gek. Misschien zou het voor hem niet zo'n grote verandering zijn, maar ik vind het geen fijne optie.

Ik doe een beroep op mijn laatste overgebleven kracht en versnel mijn aanval. Het plan is om hem te druk bezig te houden om zichzelf in een bom te veranderen.

Zijn sabel steekt in mijn pols. Er spuit bloed uit, maar ik vecht te hard om mijn lichaam te verlaten en de wond te genezen. Ik loop naar voren en snij in zijn rechterschouder, maar mijn mes doet het vervloekte hout geen kwaad.

Als ik er niet achter kom wie hij is, dan verlies ik. En snel.

Hij is Maxwell niet, maar hij *is* iemand die me kent. Misschien iemand aan wie ik niet denk als een droomwandelaar. Iemand die pas geleden zijn kracht een boost heeft gegeven en —

De puzzelstukjes vallen keihard op hun plaats.

Een uithaal van een sabel afwerend, sta ik mezelf een moment van afleiding toe, en dwing mijn tegenstander om de vorm aan te nemen van degene waarvan ik net heb geraden wie hij is.

Tot mijn schrik werkt het.

Het nachtmerrieachtige gezicht wordt aantrekkelijk, met symmetrische mannelijke kenmerken en sterke donkere wenkbrauwen. Alleen de ogen blijven hetzelfde.

Ik had de eerste keer dat we elkaar ontmoetten die ogen moeten herkennen.

De Notenkraker is Ratridevi Bhairava, Valerians Hoofd Ontwikkeling.

Of, zoals hij graag genoemd wordt, Rattie.

HOOFDSTUK ZESENDERTIG

"Wat heeft me verraden?" vraagt Rattie met zijn eigen stem, vakkundig mijn volgende aanval afwerend.

"Ik had het eerder moeten zien." Ik blijf praten in de hoop dat ik hem genoeg afleid om zijn vlees te doorboren. "Je ontwikkelingsteam plaagde je omdat je te veel spinnen en clowns gebruikte, en het gezicht van de Notenkraker is erg clownachtig. Om nog maar te zwijgen van het feit dat ik de tel ben kwijtgeraakt hoeveel spinnen je mijn kant op hebt gegooid."

Terwijl ik praat, weer ik af en haal ik uit, maar hij is te snel.

"Nu ik erover nadenk," vervolg ik, "wordt een belangrijk personage in het Notenkraker-verhaal de Rattenkoning genoemd — dat komt aardig in de buurt van Rattie."

Ik blokkeer zijn tegenstoot en snij in zijn pols, die in een spiegel van mijn eigen verwonding bloedt.

Gelukt. Praten werkt.

Aangemoedigd ga ik verder. "De krachtboost is wat je *echt* heeft verraden." Ik glij als een Kendo-meester uit zijn aanval. "Je houdt ervan om de schurken in je games op jou te laten lijken, en de grote slechterik in het *Heldere dromer*-project — die ook de Rattenkoning wordt genoemd — had in de demo die ik heb geprobeerd jouw gezicht."

Ik zie hem door zijn wond vertragen, dus ik negeer mijn eigen bloedverlies en val met hernieuwde kracht aan. "Je deed alsof je een speelbaar personage in het spel was 'voor herspeelbaarheid', maar eigenlijk was het om net zoveel kracht te krijgen als ik."

Ik herinner hem niet aan de andere aanwijzing — hoe zijn achtergrond in het ontwerpen van videogames hem zo formidabel maakt in de droomwereld. Waarom zou ik zijn ego stimuleren? In plaats daarvan voer ik een echt ontzagwekkende reeks bewegingen uit die eindigen met het uiteinde van mijn katana die tegen zijn keel gedrukt zit. "Het probleem voor jou is dat ik beter ben dan jij."

"Is dat zo?" hij lacht en ik realiseer me dat zijn sabel zich in dezelfde positie bevindt tegen mijn keel.

Puck.

Als ik de punt van mijn mes dieper in zijn hals druk, doet hij hetzelfde met mij.

We zijn terug bij het wederzijdse zelfmoordscenario — en ik zie vastberadenheid in zijn ogen.

Misschien is hij wel bereid om samen gek te worden.

HOOFDSTUK ZEVENENDERTIG

Er bouwt een dodelijke spanning op, we staren elkaar aan als twee revolverhelden.

Plotseling verschijnt Pom achter Rattie en hij laat zijn tanden in het oor van de droomwandelaar zakken.

Wauw. Ik denk dat al die oefensessies om dapper te zijn niet voor niets zijn geweest.

Ratties ogen worden groter en zijn hoofd draait zich om, maar Pom is al weg. Je hebt moedig en je hebt suïcidaal, en mijn kleine symbiont weet het verschil.

Het maakt echter niet uit. Als je niet oplet, dan verlies je.

Met grote voldoening begraaf ik mijn katana in Ratties nek.

Hij maakt een gorgelend geluid.

Ik probeer er niet achter te komen wat hij probeert te zeggen. Ik ruk de katana eruit en snijd zijn hoofd er in één keer af.

Terwijl het leven Ratties lichaam verlaat, word ik

door een schokgolf geraakt, als de nasleep van een enorme explosie. Het is rauwe droommanipulatie-energie — en het verdraait alles om me heen en dreigt het weefsel van deze wereld uit elkaar te scheuren.

Maar dat gebeurt niet.

In plaats daarvan dwingt het me om wakker te worden.

HOOFDSTUK ACHTENDERTIG

Ik WORD WAKKER MET EEN KNAGENDE PIJN IN MIJN MAAG en een onregelmatige hartslag in mijn borst.

Puck. Het virus vordert.

Aan de andere kant is er goed nieuws. Dankzij mijn pas ontdekte REM-detectiegevoel kan ik voelen dat zowel Rowan als Valerian nog steeds leven en slapen, en zonder twijfel geconfronteerd worden met de door Koshmar veroorzaakte nachtmerries.

Ik verzamel mijn kracht en open mijn ogen, ga rechtop zitten en neem in een paar keer knipperen met mijn ogen zoveel mogelijk informatie in me op.

Ondanks de verschrikkelijke voorspellingen van Rattie heeft Percival Fabian niet verslagen. Tenminste, nog niet. Ze vechten zo bovennatuurlijk snel dat het moeilijk is om te volgen wat er gebeurt. De vampier beweegt met een woeste brutaliteit, terwijl de wolf sierlijk is, met overvloedig springen van poot tot poot in de dans die zijn krijgskunst is.

Felix en Ariël staan rug-aan-rug. Hij slaat een vampier in elkaar met de vier armen van zijn pak, terwijl zij een andere vampier met het poortzwaard snijdt. Te oordelen naar de stapel afgesneden vampierlichaamsdelen bij hen in de buurt, gaat het daar goed.

Itzel en Dylan staan ook rug-aan-rug, slechts een sprong van mij verwijderd, en ze houden zich ook staande.

Itzel gooit een bliksembal naar een vampier die haar probeert te grijpen. Haar aanvaller vliegt bijna terug naar waar ik zit, landt op zijn hoofd en staat niet op. Geweldig resultaat, maar ik zie dat Itzel verzwakt is door het gebruik van die kracht.

Tegelijkertijd zwaait Dylan wild met Stanislavs sabel, en zonder enige techniek. De vers gemaakte vampiers die haar aanvallen, lijken zich niet te realiseren dat de sabel niet zo gevaarlijk is in Dylans handen en ze blijven buiten het bereik van het ding. Althans, voor nu.

Mijn blik gaat naar Valerian en Rowans onbeweeglijke lichamen.

Ik moet ze wakker maken, te beginnen met Rowan. Als ze de vampiers weer overneemt, dan zijn onze problemen —

Een vampier springt weer op Itzel af. Ze schiet een bliksemschicht op hem af. De vampier vliegt achteruit en landt naast me. Zijn been is duidelijk gebroken, met bot dat uitsteekt, maar is niet buiten westen zoals de man die op zijn hoofd landde. In plaats daarvan kijkt hij mij aan — en ik zie de dorst in zijn bloeddoorlopen oogbollen glanzen.

Puck.

Ik klop verwoed op de grond voor mijn katana.

De vampier kruipt naar me toe, met zijn hoektanden naar buiten.

Mijn hand landt op het heft. Ik pak hem op, spring overeind en haal uit.

Het hoofd van mijn aanvaller scheidt zich van zijn lichaam en de wereld draait om me heen alsof mijn hoofd over de grond rolt.

Het moet zwakte van het pucking virus zijn.

Een andere vampier valt Itzel aan. Ze raakt deze in het gezicht met de bliksembal — om vervolgens zelf op de grond te vallen, bewusteloos van overmatig krachtgebruik.

De vampier die ze neerschoot, vliegt naar me toe.

Ik stap opzij en haal uit met mijn katana en onthoofd hem tijdens de vlucht.

De vampier is er niet meer, maar mijn duizeligheid wordt erger.

Ik verman mezelf zo goed als ik kan. Met Itzel op de vloer is Dylans rug blootgesteld en ze lijkt dit niet te beseffen.

"Dylan, achter je!" schreeuw ik hees.

Maar mijn waarschuwing komt te laat. Een vrouwelijke vampier grijpt Dylans hand met de sabel van achteren en draait hem om, waardoor het mes valt. Ze bedekt dan Dylans neus en mond met haar hand, en blokkeert haar luchtstroom.

De vampier staart ons met wilde ogen aan en sist,
"Als je je wapens niet neerlegt, is ze dood."

HOOFDSTUK NEGENENDERTIG

Noch Ariël noch Felix leggen hun wapens neer en Fabian stopt niet met vechten tegen Percival — niet dat hij naast zijn klauwen wapens heeft.

De vampiers die rond Dylan cirkelden draaien zich om en springen naar mij toe.

Ik verstevig mijn greep op de katana. Als ik hem neerleg zoals de gijzelnemer eiste, dan worden we toch allemaal gedood. Dylan zou een minuut of twee moeten hebben voordat ze stikt. Ik moet de groep vampiers die op me afkomen uitschakelen en Rowan wakker maken voordat dat gebeurt.

Ik blijf niet hangen bij het alternatief. Want als Dylan het niet overleeft, dan is elke kans om op tijd het geneesmiddel te krijgen het raam uit. Zelfs als we de vampiers verslaan, zullen Valerian en ik door het virus omkomen.

De eerste vampier valt me aan, maar blijft buiten het bereik van mijn katana.

"Lafaard," zeg ik en ik ga in het offensief.

De snee die ik in zijn romp maak, zou een man uitschakelen, maar dit is een verdomde vampier, dus hij blijft komen — en wordt even later door twee anderen vergezeld.

In de minderheid zijn, genereert genoeg adrenaline om mijn duizeligheid te laten verdwijnen, en ik breek de pols van de volgende vampier die me probeert te pakken, onthoofdt dan de volgende.

"Spring op de katana!" hoor ik Percival van een afstand schreeuwen.

Niemand zal dat gehoorzamen. Tenzij... zijn deze vampiers verwekker-gebonden aan Percival? Dat gebeurt als een pre-vampier het bloed van een vampier drinkt voordat ze veranderen.

Dat moet het geval zijn. De vampier zonder de hand springt naar voren en springt op mijn zwaard.

Puck.

Hij laat zijn lichaam slap worden en laat zich op de grond vallen en neemt de katana mee. Voordat ik zelfs maar een vechthouding kan aannemen, grijpt de vampier achter de zwaardspringer mijn keel.

"Nu!" roept hij triomfantelijk. "Als je je wapens niet neerlegt, zal deze ook stikken."

HOOFDSTUK VEERTIG

Mijn longen staan in brand en mijn hoofd voelt alsof iemand hem met knuppel heeft bewerkt.

Al mijn instincten schreeuwen om te slaan en te vechten, maar ik word in plaats daarvan slap. Laat mijn aanvaller maar denken dat hij gewonnen heeft. Ik heb maar enkele seconden zuurstof in mijn systeem en ik ben van plan om ze te laten tellen.

Eerst probeer ik op afstand Rowans dromen binnen te gaan.

Nee. Die techniek is te nieuw voor me om in deze staat uit te voeren.

In de hoop dat de vampier het niet merkt of interesseert, raak ik Poms vacht aan — en omdat ik dit al een miljoen keer heb gedaan, vang ik een vleugje ozon en val ik in de trance, zelfs terwijl ik verstikt word.

Ik verschijn in de lobby van het droompaleis en realiseer me dat ik een probleem heb.

Gebrek aan lucht trekt me uit de droomwereld.

Ik span mijn krachten in om binnen te blijven, het omgekeerde van wakker schudden. Het lijkt te werken, dus ik teleporteer rechtstreeks naar Rowans kamer in de toren van slapers.

Pom komt opdagen, maar ik negeer hem. Ik sla mijn handpalm op Rowans voorhoofd en spring in haar droom.

Niet verrassend gezien de Koshmar-pijl, vindt Rowans droom plaats op het slagveld van de kloof dat onze wakkere wereld zou zijn.

Ieder van ons is hier al dood, duidelijk door afschuwelijke oorzaken.

"Dit is te raar en eng," zegt Pom als hij ziet wat er met Rowan gebeurt en hij verdwijnt onmiddellijk.

Ik kan het hem niet kwalijk nemen. Bedekt met bloed en smerigheid, ligt Rowan tussen onze lichaamsdelen, de bovenkant van haar schedel is geopend als in het midden van een neurochirurgie. Frank is er, en hij eet Rowans hersenen terwijl ze van tijd tot tijd stuiptrekt —ik denk wanneer hij op de delen kauwt die verantwoordelijk zijn voor beweging.

Dat is walgelijk en verontrustend. Aan de andere kant heb ik onlangs geleerd dat mijn eigen huisdier me zoiets had aangedaan — hij had wat neuronen gestolen in plaats van ze op te eten, maar toch.

Ik laat Frank verdwijnen, genees Rowans hersenen en schedel, en verwijder alle bloederige toestanden uit onze omgeving.

"Dit is een droom," zeg ik tegen haar. "Je moet wakker worden en iedereen redden, te beginnen met mij en Dylan."

Ze kijkt me met uitpuilende ogen aan.

"Dit. Is. Een. Droom," zeg ik. "Red mij en Dylan eerst. Begrepen?"

Ze geeft me het kleinste knikje, maar zegt niets, een slecht teken.

Ik moet erop vertrouwen dat ze heeft begrepen wat ik zei. Er is geen tijd te verliezen.

Ik schud haar wakker.

Nu Valerian.

Ik teleporteer weer naar de toren van slapers, maar voordat ik hem kan aanraken, trekt het gebrek aan zuurstof me uit de droomwereld.

HOOFDSTUK EENENVEERTIG

HEEL EVEN IS ALLES ZWART EN MIJN LONGEN VOELEN alsof ze barsten.

Dan laten de handen om mijn nek los en terwijl ik gretig de lucht inhaleer, word ik zachtjes in een zittende positie neergezet.

Het is Rowan duidelijk gelukt.

In een zittende positie blijven zitten, is een strijd, maar ik dwing mezelf om rechtop te blijven en het slagveld te overzien.

De vampier die Dylan verstikte heeft haar ook al laten gaan, en ze ligt op de grond, hopelijk gewoon te rusten.

Felix en Ariël schakelen de vampiers uit waar ze tegen vochten zonder te beseffen dat het niet langer nodig is. Dan staren ze naar de rest van hun tegenstanders — die onnatuurlijk stil staan, klaar om Rowans bevelen op te volgen.

Maar ze zijn niet allemaal onderdanig.

Percival vecht nog steeds tegen Fabian en Fabian wordt duidelijk moe.

"Ik kan Percival niet overnemen!" schreeuwt Rowan. "Ik heb het geprobeerd."

Tuurlijk. Edith was ook immuun voor de krachten van dodenbezweerders.

"Help Fabian!" is wat ik probeer terug te schreeuwen, maar er komt niets uit.

Percival moet zich de ernst van zijn situatie realiseren — en probeert een wanhopige manoeuvre. Hij laat Fabians klauw in zijn schouder terechtkomen en slaat vervolgens een vuist tegen de kaak van de weerwolf.

Fabian vliegt omhoog en landt in een onbeweeglijke hoop.

Percivals wond zou iedereen doden, maar hij merkt het niet eens op. Wat nog erger is, is dat de wond geneest. Rowan stuurt haar vampiers naar hun verwekker, en in de verte zie ik haar zombies. Ze heeft ze teruggehaald van hun zoektocht naar Percival.

De eerste door Rowan gecontroleerde vampier bereikt Percival en wordt in een oogwenk in stukken gescheurd. De tweede krijgt dezelfde behandeling. De derde krijgt een gebroken nek.

Dit alles gebeurt waanzinnig snel — het is dat of mijn hersenen vertragen.

Rowan laat de rest van de vampiers en de nieuw aangekomen zombies massaal Percival aanvallen. In eerste instantie lijkt het een gemakkelijke overwinning, maar vampierbloed en zombieledematen vliegen overal heen rond Percival, en hij is niet eens een beetje moe.

Bovennatuurlijk snel bewegend, snelt hij naar Felix en Ariël.

Puck. Hij zal ze uit elkaar scheuren. Ik moet iets doen.

Ik concentreer me zoals ik nog nooit gedaan heb. Ik zie mezelf in elk detail mogelijk Valerian aanraken — en omdat hij het is, heeft mijn verbeelding hier helemaal geen moeite mee.

Percival slaat een vuist in de borst van Felix net als ik contact maak met Valerian en in zijn nachtmerrie val.

Valerian knielt in een plas bloed en gorigheid en hij houdt mijn levenloze lichaam in zijn handen. Bloederige tranen stromen over zijn wangen en de uitdrukking van verdriet op zijn gezicht verkrampt mijn ingewanden.

Ik verdamp mijn lijk en schraap luid mijn keel.

Valerian kijkt naar me op, er flitst wilde hoop in zijn ogen.

"Is dit een droom?" Hij kijkt om zich heen. "De drug?"

"Tijd is van essentieel belang," zeg ik snel. "Zodra je wakker wordt, help je Felix en Ariël met Percival."

Hij springt overeind.

Ik schud hem wakker en verlaat de droomwereld.

Puck.

Er moet in de korte tijd dat ik nodig had om Valerian wakker te maken veel gebeurd zijn.

Felix ligt een paar meter verderop, er zit een enorme deuk in de borst van het robotpak.

Ariël zit ook in de problemen. Percivals hoektanden zitten in haar hals, en hij zuigt haar leeg op hetzelfde moment dat hij probeert het poortzwaard uit haar greep te rukken.

Verbazingwekkend genoeg laat Ariël het wapen niet los.

Ik zoek mijn katana. Misschien kan ik —

Valerian gaat overeind zitten.

Normaal gesproken, als hij zijn kracht gebruikt, is het onzichtbaar. Maar deze keer stroomt er een boog van pulserende rode energie van zijn vingers in Percivals hoofd.

Te laat realiseer ik me dat Ariël onzichtbaar maken haar niet zal helpen.

Maar dat lijkt niet te zijn wat Valerian doet.

Ariël loslatend, draait Percival zich om met een oorlogskreet.

Wat Valerian hem heeft laten zien, moet inderdaad beangstigend zijn, want de oude vampier trilt terwijl hij het onder ogen ziet.

Ariël komt bij en haalt uit met het poortzwaard.

"Wacht!" schreeuwt Valerian.

Hij moet de leider van deze Icelus-groep voor

ondervraging willen hebben — en het soort
ondervraging dat Valerian in gedachten heeft, is
precies wat Percival verdient.

Ariël hoort hem niet of het boeit haar niet. Haar
zwaard snijdt door de nek van de vampier alsof hij van
damp is gemaakt. Percivals hoofdloze lichaam stort in,
het hoofd rolt naar de zijkant.

Valerian begint te vloeken.

Ariël kijkt hem onbeschaamd aan. "Je bent te ziek
om hem veilig in bedwang te houden en dat weet je."

Valerian kijkt haar aan, maar het vloeken stopt.

Ze heeft gelijk, realiseer ik me met een zwaar
gevoel. De kleur van Valerian is een dodelijke tint
paars.

Ik kijk naar mijn handen.

De mijne ook.

Rowan haast zich om Itzel te controleren, terwijl
Ariël Felix uit zijn geruïneerde pak begint te pellen.

"De kabouter is in orde," zegt Rowan tot mijn
opluchting.

"Felix ook," zegt Ariël, waardoor ze nog een last van
mijn schouders tilt.

Rowan controleert Fabian terwijl Ariël naar Dylan
toe gaat.

"De hartslag van de weerwolf is sterk," zegt Rowan
— en om haar woorden te bevestigen, verandert Fabian
in zijn naakte menselijke vorm, springt overeind en
scant zijn omgeving met een indrukwekkend
waakzame blik.

Rowan kijkt Ariël treurig aan.

Ze moet al weten wat Ariël gaat zeggen. Ze kan immers lijken voelen.

Mijn adem stokt in mijn keel.

Ariël kijkt ingetogen op.

"Het spijt me," zegt ze. "Dylan heeft het niet gehaald."

HOOFDSTUK TWEEËNVEERTIG

VALERIAN KIJKT NAAR ROWAN. "IK WIL DAT JE HAAR opwekt." Hij wijst met een vinger naar Frank. "Doe met haar wat je voor je huisdier hebt gedaan."

Rowan stapt achteruit. "Onmogelijk."

"Je hebt het eerder gedaan, dus het is duidelijk mogelijk," gromt Fabian.

Rowan werpt Frank een snelle blik toe. "Dat was een crime passionnel. Ik had het niet moeten doen."

"Maar je hebt het gedaan, en hij is terug." Fabians gezicht betrekt als hij naar Dylans lichaam kijkt. "Hoe kan dat een misdaad zijn?"

"Je begrijpt niet wat je vraagt," zegt Rowan. "Dit is met een reden het grootste taboe van mijn volk. Dylan zou dit niet willen."

Fabian gaat naar haar toe. "Dylan heeft een groot risico genomen om ons met deze missie te helpen. Ze verdient het om teruggebracht te worden."

Rowan loopt verder naar achteren.

Ik vecht tegen een aanval van misselijkheid en haal diep adem. "Alsjeblieft, Rowan. Als je het niet voor Dylan wilt doen, doe het dan voor mij en Valerian. Zij is onze enige kans om het virus te overleven."

Rowan kijkt naar Valerian, dan naar mij, zonder twijfel ziet ze onze huidskleur en het feit dat we nauwelijks in staat zijn om te blijven zitten. "Waarom kan ik haar niet als een gewone zombie terughalen? Ze kan je dan vertellen hoe je de remedie moet maken."

Fabian kijkt haar boos aan. "We hebben niet alleen een chemische formule nodig. We hebben een wetenschapper nodig. Dylan heeft meerdere doctoraten. Ze is een viroloog. Niemand van ons kan doen wat zij kan, vooral niet door een spelletje Simon zegt met een zombie te spelen. Door haar niet terug te brengen, teken je de doodvonnissen van Valerian en Bailey."

Rowans gezicht raakt gespannen terwijl ze naar haar huisdier kijkt. "Frank is na wat ik heb gedaan niet dezelfde persoon."

"Hij was om te beginnen al geen persoon," zegt Ariël. "Hij is een opossum of wat dan ook."

"Je weet wat ik bedoel," zegt Rowan. "Zijn persoonlijkheid —"

"Is zijn geheugen intact?" onderbreekt Ariël haar.

"Ik denk het." Rowan trekt een gezicht. "Maar er waren andere bijwerkingen die —"

Valerians handen beginnen te trillen. Als hij ons ziet kijken, balt hij ze in vuisten. "We hebben hier geen tijd voor. Je zei dat je niet langer welkom bent op deze wereld en asiel wilt op aarde. Doe dit, en ik zal er persoonlijk voor zorgen dat je het krijgt. Ik zit in de Raad van New York en heb gunsten die ik daar kan verzilveren. Je weet hoe erg vampiers je soort verachten. Ik ben je enige kans."

Rowan slaakt een verslagen zucht en gaat voorzichtig naar Dylans lichaam. "Dit kan apocalyptisch slecht aflopen. Dat is veel om op mijn geweten te hebben."

Valerians ogen glinsteren koud. "Wat als ik je help met je geweten? Zeg tegen jezelf dat je geen keus hebt — want als je dit niet vrijwillig doet, dan zal ik gedwongen worden om mijn kracht te gebruiken om ervoor te zorgen dat je het doet." Hij moet haar een voorproefje geven van wat hij bedoelt, want ze verbleekt tot een bijna doorschijnende tint.

"Doe dat alsjeblieft niet nog eens," zegt ze onstabiel. "En beloof me dit: als Dylan het achteraf vraagt, dan zeg je haar dat ik geen keuze had. Wat ze ook doet, is aan jou te danken."

"Begrepen," zegt Valerian, zijn toon zachtaardig.

Rowan knielt naast Dylans lichaam en een verblindende energiestraal schiet uit haar vingertoppen, net zoals ze toen bij Frank in haar droomgeheugen had gedaan.

Ik moet echt gaan liggen, maar hoop en nieuwsgierigheid houden me in een zittende positie.

Dylan beweegt zich. Rowan streelt kalmerend Dylans haar terwijl ze haar ogen opent. Haar blik is ongefocust, maar ze is duidelijk niet meer dood.

Stralend rent Fabian naar haar toe. "Dylan. Gaat het?"

Dylan kijkt onbegrijpelijk naar de naakte weerwolf. "Ik... ben Dylan."

"Herinner je je de remedie?" vraagt Valerian aan haar. "Het virus?"

Een hint van herkenning vonkt in Dylans ogen, en ze zegt een chemische formule op, evenals wat aardespecifieke wetenschappelijke woorden moeten zijn die voor mij geen belletje doen rinkelen, zoals Erlenmeyer-fles.

"Kun je lopen?" vraagt Rowan.

Dylan staat langzaam op en loopt in ongemakkelijke stappen een rondje om de dodenbezweerder.

Fabian kijkt Ariël aan. "Kun je Bailey dragen? Ik kan Valerian en de kabouter pakken en Dylan kan Felix slepen."

Felix gaat rechtop zitten. "Ik denk niet dat ik gesleept hoef te worden."

"Ik ook niet," zegt Itzel, maar zonder rechtop te zitten.

Ik negeer de rest van het logistieke geklets en sta mezelf toe om te gaan liggen.

Dat is een vergissing. De moeder van alle post-adrenaline crasht met de zwakte van het virus om me duizeliger te maken dan een dronken nijlpaard op ijs. Ik ga in en uit bewustzijn. Op een gegeven moment open ik mijn ogen lang genoeg om Ariël me naar de poort te zien dragen. De volgende keer dat ik de kracht heb om naar de buitenwereld te kijken, zijn we in het ziekenhuis in de buurt van de hub, degene die een laboratorium heeft waar Dylan de remedie kan maken.

Ervan uitgaande dat de herrezen Dylan het kan. Ze is niet echt haar gebruikelijke zelf.

De volgende keer dat ik bijkom, trillen mijn ledematen, en hoe graag ik ook de status van Valerian wil weten, ik heb niet genoeg kracht om me om te draaien en naar hem te kijken.

Enige tijd later schudt iemand me zachtjes.

Met een monumentale wilskracht open ik mijn ogen.

Het is Ariël. Ze heeft een beker in haar hand.

"Drink dit," zegt ze en houdt het tegen mijn lippen. "Het is Dylan gelukt om de remedie te maken."

"Valerian," is wat ik probeer te zeggen, maar er komt alleen een zucht uit.

Ze moet weten wat ik bedoel, want een glimlach raakt de hoeken van haar ogen. "Felix geeft op dit moment Valerian zijn dosis. Nu drinken."

Ik slik pijnlijk de bittere substantie door die ze in mijn mond giet.

"Er zit iets in dat je zou moeten helpen slapen," zegt Ariël van een verre afstand.

Welke substantie ze ook bedoelde, het was waarschijnlijk overkill.

Zodra ik mijn ogen sluit, ben ik weg.

Ik en een delegatie van dwergen, elfen en andere Cognizanten uit Gomorrah komen door de poort en nemen de wereld van Necronia in ons op. We dragen allemaal potten met het label 'The Cure', om de een of andere reden in het Engels geschreven.

Dat is vreemd. Zou dat niet in het Necroniaans geschreven moeten zijn? Moeten we geen maskers dragen? En waarom —

Ik kijk naar mijn pols.

Pom zit er niet.

Natuurlijk. Dit is maar een droom.

Ik lig waarschijnlijk nu in een ziekenhuisbed, hopelijk zal de remedie het virus in mijn systeem uitroeien. Dat wil zeggen, als Dylan niet per ongeluk een laxeermiddel heeft gemaakt. Ze zag er na haar opstanding behoorlijk maf uit.

Toch voel ik me in deze droom geweldig, een positief teken.

Wanneer ik naar de toren van slapers teleporteer, zit er al een veelkleurige Pom in Valerians nisje.

"Ik wist dat je hierheen zou komen," zegt hij met flapperende oren.

Ik pak hem op en neem hem in een knuffel. "Hoe voel je je? Denk je dat we worden genezen?"

Zijn stem is gedempt tegen mijn borst. "Ik hoop het. Moeilijk te zeggen."

Ik zet hem neer. "Zoals je zo inzichtelijk hebt voorspeld, zou ik nu graag met Valerian willen praten. Wil je mee?"

"Nee. Ik ga een spel bedenken dat we kunnen spelen. Iets waarbij ik altijd kan winnen."

"Veel succes ermee." Ik pak Valerians pols en duik in zijn droom.

De kleine Valerian en ik zitten in een donkere kast. Hij heeft een ondeugende uitdrukking op zijn gezicht en ik giechel.

Dit is een echte herinnering. Moet van het feestje zijn dat te snel voorbij flitste om te kunnen registreren.

Voordat ik mijn aanwezigheid bekend maak, grijpen de kinderen elkaars handen vast en rennen uit de kast naar een kamer waar een van de ramen zwart is.

"Ah," zeg ik hardop. "Nog meer onontdekte geheimen."

Kleine Valerian stopt, kijkt me aandachtig aan en verandert in een volwassen versie van zichzelf.

"Slaap ik?" vraagt hij, zijn toon dromerig.

Ik wijs naar het zwarte raam. "Klaar voor een terugroepactie?"

Hij knikt, en voordat hij genoeg tot bezinning kan komen om van gedachten te veranderen, pak ik zijn hand zoals de kinderversie van mij had gedaan, en lanceer ons in het zwarte glas.

Ik ben terug in de zwarte oceaan, en Valerian zit in een boot, net als eerst.

Het zwemmen is net zo moeilijk, maar het stoort me deze keer niet zoveel. Na alles wat ik de laatste tijd heb meegemaakt, is zwemmen, hoe moeilijk en lang ook, in vergelijking een vakantie.

Na wat aanvoelt als een dag zwemmen, raak ik de kust aan en begint de stroom van herinneringen.

Valerian en ik verschijnen in een grote vergaderzaal.

Een dozijn volwassenen zitten in een kring, Valerian en mijn ouders zijn onder hen. In het midden van de cirkel staat een persoon die ik in de context van Soma niet had verwacht te zien.

Het is Nostradamus, de ziener, met zijn weerwolf die als een hond aan zijn voeten ligt.

Valerian is hier ook als kind en staat aan de zijkant waar niemand hem aandacht lijkt te schenken.

"Oh ja," zegt mijn Valerian. "Ik herinner me dit nu. Ik was naar binnen geslopen en had mijn krachten gebruikt om ervoor te zorgen dat de anderen me niet konden zien."

Nostradamus begint te spreken. "Als Phobetor niet wordt gestopt, dan zal hij iedereen vernietigen, niet alleen jullie kleine wereld."

"Dat weten we," zegt mijn vader. "Vertel ons iets wat we niet weten."

"Er is één ding dat je een kans op overwinning zal geven," zegt Nostradamus. "Een minuscule kans."

Mam kijkt de ziener sceptisch aan. "Wat is het?"

"Slechts twee die als één werken kunnen de god van nachtmerries verslaan," zegt Nostradamus. "Onthoud, slechts twee die als één werken."

Iedereen, inclusief ik en volwassen Valerian, kijkt hem verward aan.

"Dat is veel te vaag," zegt mijn moeder. "Wie zijn de twee? Hoe werk je als één?"

Nostradamus staat op. "Ik heb al te veel gezegd."

Iedereen begint vragen te roepen, maar de weerwolf gromt naar hen en leidt de ziener de kamer uit.

Daarmee eindigt de herinnering en begint er een nieuwe herinnering.

Valerians ouders staan naast een glazen deur die naar een gewatteerde kamer leidt. Mijn moeder is daarbinnen, met de kenmerkende vurige ogen van de Overgenomenen. Ze schreeuwt obsceniteiten en beklimt letterlijk de muren.

Is de herinnering al aan het versnellen, of gedraagt mama zich gewoon gek?

De jonge Valerian is weer aan het spioneren.

"Het is duidelijk dat zij niet de twee waren," zegt Valerians moeder. "Anders zou Phobetor ze niet hebben kunnen overnemen, toch?"

"Ik denk dat het duidelijk is wie de twee zijn," antwoordt Davu. "Waarom probeert Phobetor anders dat hun ouders hen zo wanhopig vermoorden?"

"Arme tweeling." Valerians moeder schudt haar hoofd. "Om een —"

Ze stopt en vernauwt haar ogen precies naar waar kleine Valerian staat.

"Je bent vergeten mijn reukvermogen uit te zetten," zegt ze streng. "Wat heb ik je gezegd over —"

De herinnering wordt afgebroken.

Tientallen mensen verzamelen zich in een grote zaal. De jonge Valerian is deze keer niet het enige kind — er zijn hier een aantal van hen, ze zien er verveeld uit.

Omdat er niets interessants gebeurt in de herinnering, draai ik me om en kijk naar de volwassen Valerian. "Heeft iets van dit iets voor jou te betekenen?"

"Sommige dingen," zegt hij. "Ik was jong toen dit gebeurde. Zoals je hebt gezien, is het weinige dat ik weet via spionage."

"De tweeling waar je vader het over had, zijn ik en Asha?" Ik kijk om me heen om te zien of ze hier bij de bijeenkomst zijn. Ze zijn er niet. "Heeft Phobetor mijn ouders overgenomen en mijn zus vermoord omdat hij denkt dat we zijn ondergang konden veroorzaken?"

"Noem hem Collywobbles," zegt Valerian tegen me. "En ik heb geen idee wat hij denkt, maar je ouders hebben geprobeerd jullie twee te vermoorden terwijl ze onder zijn controle waren. Daarom werden ze in gewatteerde kamers opgesloten."

Ik wrijf over mijn wenkbrauwen. "Hoe zijn ze overgenomen? Heeft iemand die virale nachtmerrie voor hen beschreven?"

"Ik weet het niet."

"En wat de puck bedoelde Nostradamus met twee als één?"

"Dat weet ik ook niet," zegt Valerian. "Maar in dat geval betwijfel ik of iemand dat weet."

Voordat ik hem nog meer vragen kan stellen, spreekt zijn moeder de bijeenkomst toe. "Lieve illusionisten, we komen hier met pijn in ons hart samen om het lot van Bailey en Asha te bespreken."

Iedereen zwijgt en geeft haar alle aandacht.

"Ik stel een eenvoudig plan voor," vervolgt ze. "Phobetor wil dat hun ouders hen vermoorden, dus we moeten doen waar we goed in zijn. We moeten een illusie creëren die hen — en degene die hen beheerst — laat denken dat ze erin geslaagd zijn. Daarna zullen we ze in ballingschap sturen en de meisjes in het geheim opvoeden."

Ik kijk naar Valerian, mijn ogen worden groter.

Voordat ik iets kan zeggen, stopt de herinnering.

———

De nieuwe herinnering gaat veel sneller, maar ik ben nog steeds in staat om hem te volgen.

Valerians ouders staan naast een glazen deur die

naar een gewatteerde kamer leidt. Alleen is het deze keer mijn vader die erin zit, en hij slaat zeker niet in het rond.

Hij omhelst zijn knieën, en is catatonisch.

"Ik weet niet hoe Lidia is ontsnapt," zegt Davu. "En het was pure pech dat ze Bailey op weg naar buiten zag."

Valerians moeder fronst. "Enig idee waar ze heen is gegaan?"

"Geen idee," zegt hij.

"Nou, het enige wat we kunnen doen is bidden dat ze Phobetor voorgoed heeft verbannen," zegt ze. "Anders zal hij de volgende keer dat ze gaat slapen, onze misleiding ontdekken en haar Bailey echt laten doden."

De herinnering eindigt te snel om iets te kunnen zeggen.

Er begint een bekende scène, die zich op de noodlottige open plek op Soma afspeelt. In de versie die ik in mams herinnering zag, waren Asha en ik ongeveer zeven, en we renden en schreeuwden van angst.

Maar mijn zus en ik zijn er niet.

Het zijn alleen mijn ouders die niets najagen met machetes, hun ogen zijn die van de Overgenomenen.

De menigte die mijn ouders in mams herinneringen achtervolgde, is hier ook. Vooraan zie ik mijn grootmoeder, Davu met zijn vrouw, kleine Valerian, en Kojo en zijn ouders.

"Stop!" schreeuwt Davu naar mijn ouders.

Ze reageren niet, blijven gewoon jagen op wat ze moeten denken dat de tweeling is.

Ik moet mijn herinnering aan mams herinneringen gebruiken om de details in te vullen.

Illusoire Asha struikelt over een wortel.

De illusie van de jonge ik blijft een paar momenten rennen en kijkt dan hijgend achterom. "Asha, nee!" ze snakt naar adem en rent naar haar toe.

Tenminste, dat is wat mijn ouders moeten zien — en dat moet Phobetor ook door hun ogen zien.

Dit is het moment waarop de illusoire Asha begon te huilen, en ik probeerde om haar op te tillen.

Onze ouders komen dichterbij.

Onze vader staat oog in oog met de menigte terwijl mam haar machete opheft.

Dit is wanneer de illusoire ik in mams herinnering, "Mama, nee!" schreeuwde.

Mam snijdt met de machete door lege lucht — hoewel ze natuurlijk denkt dat ze net Asha heeft onthoofd.

Verdoofd kijk ik toe hoe mams vreemde ogen naar een andere plek staren. Eén waar de illusie van mij ongecontroleerd moet snikken.

Net als in haar eigen geheugen, spant mama's lichaam zich aan, de uitdrukking op haar gezicht gaat van leegte naar afschuw. Haar ogen flikkeren tussen magma-achtig vuur en normaal bruin, en haar linkerhand grijpt haar rechterhand vast, alsof ze probeert de machete eruit te stelen. Uiteindelijk blijven haar ogen bruin en de afschuw overschaduwt al het andere op haar gezicht.

Wauw. Dit is wat Davu in de herinnering bedoelde die niet in volgorde aan deze voorafging.

Op de een of andere manier heeft mama Phobetor uit haar hoofd verbannen en haar status als Overgenomene teruggedraaid.

Ze kijkt naar de bloederige machete in haar handen, en dan naar waar de hoofdloze Asha zou zijn als ze echt was. Met een rauwe kreun draait ze zich om — net op het moment dat mijn vader een vuist tegen haar slaap slaat.

Nadat hij mama knock-out heeft geslagen, sprint mijn vader naar waar de illusoire versie van mij zou zijn en snijdt met zijn machete naar de lege lucht.

De herinnering stopt.

In de volgende herinnering spreken de ouders van Valerian te snel voor me om hun woorden te begrijpen, maar ik denk dat ze de noodzaak uitleggen om het incident op de open plek en de bijbehorende herinneringen via een zwart raam te vergeten.

Ik luister toch maar half, omdat ik wanhopig probeer te begrijpen wat ik net heb ontdekt.

Mam heeft mijn zus niet vermoord, net zoals mijn vader mij niet heeft vermoord.

Ze werden er door de Soma-illusionisten toe gebracht te denken dat ze dit deden.

Maar dat betekent —

De wereld explodeert om ons heen en schudt me wakker.

Terug in de echte wereld, open ik mijn ogen.

De kamer is te donker om iets te zien.

Ik ga rechtop zitten.

Iemand doet het licht aan.

Het is Valerian. Zijn huid is niet meer paars.

Ik kijk naar mijn eigen handen en zie dat ze ook niet paars zijn.

Mijn ogen vliegen naar zijn gezicht. "Leeft mijn zus nog?"

Hij komt naar me toe. "Ten eerste, hoe voel je je?"

"Uitstekend," snauw ik en het is de waarheid. Geen tekenen van eerdere zwakte of maagpijn. "Mijn hart klopt snel, maar dat is normaal gezien wat ik net heb ontdekt."

Opgelucht reikt hij naar me toe en klemt mijn hand in zijn grote handpalm. "Bailey —"

Ik kijk hem boos aan. "Geef antwoord. Mijn zus —"

Warm glimlachend knijpt hij in mijn hand. "Ze leeft."

"En je had geen idee?"

"Totaal niet. Ze hebben geen enkele aanwijzing achtergelaten."

"Maar zat ze niet in je herinneringen aan Soma? Je ouders zeiden dat we daar zouden worden opgevoed."

"Dat zat ze niet. Ik vermoed dat na de ontsnapping van je moeder en voordat ze het iedereen lieten vergeten, mijn ouders Asha meenamen naar het deel van Soma dat gescheiden is van de rest. Dat is wat ik in hun plaats zou hebben gedaan."

Heilige puck. Ik staar hem aan, mijn hart springt rond alsof het virus terug is. Mijn gedachten gaan woedend alle kanten op door alle herinneringen die ik heb gezien.

Mijn zus leeft nog.

Mam heeft haar niet vermoord.

Ik heb een levende zus, een tweelingzus.

En er is blijkbaar een profetie over ons... en Phobetor.

De implicaties van dit alles zijn overweldigend, en terwijl ik in Valerians ogen staar, komen de woorden uit eigen beweging naar buiten. "Ik moet hierover met mijn moeder praten. Als mijn krachten haar niet uit haar coma kunnen halen, dan is dit nieuws —"

"Ik breng je naar haar toe," zegt Valerian zachtjes en leunt naar voren en hij drukt zijn lippen op de mijne.

VOORPROEFJES

Ik hoop dat je van Bailey's verhaal hebt genoten! Haar avonturen gaan verder in *Dromenstopper*.

Verlang je naar meer urban fantasy? Bekijk de *Sasha Urban serie*, die de avonturen van een meisje beschrijft dat de magische underground van New York City ontdekt... en haar eigen paranormale krachten.

Wil je van mijn nieuwe releases op de hoogte worden gehouden? Meld je aan op <u>www.dimazales.com/book-series/nederlands/</u> voor mijn e-maillijst!

En sla nu de pagina om voor een sneak peek van *Dromenstopper*.

FRAGMENT UIT
DROMENSTOPPER

Phobetor is niet alleen echt, hij staat op het punt om het leven op elke wereld met bewuste wezens te vernietigen. Je zou kunnen zeggen dat hij een beetje een probleem begint te worden.

Tenzij ik op de een of andere manier de held van een oude profetie ben - en laten we eerlijk zijn, dat ben ik niet - dan zit iedereen waar ik om geef in grote problemen.

Mijn naam is Bailey Spade, en dit is hoe mijn verhaal eindigt.

Ik kus Valerian.

Dit is mijn tweede keer dat ik in de echte wereld kus, en het is glorieus. De ziekenhuiskamer om me heen draait om zijn as. Mijn vingers zitten in zijn dikke, zijdeachtige haar begraven, en zijn lippen zijn zacht en glad, zijn tong vakkundig —

Iemand schraapt zijn keel.

Ik verstijf. Vóór dat moment kon de gedachte aan bacteriën en virussen niet verder van mijn geest zijn geweest, maar nu dringen beelden van een druppelende neus mijn bewustzijn binnen en verpesten de stemming.

Valerian trekt zich van me terug en kijkt boos naar de indringer — een verlegen uitziende Felix, die er zonder zijn robotpak extra dun uitziet.

"Het spijt me." Felix loopt de kamer uit. "Ik — dat wil zeggen, de anderen... Als jullie wakker zijn, dan moeten we teruggaan."

Teruggaan. Naar Gomorrah. Natuurlijk.

Hoe erg ik het ook vind om onderbroken te worden tijdens wat Valerian en ik aan het doen waren, teruggaan is een uitstekend idee. Tussen de boost van mijn droomwandelaarskrachten en de openbaring over mijn niet-zo-dode tweeling, staat naar mama gaan bovenaan mijn prioriteitenlijst.

"We bevinden ons in een post-apocalyptische wereld die door een dodelijk virus wordt geteisterd," zegt Felix, die nog steeds defensief klinkt. "Het is niet echt een plek om te Netflixen en chillen."

Valerian moet Felix iets met zijn krachten laten zien, want hij wordt bleek, draait zich om en sprint weg.

"We moeten gaan," zeg ik met tegenzin, mijn ogen op de sensuele lippen van Valerian gericht.

"Wordt vervolgd," mompelt hij in mijn oor en loopt de kamer uit.

Met een zucht volg ik.

Toen ik vanuit Necronia naar dit ziekenhuis werd gebracht, was ik nauwelijks bij bewustzijn. Nu ik bij bewustzijn ben en door de witte gangen loop, zou ik willen dat iemand me weer knock-out sloeg, zodat ik niet alle dode lichamen zou zien die overal liggen.

Het virus dat Icelus op Necronia wilde loslaten, was eerst hier terechtgekomen, met dodelijke gevolgen.

De somberheid volgt me helemaal naar buiten, waar ons team in een cirkel van lijken die rechtop staan, staat te wachten. Dat is aan Rowan te danken, de dodenbezweerder die samen met ons Necronia heeft verlaten.

Terwijl we dichterbij komen, duwt ze haar kenmerkende steampunk-achtige bril hoger op haar hoofd om een paar onhandelbare lokken van haar vreemd gekleurde haar terug te duwen — de helft van haar hoofd is gebleekt wit, de andere helft is gitzwart. Achter haar staat Fabian in zijn gespierde mannenvorm, voor de verandering aangekleed. Naast hem staat Dylan, haar lange bruine haar ongewoon onverzorgd en haar lege ogen zonder de vlijmscherpe intelligentie die ze altijd zo levendig maakte. Itzel, onze kaboutervriendin, en Ariël, de uber-kamergenoot van Felix, staan ook bij hen.

Als Ariël me ziet, laat ze een stralende glimlach zien die haar uber-perfecte tanden laat zien.

"Eindelijk. Doornroosje is ontwaakt," zegt Rowan tegen me. "Ik wed dat er een kus bij betrokken was." Ze knipoogt naar Valerian.

Felix wordt rood en Valerian schudt zijn hoofd, terwijl Itzel in haar ademhalingsmasker gnuift.

"Nieuw gemaakte zombies?" vraag ik aan Rowan, naar de rechtopstaande lijken kijkend.

Ze knikt. "Ik heb wat *helpers* verzameld voor onze reis." Ze benadrukt de geprefereerde Necroniaanse term.

Ariël kijkt bezorgd naar iets verderop in de straat. "Het is een goede zaak dat ze dat heeft gedaan. De Overgenomenen hebben ons terwijl jullie weg waren twee keer aangevallen."

Ik scan de zombiekudde, maar in de dood zijn de Overgenomenen natuurlijk identiek aan andere lijken. "Twee keer? Ik realiseerde me niet dat er op deze wereld nog genoeg mensen in leven waren om overgenomen te worden."

"Die zijn er," zegt Felix. "Sterker nog, terwijl je buiten westen was, was ik in staat om een computer in het ziekenhuis te lokaliseren en mijn krachten te gebruiken om in het equivalent van het internet van deze wereld te komen. Ik heb de formule voor de remedie zo ver als ik kon verspreid. We moeten de overlevenden een kans geven."

Ariël slaat Felix goedkeurend op de schouder. "Ik vraag me af of de Raden hier een kant-en-klare remedie kunnen achterlaten wanneer ze het naar Necronia brengen."

"Ik zal ze zeggen dat ze dat moeten doen," zegt Valerian. "Nu moeten we gaan voordat er nog meer Overgenomenen aanvallen. We hebben voor *dat* probleem geen remedie."

Fabian duwt de zombies opzij en geeft mij en Valerian onze Gomorraanse wapens. Zodra we die verstopt hebben, geeft hij mij ook mijn katana en Valerian zijn sai.

Dylan staat daar nog steeds, haar blik is niet gefocust.

"Dylan," zeg ik formeel. "Ik wilde je bedanken. Als je de remedie niet had kunnen maken, dan zouden Valerian en ik deel uitmaken van Rowans zombiekudde."

Bij het horen van haar naam kijkt Dylan in mijn algemene richting, maar ze ontmoet mijn blik niet. Ze erkent de dankbaarheid ook niet.

Raar.

Ze heeft zich nog nooit zo gedragen.

Is dit een van de bijwerkingen, omdat Rowan haar uit de dood had gehaald? Met een schuldgevoel herinner ik me dat Rowan had gezegd dat Dylan niet hetzelfde zou zijn, maar Valerian, Fabian en ik hebben haar toch onder druk gezet om de speciale wederopstanding uit te voeren.

Dan trekt iets anders mijn aandacht. Met uitzondering van Itzel draagt niemand meer maskers

— ondanks het feit dat we ons in een met virussen geïnfecteerde wereld bevinden.

Als ik ernaar vraag, lijkt Dylan een beetje op te fleuren. "De remedie is niet alleen een remedie," zegt ze met een vleugje van haar gebruikelijke professorale toon. "Het werkt ook preventief."

Dus ze hebben het allemaal gedronken. Slim.

Rowan steekt een hand door de gebleekte kant van haar haar. "Laten we gaan."

Zij en Fabian steken de straat over, met zombies en de rest van ons er vlak achteraan.

We gaan weer het treinstation binnen en dankzij Rowan voegen de paarse lijken die daar liggen zich bij onze kudde zombies.

Vanwege de enorme aantallen duurt onze processie een tijdje om door het doolhof van gangen in de hub te navigeren, waar ik Rowan iets vreemds zie doen: ze grijpt de dichtstbijzijnde zombie bij de hand, die zombie grijpt de hand van een ander, enzovoort. Ze ketenen zich zo aan elkaar totdat iedereen elkaars hand vasthoudt, als een stel macabere kleuters.

"Het is de enige manier waarop ik ze door de poort kan krijgen," legt Rowan uit. "Op deze manier registreren ze zich als mijn bezittingen."

Ik werp een schuldige blik op Dylan.

Rowan bukt voorover en plaatst Frank, haar herrezen opossum-achtige huisdier, in een zak die dwars over haar lichaam hangt. "Dylan is nog steeds een Cognizant. Ik denk dat ze er zonder mij wel doorheen komt. Hopelijk."

Fabian steekt zijn hand naar Dylan uit. "Laten we maar geen risico nemen."

Als ik Dylan was, zou ik erop wijzen dat ik niet Fabians bezit ben, maar ze grijpt gewoon zachtjes zijn hand terwijl ze de ogen van de weerwolf ontwijkt.

Puck. Ik hoop echt dat dit vreemde gedrag tijdelijk is.

Valerian kijkt naar Rowan. "Waar is het lichaam van je verloofde?"

"We hebben hem ondervraagd toen je buiten westen was," zegt ze. "Keyser wist niet veel. De oude vampier had hem onder glamour gebracht om iedereen te dwarsbomen die het woord 'Icelus' zei. Dat was ook het moment dat hij besmet is geraakt en over de nachtmerrie was verteld die van hem een Overgenomene had gemaakt."

"Hoe zit het met alle vampiers die we op Necronia hebben gedood?" vraagt Valerian. "Kun je ze terughalen voor ondervraging?"

"Ik heb het geprobeerd," zegt Rowan. "Ik denk dat het niet bij dode vampiers werkt — wat logisch is, gezien het feit dat het hun tweede dood is en zo."

Valerian vloekt binnensmonds. "We hebben dringend informatie nodig over onze vijand."

Ik leg een hand op zijn schouder. "Misschien heeft Maxwell iets voor ons als we in Gomorrah aankomen." Ik kijk naar Dylan. "Heeft hij je in je dromen iets over dat onderwerp verteld?"

Dylan reageert niet.

"Dylan," zegt Fabian kalmerend. "Heb je geslapen?"

Ze schudt haar hoofd.

Rowan klopt op de zak waar ze haar huisdier heeft verstopt. "Frank slaapt ook niet."

Vampiers — een ander type van de ondoden — ook niet, maar het zou niet hoffelijk zijn om dat te vermelden.

"Laten we gaan," zegt Rowan, en voordat iemand bezwaar kan maken, leidt ze haar zombietrein naar de roze plasmapoort.

We stappen naar buiten bij een hub in een weelderige bosweide waar we op weg naar Necronia hadden gekampeerd.

"Laat deze keer alle anderen als eerste gaan," zegt Valerian tegen Rowan terwijl we de volgende poort naderen. "Op die manier kunnen we, als er een aanval is, je aankomst dekken."

Met een nauwelijks waarneembare oogrol gebaart Rowan dat iedereen door moet gaan, als een portier.

Ariël, Fabian en Dylan nemen de leiding, Itzel en Felix stappen er daarna door en Valerian gaat net voor mij.

Als ik aan de andere kant kom, is het bij het geluid van een strijd.

———

Bezoek www.dimazales.com/book-series/nederlands/ voor meer informatie!

OVER DE AUTEUR

Dima Zales is een *New York Times*- en *USA Today*-bestsellerauteur van sciencefiction en fantasie. Voordat hij schrijver werd, werkte hij in de softwareontwikkelingsindustrie in New York, zowel als programmeur als als leidinggevende. Van hoogfrequente handelssoftware voor grote banken tot mobiele apps voor populaire tijdschriften, Dima heeft het allemaal gedaan. In 2013 verliet hij de software-industrie om zich op zijn carrière als schrijver te concentreren en verhuisde hij naar Palm Coast, Florida, waar hij momenteel woont.

Bezoek www.dimazales.com/book-series/nederlands/ voor meer informatie.

www.ingramcontent.com/pod-product-compliance
Lightning Source LLC
Chambersburg PA
CBHW010525100726
47903CB00011B/2893